LOCUS

LOCUS

LOCUS

LOCUS

to

fiction

to 120
雪花蓮的慶典
Slavnosti Sněženek
作者：赫拉巴爾（Bohumil Hrabal）
譯者：徐偉珠
責任編輯：翁淑靜
封面設計：許慈力　內頁排版：洪素貞
協力編輯：黃怡媛　校對：陳錦輝
法律顧問：董安丹律師、顧慕堯律師
出版者：大塊文化出版股份有限公司
臺北市105022南京東路四段25號11樓
www.locuspublishing.com

讀者服務專線：0800-006689
TEL：(02)87123898　FAX：(02)87123897
郵撥帳號：18955675　戶名：大塊文化出版股份有限公司

總經銷：大和書報圖書股份有限公司
地址：新北市新莊區五工五路2號
TEL：(02) 89902588　FAX：(02) 22901658
初版一刷：2020年7月
定價：新臺幣360元
ISBN：978-986-5406-85-1
Printed in Taiwan

Slavnosti Sněženek

雪花蓮的慶典

赫拉巴爾（Bohumil Hrabal） 著
徐偉珠 譯

目錄

在輕鬆的遊戲裡可以發現異常嚴肅的真理。

——戈特弗里德．威廉．萊布尼茨（Gottfried Wilhelm Leibniz），後巴洛克時期哲學家

遊戲是需要自由的。

——伊曼努爾．康德（Immanuel Kant），啟蒙運動哲學家

當你喝醉時，吉力馬札羅山便位於克爾斯。

——約瑟夫．普羅哈斯卡（Josef Procházka），護路員，我的朋友

林中殘木

我剛在打字機上敲擊沒幾分鐘，就有人推開了院門。客人站到窗前，喊道：「很好呀，在寫作呢！」我機械式地綻開一絲微笑，試圖不讓自己分心，沉入構思中的故事裡，在那用克爾斯松木搭建的明亮舞臺上，我筆下的一個個人物正遊走其上。所以我心不在焉，對來客答非所問，眼睛不時瞄一眼打字機，擔心中斷了故事的脈絡，片刻之前靈感還似湧泉，汩汩湧入我的打字機……

在此同時，客人叼著菸，呷著咖啡，神采飛揚地對我敘述起什麼，我置若罔聞，一心考慮自己過多久會到達空靈的巔峰。在進入放空狀態之前，需要自我清理，把所有的圖像和訊息拋得遠遠的，這需要時間，而且費神。一旦我的內心平靜下來，靈感便如暗流湧動，然後我一股腦開始往打字機裡灌入全部的文字。它們從地下潛河裡不停歇地冒出來，然後再塗塗刪刪，原先的文字被我改得面目全非……

我的客人賴著不肯離去。她的名字我不記得了。她越是強調要告訴我的消息無比重要，我越發崩潰，擔憂我沉浸其中的故事會離我而去，抛下我，漸行漸遠，閃亮瞬間的舞臺慢慢黯淡熄滅——黑暗的空間裡唯一發光的舞臺，我安排的人物正一一在舞臺上亮相。眼看這個舞臺也將從眼前消失，我筆下的人物墜入深淵，我已無力喚回他們重返我的舞臺……這下可好，故事從我的指尖上漸漸遁隱，我曾苦苦醞釀那個故事，像跳高運動員，就爲了翻越那兩百一十公分的高度，而我的客人卻對我絮叨說：「哎呀，反正你整天都無所事事，你等我離開了再繼續寫完，不行嗎？」我說：「好吧，我洗耳恭聽。」於是很多聳人聽聞的消息灌入我的耳朵。可我認爲，即使那些相關事件和消息再驚豔，它導致我的故事，剛才我正奮筆書寫的那個故事，無法復活。這個故事我期待了許多年，我幾乎已經絕望，然而在今天清晨，它突然出現了，無比鮮活。它牽住我的手，把我引向打字機前，懇求我把它寫出來，因爲它日臻成熟，已經成型，我不必苦思冥想，牽強附會，只需深深地愛上它……

然而我那些不邀自來的串門子客人，每天至少出現三個。每位客人踏進門來，都帶著自己是唯一的念頭，覺得我在她身上投入那麼一丁點時間，又有何妨？所以，眼前的這位客人，跟那些已經來過而且還會繼續來訪的客人們一樣聲稱，她到我家裡來，是爲了幫我排解寂寞，給我勇氣，不僅激勵我寫作，還能激勵我生活，況且他們是在自己都忙得目不暇給的情況下來看我的。有時候，來客們在院門口相遇，相互禮貌地問候，他們的身影會朝相反方向交錯而過，但本質上這些來訪都是同一個模式——讓我崩潰。過程往往是這樣的：好幾位客人直接在我家裡碰頭，坐著不肯離去，輪流對我發問。然後，其中一位訪客先離開了，在大門口不吝對我悻悻然直言，說今天我有些莫名地故作正經，我不該對他們如此冷淡……

然後客人們相繼道別，沿著沙地林蔭道遠去，步入樹林，嘴裡一邊嘀咕說我以前沒什麼名氣的時候，我倒還算是個人物；而如今，我自以爲是個人物時，我反倒什麼都算不上了……我好幾次推託，辯解說：「我累了。」但所有的來客都跳起來表示質疑。那一次有三批客人同時對我大聲質問，興致勃勃地叫嚷：「你累嗎？累從何來?!」他們居高臨下地俯視我，眼睛裡迸射出怒火和義憤，認爲我怎能如此褻瀆這個詞，我，居住在林區，沒有孩子，收入大大超過花費，不必一大早起床去上班，因爲我已經退休在家……

並非所有的來訪都如此。還有另一類。有許多來訪者登門，旨在給予我幫助。有一位女士決定，每個星期六跟自己的男友到我這裡來過夜；另一位則邀請我去摩拉維亞小住三天；第三位恨不得立刻把我塞進她的小汽車裡，載我去索別斯拉夫[1]辦一場讀書會，朗讀自己的作品；第四位想介紹我跟一位著名學者認識，然後再結識韋里赫[2]；第五位的後背上駝了巨大的雙肩包，下令我必須立即跟她去圖爾諾夫[3]，從那裡再一起徒步去舒馬瓦山[4]……我對所有人都允諾說：「好的，好的。」因爲我看出來了，倘若我不答應，他們會呲著牙撲上來一口咬住我的喉嚨，還會在我的門把上啐唾沫。

每天晚上，我蹲在水泵旁清洗餐具，用抹布把每一個盤子、茶缸、玻璃杯和刀叉擦拭乾淨，同時腦子裡有一個印象揮之不去，那就是我需要耗費很多時間，才能在成堆的客人們留給我的襯衫、褲子、西服和領帶裡，找到我自己的衣服，雖然它們已經有些過時，卻是按照我的體型量身訂做的，顏色我也中意……

然而，比起那些來訪更甚，也更折磨我的，是我的鄰居們的善意。每天，那些從外面來的訪客們前腳剛走，鄰居便接踵而來，爲了安慰我，說他們對這種煩人的來訪感同身受。我的鄰居出現時，都慢慢地，悄悄地，躡手躡腳地，很用心地先在窗口探個頭，然後歡呼道：「好極了，他沒在寫作！」隨即招呼其他鄰居，於是那些人從灌木叢後冒出來，前呼後擁撲進我家，跟我擁抱，奉勸我，說如果我不寫作，那相當於無所事事，而無所事事乃是一種罪過。而贖罪的最好方法呢，是種植杜鵑花、紅榛樹、茉莉花和其他觀賞性灌木……於是第一位鄰居拿一把鐵鍬給我，第二位鄰居兩把鋤頭，第三位說他家裡多出一輛小推車，直接把推車送來了，第五位拿耙子來，第六位把我領到樹林裡，指點我樹葉底下覆蓋了肥沃的腐殖土，最適合種杜鵑花和山茶花啦，其他鄰居則教我如何種菜……

所以，有時我躺在陽光下，躺椅邊上會備好一把鐵鍬、耙子或鋤頭，一旦有人擰動院門把手，我立刻跳起來，鋤起灌木旁的土，耙一條小道，或者把鐵鍬扛在肩膀上，上前迎接鄰居或來訪者。這些園藝用具讓我的手掌和指肚硬實起來，手上長滿了老繭，變得麻木生硬，當我在打字機上寫作時，敲擊聲響亮，好像在家裡操作印刷機，或者自己在僞造硬幣似的。打字機發出的噪音，引來了客人，因爲聲響告訴客人，我在家呢；同樣的，這噪音趕走了鄰居，他們在自家的地界上蹓躂，很滿意此刻我在寫文章，一旦聲

---

1 索別斯拉夫（Soběslav），捷克南部城市。
2 揚，韋里赫（Jan Werich, 1905~1980），捷克民族藝術家，電影和戲劇演員，劇作家、編劇和作家。
3 圖爾諾夫（Turnov），捷克北部城市。
4 舒馬瓦山（Šumava Forest），捷克著名山脈；即波希米亞林山（Bohemian Forest），位於西南邊境。

音停下來，表示我歇手不寫作了，我自由了，無所事事了，而防禦懶惰的最佳辦法就是園藝活，反正都是幹活。

於是一位鄰居在午餐時間送來一鍋鹿肉給我，另一位鄰居送來一盤蘋果餡餅，第三位鄰居給我最新的報紙，第四位捧來剛在村頭摘的蔬菜，第五位跟我說定，邀我去他家共進晚餐，第六位，約好晚餐後一起去村子裡的啤酒館好好喝上幾杯……

這下我只得暫停寫作，把我那些悄然前來的故事推得遠遠的，像繼母那樣無情地把它們趕走。所以我的那些故事透過自責、反省來巴結我，但我依然驅逐它們，它們只得怯生生地在我的夢境裡出現，像無助的孤兒一般。即便如此，我依然一聲大吼把它們從夢裡趕走，爲了讓它們等到十一月的雨和十二月的濕雪落下之後再來；等嚴寒和冰凍出現之後再來；等寂寥的嚴寒讓森林裡的一切變得肅殺無語之後再來。那時候，人們將困守在家，圍坐在火爐旁；公車上也沒有人氣；路面上的凍冰讓汽車擔心打滑，因爲四野盡是皚皚白雪……我在內心裡對自己說，與其記錄那些如潮湧現的句子，用剪刀拼貼文本，還不如跟大家待在一起呢……

一個冬日的夜晚，下起冰冷的雨，然後雨變成雪，濕漉漉的雪，黏在松針和枝椏上，於是松樹的枝杈和樹冠被雪花覆蓋，黎明時分的冰寒把它們凍結成霧淞，這時候如果雪繼續下，越下越密的話，雪花會為樹枝鋪上毯子和被子，最後幾朵雪花便有了舉足輕重的意義，它們一站上松樹杈，整個樹冠便像火柴般被擰斷和倒塌，轟然一聲，沉沉地砸向冰冷的地面。

我坐在床上，傾聽枝椏斷裂和坍塌的巨響，似爆炸一般。我不寒而慄。我的房屋被松林環抱，萬一其中某一棵傾倒，橫掃屋頂，枝杈插穿房梁，直抵我的床欄——我的腦子裡不禁閃過一念，萬一松樹如此這般肆虐我的房屋，那我就保留其被掃蕩後的頹狀，如此情形下，到了春夏時節，那些訪客便會減少，我便可以重新沉湎於寫作。試想，誰會坐在那樣的房間裡——一根松樹幹斜跨在頭頂上，或者尖利的枝杈插入了地板？我不覺搓起了雙手。最後我同意、甚至希望這些松樹中的某一棵能刺穿我房屋的天花板。我在內心裡想像，當樹幹捅破天花板時，那些磚塊和灰泥將怎樣壯觀地劈啪落下來，整個克爾斯林區的松樹紛紛折裂，斷裂聲從各個方向絡繹傳來。然而，卻沒有一棵樹砸中我的房子。

天亮時，我走到屋外，看到了自己在夜晚聽到的情景。幾棵松樹宛如拉起的鐵道柵欄，橫七豎八躺倒在我的地界上，然而每一棵折斷的松樹都避開了我的小屋。空氣裡裹挾了濃郁的松脂香味，凌厲的殘枝撒落在雪野上，熠熠發光。雪漸漸停了，雲團驅散開來，天空顯現了肉桂色，太陽光鑽過疊疊雲層，透射到地面上。

我跨過地上橫亙的松樹，側耳傾聽，覺得似乎有斷矛的巨響從什麼地方傳來。等我費力跋涉到公路上，往左右兩側打量時，不覺興奮起來。身處這樣的殘木林裡，誰也不會有勇氣貿然前來找我，我可以動手寫作了。我把情緒調整到歸零的狀態，在靜默中等待，等待自己被清空，到達空的臨界，然後把靈感訴諸筆端，眼見句子如滾滾洪流般淌過來，半途扼住它們，及時記下成段的文字。我跨過橫七豎八交錯的樹幹，那天然的路障，眼前的景象儼如二戰剛結束時的慘狀。我走到施圖里科車站往公路方向張望，那條路，跟我眼前的公路沒有二致，路面上豎立著斷裂的松樹幹和歪斜的樹冠，殘枝碎片滿地……

貝尼科娃夫人從馬爾奇別墅大門裡走了出來，修長苗條的身體上裹著毛皮大衣。她鎖上門，手拎購物袋在公路上迂迴前行，繞過腳下的障礙物，跨過樹幹，款款前進。我看到一棵松樹正朝公路慢慢傾倒，樹身越彎越低，最終轟然頹倒，冰涼的粉狀雪晶迸射開來。美麗的貝尼科娃夫人停下腳步，靜等那一片紛飛四散的雪霧落定，然後跨坐到樹幹上，再滑下去，繼續往前走，彷彿什麼都沒發生過，彷彿此刻正陽光澄澈，彷彿是在夏天，她像每一天那樣照常去購物，去買飲用水。

我看到松樹發出劈啪的聲響，松樹的樹冠如同一把摺疊刀攔腰折斷，但樹冠依然懸掛在公路上方的藤蔓上。貝尼科娃夫人審視片刻，隨後淡定地步入正簌簌顫動的樹冠下，義無反顧地朝店鋪方向走去。而我多麼希望，在我的大門上方能出現這樣一棵松樹，樹冠恰好撕裂成這般模樣，懸掛在我的院門和家門口，所有那些想進入我家的人，只要順著指示箭頭抬頭往上瞧一眼，將不會再有興致跟我聊什麼。如果這樣，他們頂多也就隔著柵欄打一聲招呼。而在那一刻，我想，我也希望自己害怕邁出自家的門檻，我希望自己足不出屋，就待在家裡，傾聽潛意識裡的靈感，下意識地讓自己離去，去煮一碗麵條……

我看到了，貝尼科娃夫人再次攀爬上一根橫跨在路中央的樹幹，我看到她伸出被毛皮帽緊裹的腦袋，轉向那個合作社的小店鋪。每一天的日常，她去那裡買牛奶、裸麥麵包，以及家裡所需要的一切。

瞬間我的眼睛一亮，那些倒臥的殘木，在貝尼科娃夫人眼裡是如遊戲般就能克服的易事，那麼對於我的那些訪客，簡直就是功勳——跨越那一根根樹幹，從懸垂的樹冠和尖利的枝杈下穿行而過，一旦斷裂，那些枝杈就成為呼嘯而下的匕首，直插地面。如此一來，所有我的訪客不僅重新蜂擁而至，而且將招引來其他的訪客，因為他們想親眼見證，拜訪我一趟何其艱難，險阻。

那一刻我站在那裡，目送貝尼科娃夫人遠去，直到她的身影消失在店舖裡。我頓悟，實際上她是一位多麼了不起的女性，多年來在林區獨自生活，卻向來衣冠楚楚，像要去瓦茨拉夫廣場[5]購物一般，她典雅端莊，彷彿在巴黎街頭漫步。當她乘坐公車去村子裡時，如同在搭乘橫渡大西洋的豪華遊輪頭等艙，總是身穿最時尚的衣裳，打扮精心而別緻……

而現在，當我佇立在克爾斯林區的殘木之間，我得以眞切地評價那個早已耳聞的關於貝尼科娃夫人的軼事。在午夜時分，她手捧推理小說《主教謀殺案》[6]，正在讀最後一章時，有人叩擊她別墅的大玻璃窗。她的別墅座落在茂密的白松樹林間。貝尼科娃夫人抬頭一看，窗戶外站一個渾身是血的年輕人，流血的手掌正拍打窗玻璃，喊道：「這裡有人死了！」

貝尼科娃夫人拉開抽屜，掏出一把小巧的舊左輪手槍，走出門去，她跟隨那名渾身是血的小夥子走往公路。果然，路邊柱子上歪了一輛已面目全非的摩托車，一個男孩的腦袋磕在石柱上，雙手環抱，看上去像在睡覺，或者在生悶氣，實際上已經沒有呼吸。

貝尼科娃夫人返回家中，先後打電話給急救中心和警察局報案，然後動手爲頭部受了重傷的那名傷者包紮。等一名警察來到之後，她獨自領警察前往事故現場。當她準備回家時，那名警察央求她說：「夫人，您能否留在這裡陪我一起等，我害怕屍體。」於是貝尼科娃夫人留下來，陪那名警察聊天，直到救護車開來，接走傷患，隨後靈車也到了。此時貝尼科娃夫人才辭別離去，獨自走回空無一人的樹林裡，走向被白松林懷抱的、那扇亮著燈光的窗戶。她把左輪手槍擱到茶几上，接著讀完范·達因的《主教謀殺案》……

我仰頭望向已然蔚藍清純的天空，我把那個兇殺故事投影在天穹上，樹脂的氣味從一個個低垂的樹冠、裂口和殘斷的樹木間升騰而起。我的秉性讓我羞對貝尼科娃夫人，無地自容。所有被我視爲異乎尋常的事件，視爲衰退和傷風敗俗的一切，貝尼科娃夫人做起來那麼自然熨貼，無聲無息，理所當然。夏天，她在施皮采河裡沐浴，人們稱那個

---

5 瓦茨拉夫廣場（Václavské nám stí），布拉格市中心商業區。

6《主教謀殺案》（Bishop Murder Case, 1928），美國作家范·達因（S. S. Van Dinet, 1888~1939）創作的名偵探 Philo Vance 系列第四本。

地方為賽澤，因為瓦倫卡深溝在那裡與易北河交匯。每天十一點半她準時在河裡裸泳，天眞無邪地滑入水中的睡蓮和水百合之間，彷彿她並非赤身露體，彷彿她十一點半的裸泳是一樁自然不過、天經地義的事情……

有一次，在購物回家途中，身穿牛仔褲和套頭衫的她，突發奇想，在路邊的松針叢裡開始倒立，練起了瑜伽，她覺得身體的指令必須馬上執行，刻不容緩。她頂著腦袋倒立著，牛仔褲口袋裡的硬幣叮叮噹噹滑落在地。從她身邊經過的路人，扭頭看得忘乎所以，腦袋幾乎轉不回來，只為了看清楚那個頭著地正在倒立的人是誰……

當我想像那些畫面時，我喃喃自語：「貝尼科娃夫人遠遠超越了我，那位美麗的女士令我仰視，我不曾見過她心情不好，我不曾見過她不修邊幅，我不曾聽見她抱怨自己和他人的生活，我不曾聽見她詆毀旁人或者為自己開脫，我甚至從來沒有從貝尼科娃夫人口中聽到，說她不想成為現在的自己。她從來別無他求，只想成為貝尼科娃夫人，當下這個女人。」

在這一刻，我幡然醒悟，其實是我自己對別人魯莽無禮，那些客人出於善意前來拜訪我，我卻苦著臉，擺出厭煩的表情，覺得別人打擾了我。人們好心地為我帶來他們自己和他人生活中的命運故事，而我卻眼望窗外，心裡在說：如果這些訪客的內心裡對我沒有一絲愛意，那麼請便，永遠別再登門。現在我明白了，是貝尼科娃夫人讓我懂得：我心心念念牽掛寫作，當有人前來拜訪我時，似乎那一刻我最想寫作。事實上，我根本不想寫，甚至害怕動手寫。我孤寂了一整天，我知道我寫不出來，也寫不下去。於是在那樣的時刻，當我孤獨一人時，我似乎可以投入寫作，可是寂寞讓我害怕，寫作讓我恐懼，於是我走出屋子，走進樹林，我來回梭巡蹓躂，想遇見某個人，心懷巨大的悲憫把他帶回家，爲了在對話和聊談結束時給他暗示，暗示他的來訪偷走了我寶貴的時間，那段時間裡我本想寫出比我想像的更多的東西。

我突然意識到，每位訪客對我而言，比我自己更有價值，因爲每個人爲我帶來外界的消息，而爲了能讓我的文字給予人們有意義的閱讀，我需要瞭解更多人的命運。現在我還明白，我喜歡歸零思考，喜歡虛空臨界和靈感……這些僅是一句空言，是爲了掩蓋我達不到像以前那樣隨時隨地凝神屏息進入創作的事實，實際上我已經不會寫作，我卻把它歸咎於那些訪客，然後無理地對待他們……

貝尼科娃夫人從店鋪裡走出來了，肘部緊貼身體，手提購物袋，她的豹紋毛皮大衣在白雪和晨光裡閃爍發光，那棵巨松上懸掛的樹冠又往下撕裂了一丁點，往貝尼科娃夫人身上拋灑下稀鬆柔軟的雪粒。當夫人剛剛從雪霧中走出來，整個樹冠便在她背後徹底撕裂，轟然頹倒在公路上，砸得粉碎，就像歌劇裡悠然墜落的水晶吊燈……

我急忙跨過橫亙在公路上的兩棵松樹幹，迎著貝尼科娃夫人走去。夫人面帶燦爛的笑靨招呼我：「您忙呢？過得好嗎？今天的天氣眞美，是吧？」笑容綻放在她臉上，展露出兩排潔白的牙齒。在她背後，紛紛揚起的白色雪霧，儼然是她白色翅膀上的潔白羽毛。

聖伯納餐廳

夏日時節，每當我經過哈宴卡森林餐廳，總能在護欄邊，在門前露臺上，看到客人們圍坐在紅色的圓桌前，身下是紅色的座椅。聰明的聖伯納犬在地上躺著，客人們從牠身上跨過，而那些曾被狗咬過一次的人，寧願將目光投向別處，恭敬地繞開牠，等坐進了餐廳，他們的心才定下來。萬一碰上聖伯納犬趴在餐廳裡，那些膽小的客人乾脆選擇在入口處的紅椅子上就座，即使是寒冬季節也不例外。因爲聖伯納犬從來不趴在大門口，也許永遠不會。然而，只要我在，我的聖伯納犬就會趴在那裡，直到我離開。所以在哈宴卡森林餐廳的門口，我和聖伯納犬，我們像耦合的車軸……

這是很久以前的事了，當時我弟弟剛結婚，他從事運輸業，開卡車幫人送貨。後來時局發生變化，國家不允許私人經營。私營公司被取締，我弟弟就失業了。自此，他開始嫉妒自己的妻子，嫉妒得過分，不允許她去上班，除了他，別的男人不許瞧她一眼。

有一天他突發奇想，想到完全可以把我這個身材姣好的弟媳，安排到酒館裡物盡其用。既然是酒館，那此地除了哈宴卡森林餐廳，沒有第二家。

目標鎖定哈宴卡之後，弟弟決心把它經營成一家地道的餐廳，為過往的司機、林務員、周邊鄰居，及外地來此度假的遊客們提供服務。那一陣子，哈宴卡森林餐廳老闆的職位置正好空缺，弟弟絞盡腦汁想拿下餐廳。晚上，他和妻子瑪爾塔坐在一起商量數小時，躺到床上準備睡覺時，依然在描繪哈宴卡的宏偉藍圖。令人難以置信的是，即便在夢境或半睡半醒中，他們依然繼續想像著心中的餐廳。

消息傳到了堂兄海因里希·高切安那裡，他是我們家族最有能耐的人，因為他自認為是蘭斯基玫瑰伯爵的私生子。他常年身穿皮獵裝，頭戴施瓦岑伯格禮帽——帽頂上點綴羽毛和綠絲帶的那種。堂兄立刻趕過來了，他當即繪起哈宴卡餐廳的草圖。先從餐桌椅裝飾著手，餐桌是那種類似農家風格的椴木桌，需要每星期用沙子擦拭，每年用砂紙打磨一次；他在桌子四周繪出笨重樸實的農家座椅；哈宴卡餐廳的牆上，掛著一排由霍恩洛厄公爵射殺的狍子角和鹿角，霍恩洛厄是個領主，克爾斯林區好幾個世紀都是屬於他們家族的私有財產。除了鹿角，高切安堂兄還添加了兩座野豬獎盃。

他當即決定主打捷克特色菜，以本地美食招攬客人。他們將在國道上放置一塊指示牌，吸引過往車輛的目光，寫上：距十字路口三百公尺，您將在哈宴卡餐廳品嘗到古拉伊達皇家濃湯、烏米斯洛維斯基燉牛肉和黑麥啤酒烤肉。

弟弟和弟媳對於計畫滿心期待，哈宴卡餐廳儼然吊在金鏈子上的空中城堡。然而，堂兄高切安還意猶未盡。他說，有格調的餐廳必須在廚房裡專門爲老主顧和貴賓們設置一角。這一次堂兄自己掏錢買下六把巴洛克或洛可可式的椅子，一張新藝術風格的餐桌，上面永遠鋪設一塊潔淨的桌布，那裡將是老主顧和嘉賓們的專座。洛可可風格的角落讓弟弟和弟媳興奮不已。從這一刻起，兩人臉上洋溢起幸福的笑顏，每天開車來哈宴卡餐廳幾趟，查看廚房和大廳的裝修進度。在他們看來，工匠們的粉刷工序太冗長，希望一夜之間一揮而就，就像當初兩人夢想哈宴卡餐廳，也是一念之間的事情。兩人看到餐廳花園的音樂棚下，疊放了幾排戶外使用的椅子，馬上眼睛一亮，那天晚上的夢境裡便顯現花園餐廳的模樣，所有的桌子都漆成紅色，一把把紅椅子圍繞餐桌，散放在綠色草坪上；在橡樹的樹幹之間拉起電線，掛上燈籠，伴隨四重奏若隱若現的旋律，舞池裡的人們翩翩起舞，弟弟在吧臺忙不迭地倒啤酒，星期日雇用的那名服務生，身穿法蘭絨制服，跑來跑去遞送酒水，弟媳則在廚房裡烹飪，燉牛肉、用黑麥啤酒烤肉，客人們不僅能點牛肚湯，還能品嘗皇家濃湯。

有一天堂兄海因里希．高切安來了，開心地晃動手裡的帳單，說買下的六把椅子簡直太划算了，然後他和弟弟驅車前往哈宴卡餐廳，察看工匠們對牆壁和天花板的後續粉刷工作。弟弟跟他透露，憑藉花園、桌布和舞池，他就可以讓森林餐廳重新開張。堂兄又建議在餐廳的外牆角搭建一個熏房，在裡面用木炭熏烤和加熱臘腸，以及摩拉維亞肉腸，等週六和週日他親自來指導時，也顧不得自己的蘭斯基玫瑰伯爵私生子的身分了。弟弟和弟媳開心至極，在裝飾餐椅、打造更美更溫馨酒館的狂熱追求裡，兩人度過了結婚以來最幸福的時光……

於是出現了另一幕。在我得知這一消息，在我親眼看到哈宴卡森林餐廳之後，我便建議——只是順口那麼一說——在弟弟和弟媳朝思暮想的、我們林區唯一的餐廳前，在這麼美麗的餐廳門口，應該趴一隻聽話的大狗，一隻聖伯納犬。話音剛落，大家都沉默了，堂兄繼續敘述他的軼聞：托恩塔克西斯伯爵帶他從夜間快車下來，準備坐上馬車前往城堡。兩人辭別的時候，馬車伕跳下車來爲伯爵拉開車門時，伯爵說：「約翰，你怎麼光著腳，難道你把皮鞋喝掉了？」馬車伕帶著哭腔回覆：「我在等候第二趟列車時，爲了打發時間，就進客棧喝酒，雖然腳上的皮鞋最後也搭進了酒錢裡，但爲了保全托恩塔克西斯伯爵的榮耀，我用鞋油把雙腳都塗黑了……」

堂兄敘述完托恩塔克西斯伯爵的故事後，其眼神明顯地向我示意：他在講托恩塔克西斯伯爵這類名人軼事時，所有人都應該洗耳恭聽，知趣地閉嘴不說話。他重新問我——顯然他都聽到了——剛才說了什麼。我說：「在如此美麗的森林餐廳大門外，應該趴著一隻聖伯納良犬。」弟弟轉臉看堂兄，弟媳也望著他，兩人似乎被我的話嚇到了，然而堂兄的臉上瞬間綻開微笑，那種前瞻性的微笑，往前看，在願景的盡頭便是那隻神聖的聖伯納犬，仁慈的額頭皺巴著。就這樣，聖伯納犬成爲哈宴卡森林餐廳的外觀和整個設計理念的休止符與基石。

對於一對年輕夫婦熱中開餐廳的想法，森林餐廳所屬的總部似乎沒有異議。他們說，正求之不得呢，因爲像瑪爾塔太太那樣出色，能出任餐廳經理同時兼會計的人才，可謂鳳毛麟角。

不久堂兄運來了那六把洛可可椅子，弟弟立即在餐廳現有的區域裡整出一個角落；他把衣櫥搬回家，沙發挪到走廊上。在堂兄海因里希．高切安的指導下，把椅子擺放出未來哈宴卡森林餐廳的格調。餐桌鋪上桌布，弟弟打開一瓶葡萄酒，酒杯清脆地碰撞出美妙雅緻的開端，因爲一切已指日可待。

海因里希頭戴施瓦岑伯格禮帽坐著，蹺起二郎腿，半倚著，在講述林區包括哈宴卡餐廳在內的歷史軼事。「霍恩洛厄公爵之後，由海洛斯男爵接手林區。當時我是他的常客，在克爾斯上游那個稱爲鹿耳朵的地方，我曾親手射殺了一頭盤羊。然而，獵場那個守林人克洛赫納！」堂兄海因里希忍不住嚷嚷起來，「他對男爵使了什麼招！你們都知道，貴族家裡的獵犬一旦出現老態，馬上會被處理掉！所以男爵一下指令，克洛赫納就射殺了獵犬。那條壯碩的大狗，勾起了守林人的食慾，他自己動手扒下狗皮。他砍下狗頭，和狗皮一起埋入土裡。此時，王子狩獵餐廳的經理埃歐爾伯格來了。那地方是個鋸木廠，位於克爾斯林子盡頭，原先是溫泉療養地，莫札特曾去那裡泡過溫泉。

「經理問：『你掛的是什麼東西？』守林人答是盤羊，値兩千克朗。當時是保護國[7]初期，於是經理拿走了『盤羊』。那天我和幾位貴族在海洛斯男爵那裡作客，在那間華麗的王子狩獵餐廳裡，男爵爲客人們預定了超豪華晚餐，確實稱得上奢侈，開胃菜有涼拌肉、甲魚湯，從那以後我再沒有品嘗過那麼美味的牛里脊。」堂兄海因里希邊說，邊抿了一口酒，手指輕撫桌布……弟弟和弟媳見到哈宴卡餐廳這一角落後，期待堂兄抖出更多連珠妙語給那些常客和貴賓……

「男爵買單時，總共支付了六萬克朗，接下來大家一直在喝香檳和法國干邑，所以忍不住打聽，『剛才吃的是什麼里脊？』經理說，『是盤羊……』然後大家幾乎進入爛醉的狀態，因爲貴族圈的慣例，是香檳和白蘭地必須喝到神智迷糊。海洛斯男爵立刻坐上馬車，衝向獵場守林人的小屋，他一把揪起身穿內衣已經睡下的守林人：『克洛赫納，你這個偷獵者，你知道我們晚餐吃到了什麼嗎？竟然是盤羊！我要你馬上滾蛋！』海洛斯男爵咬牙切齒……克洛赫納立即雙膝跪地，坦白自己是稱職的守林人，說大家吃下肚的不是盤羊，而是他槍殺的獵犬……海洛斯男爵，如同托恩塔克西斯伯爵原諒手下的馬車伕酗酒賠掉腳上的公務鞋那樣，輕鬆地說：『權當我把自家的狗當作盤羊吃了下去，只不過爲此買了兩次單而已……』」

然後堂兄開始閱讀報紙，弟弟和弟媳動手爲座椅靠背打蠟，要讓它們發出熠熠的光澤，讓哈宴卡餐廳這個貴賓角落爲現實錦上添花。突然堂兄海因里希激動地驚呼：「孩子們，有了——」

出讓聖伯納犬一條，希望好人接手，價格面議。

吉爾

---

7 保護國，一九三九年，納粹德國軍隊占領捷克斯洛伐克，建立傀儡政權波希米亞和摩拉維亞保護國。

堂兄站起身，戴上手背上有槍洞的鹿皮手套。他說：「我買聖伯納犬去。既然巴洛克式椅子已經在這個角落迎候客人，那再加上聖伯納犬一起等候吧。」

弟弟和弟媳一夜未眠。第二天一早，堂兄海因里希就到了。堂兄是小個子，我們都知道，他如果吃成對的小泥腸，在沒下嘴咬斷之前，那串香腸能垂到他的膝蓋上。所以從遠處看，小個子堂兄好似牽了一頭小牛。等到了餐廳門口，弟弟依然感覺堂兄牽的是一頭小牛，一頭小公牛，這就是聖伯納，從一名作家手裡花六百克朗買下的！堂兄熱情地喊道，牠叫內爾斯！那名作家名叫吉爾！內爾斯很俊美，脖子上繫的繩子是作家的睡袍腰帶。狗並不怕生，一一見過新主人後，就趴到水泥地上涼快去了。牠趴的姿勢好像在操練未來在哈宴卡餐廳門前時該如何表現。

堂兄海因里希坐到洛可可式椅子裡，雙腿交叉，頭戴施瓦岑伯格禮帽，手套往下微微翻摺。他說起作家如何接待他，賣狗的主要原因是因爲作家愛這條狗，然而內爾斯更愛他年輕的妻子，狂熱地愛，因此聖伯納開始嫉妒他，只要作家把手放到妻子身上，聖伯納就會咆哮，朝他的臉吠個不停。這條狗干擾了他們的幸福婚姻，因此必須賣掉。作家還轉交了狗的血統證書，說上面都有記載。內爾斯屬名犬，短毛聖伯納犬血統，其父親曾在瑞士榮膺三屆世界冠軍，其母親來自聖戈爾塔爾修道院……堂兄付了錢，包括那條繩子的錢，因爲內爾斯主要在室內長大，所以作家把浴袍上的腰帶當做牽引繩。

然後堂兄驅車走了，內爾斯待在屋子裡。

那一天終於來臨，弟弟攜弟媳去酒店總部領取營業證書，以及克爾斯林區哈宴卡餐廳的任命書。然而負責人卻對他們說：「深表遺憾。」哈宴卡餐廳經理還得由原先那位擔任，因爲他經過慎重考慮後決定繼續留任。目前在赫列博有一家閒置的客棧，弟弟他們可以取得那家客棧的證書。

燈籠照耀下的夢幻花園，流光溢彩的餐廳，椴木餐桌和笨重質樸的餐椅，爲常客而設的巴洛克式椅子圍繞的角落……這一切瞬間灰飛煙滅，彷彿邪惡的魔法師用拖車拉走了那個美麗的夢。還有那隻聖伯納犬，牠跟那些椅子共同成爲唯一的活生生例證，證明這一切不曾是夢，而是現實的一角，是美麗光環裡的某一個圓弧，是唯一的角度，你從中憑藉想像力可以複製出圓圈。那條聖伯納犬內爾斯是白色的聖餐餅，裡面有完整的基督……

位於赫列博的小客棧是一家傷心酒吧，裡面無法居住，弟弟和弟媳每天必須駕車上下班，聖伯納則憂傷地趴在我母親的腳邊，滿懷愛意凝視她的眼睛。經常看到這樣的場景：母親不僅陪牠聊天，還經常躺在地毯上，把聖伯納枕在自己的頭下。

赫列博的小客棧生意卻很好。啤酒口味清醇，燉牛肉也美味，工人們從城裡的工廠直奔這裡，甚至懶得回家。他們在公墓旁邊的客棧坐一宿，又喝又吃，直到口袋裡一文不剩。弟媳和弟弟對此很是興奮，兩人把客棧經營成眞正的酒館。最後酒徒的妻子們集合起來，向區委會提交集體申訴，抱怨丈夫們喝光了口袋裡的錢，更無法容忍的是，他們不想回家，在客棧過夜。

這下弟弟只得重操舊業，坐到方向盤後開起出租車，但他對克爾斯林區的夢始終耿耿於懷，揮之不去。他期盼哈宴卡餐廳經理哪天遭遇中風，或者被汽車撞傷？然而經理健健康康的，雖然腦子裡偶爾閃過離開的念頭，可一想到我弟弟對這家餐廳始終虎視眈眈，他便又滋生力量和忍耐力。

期間堂兄海因里希只來過一次。

因爲全國寵物賽將在布拉格的呼赫萊賽馬場[8]舉行，弟弟幫內爾斯報了名，準備去參賽，堂兄海因里希執意由他陪同內爾斯出場。所以這一天，他頭頂施瓦岑伯格禮帽，手戴鹿皮手套，一身皮質獵裝，手裡牽著內爾斯，皮繩緊緊纏繞在手腕上，因爲作家吉爾之後補充交代說：內爾斯不僅極其強壯，而且充滿野性。

然而，孩子們把內爾斯馴化得充滿了人性，可以像牽馬匹那樣牽著牠的嘴套出去蹓躂，把泳衣扔在牠背上，一同下水游泳，而牠會追著泳衣把孩子們頂出水面，因爲內爾斯總覺得，孩子們快溺水了，必須義不容辭前去救護。牠只對流浪漢和郵差表現出惡意，有一次把電報投遞員連同郵務袋一起扯進狗窩，一口氣吃掉了三封掛號信和三封電報，雖然扯破郵差的制服，好在沒有傷人，只是弄得人滿身口水。聖伯納犬的特點是口水流不停，當牠甩動腦袋時，唾沫四濺，遍灑周邊的人與物，跟淋浴一樣。

當堂兄海因里希．高切安看到現場有攝影機時，他便與內爾斯如入七重天。他對弟弟吹噓，他天生就是爲這種隆重熱烈的場合而生，現場匯聚了那麼多狗和那麼多人，包括那麼多外國人，他們都帶著自己的狗，像內爾斯一樣將一試身手，去競爭自己所屬類別的證書和獎項。堂兄再次高聲聊起他的朋友托恩塔克西斯伯爵和海洛斯男爵。因爲一直沒有輪到內爾斯登場，於是又津津有味地講起他的朋友金斯基王子，如何喜歡用黑駿馬拉四駕馬車，而那些駿馬必須全是黑身白蹄。有個馬販提供了幾匹白蹄黑馬給金斯基

8 呼赫萊賽馬場，位於布拉格東南城區。

王子，他馬上起駕出發，一起從赫魯梅茨，一路駛向彼佐夫[9]。途中跋涉被水淹沒的牧場，結果那些白蹄子都留在了牧場的水裡。金斯基王子後來告訴堂哥：「海因里希，我打電話給馬販子，說我有禮物要送他，那個傻瓜眞的心花怒放地跑來了，馬伕們一把揪住他，塞進一個大糞桶裡，糞水直沒他的胸膛。」然後金斯基又說：「親愛的海因里希，我舉起長劍，砍向馬販的脖子，他一縮脖子把腦袋埋入大糞桶裡，就這樣我揮舞了好幾下，才下令馬伕們把馬販連同大糞桶一齊倒入糞堆。」

呼赫萊賽馬場上響起了音樂，一片狗吠聲，輪到內爾斯出場了。此時內爾斯皺緊眉頭，極目遠眺。這是牠的習慣，正如其祖先在雪山生活時練就的本領，慣於在崇山峻嶺間巡視，看哪裡有物體在移動。而內爾斯眺望的地方是賽馬場入口處，作家吉爾先生，還有他年輕的夫人，此時正從公車上下來。這一切內爾斯盡收眼底。牠望著她，那個年輕的女子在一公里遠外也朝牠呼喚：「內爾斯！」

內爾斯看到了，那是牠摯愛的女主人。牠撒開腿狂奔起來，想以最快的速度跑到女主人身邊。堂兄海因里希手腕上的眞皮皮帶纏繞得太緊，他只好跟著跑，但內爾斯猛一發力，堂兄便猶如一面旗幟凌空飄起。失控的內爾斯，兩條後腿幾乎蹬到了耳朵邊，牠拽拉著堂兄一口氣跑過二十多張桌子，桌子後的陽光下坐著評審團，那一百多位費盡周折請來的犬種和血統專家，那些諳熟所有狗類優缺點的專家……紳士海因里希在飛躍過這些桌子時，一隻手的手腕被扯住動不了，只得用另一隻手舉起頭上的施瓦岑伯格禮帽，向寵物賽的專家委員們致意……

然而委員們被眼前這種異乎尋常的景象驚得瞠目結舌。當堂兄海因里希被聖伯納犬內爾斯一陣風似地扯著，飛越過主席團的主席面前時，主席生氣地說：「太不像話了，這才是上午，選手們就如此醉態百出！」

此時內爾斯已跑到目的地，牠背部著地躺到地上，把自己的弱點展現給女主人。牠身體最柔弱的地方，寧願讓女主人殺了牠……

堂兄海因里希摘下施瓦岑伯格禮帽，自我介紹說：「海因里希．高切安，蘭斯基玫瑰伯爵的私生子……」一邊拂去沾在皮夾克上的青草和塵土。他觸碰到肘部時，看到皮夾克已經磨破，裸露出了皮膚。

年輕的夫人跪下來，她的頭和聖伯納的腦袋緊貼在一起，兩個朋友，女人和聖伯

9 赫魯梅茨，捷克北部的城市。彼佐夫，捷克東部的小鎮。

納，此刻融合爲一個神祕的聯合體。作家吉爾開口說：「內爾斯現在的體重肯定不下九十公斤，很有力量，對吧？毫無疑問，牠拉著您淩空足足飛了有一百公尺……」

堂兄海因里希回答說：「拉什麼？是我命令牠這麼做的，在我朋友托恩塔克西斯伯爵家裡，我曾經當衆和一隻巨大的藏獒進行過類似的表演。」

內爾斯輕聲哼著，側身望著牠的女主人，眼睛裡滿是愛憐和忠誠。牠用爪子向她示意，要她再擁抱牠一次，再一次……

一切都成爲久遠的過去。時間帶走了一切，也帶走了內爾斯。然而每當我走過哈宴卡，克爾斯林區的餐廳，我依然看到在露臺上，在大門口趴著那隻巨大的聖伯納犬。牠靜靜地趴著，望著客人，歡迎他們。牠的前額皺著，夢想在這偏僻、淩亂的餐廳花園裡，響起輕柔的音樂。鋪了桌布的餐桌擺放在草坪上，桌旁紅色的椅子賓朋滿座，他們悄聲聊著天，喝著啤酒，往口中送入黑麥啤酒烤肉和烏米斯洛維茨基燉牛肉……

等待麵包

每個工作日的上午，都會從索科列奇[10]運來香噴噴的裸麥麵包。這種麵包非常可口，據說以前那位小個子麵包師在世的時候，烤出來的麵包更好吃。小個子麵包師愛喝酒，但他製作麵包的手藝，讓克爾斯所有的麵包師都無法望其項背。揉麵之前，這位矮小的麵包師總要站在麵包坊門前望一望天空，根據天氣情況決定酵母的分量。天氣陰沉的話，酵母就少放些，如果碰上像今天這樣的大晴天，便要多放一點，然後開始揉麵。麵包師自己動手挖來櫸木炭，把麵包放進烤箱之後，不時留神麵包的成色，讓麵包烤得透熟。於是克爾斯人盡情享受這神賜的美味，因爲這種麵包存放一個星期都沒問題，甚

10 索科列奇，寧布克的村莊。

至有人說，這種索科列奇麵包，放過一週之後，味道比新鮮的還要好呢。

今天，運送麵包的貨車遲到了，是否在路上爆胎？人們翹首以盼。

我們坐在小店舖門口的長椅上，兩旁的松樹沙沙作響，綻放的橄欖花散發出陣陣芬芳，從網球場那邊傳來的擊球聲和球拍的嗡嗡聲，直往耳朵裡送。少校先生坐在我旁邊，正興高采烈地講述：「我握住尼基．勞達[11]的手指，他贏得了那場一級方程式比賽的冠軍。唉，我眞是愛死那些賽車手了。在我的想像中，尼基，還有其他那些車手都是詩人，每場比賽前他們打坐進入冥想，等開賽的旗子一揮動，他們像是要跟這個世界決然告別似的，以極限速度一飛沖天……帕夫利克，你知道嗎，你那位坐輪椅的朋友說，所有一級方程式賽車手的兩隻眼睛都挨得特別近，那樣的一雙眼睛，就跟雙筒獵槍的兩個槍眼一樣，只盯住終極目標的正前方，在那條道上，偶然是奇蹟的別稱。他們堪比詩人，用輪胎敲打出各自的詩句，那些句子是飛速追逐思想的打字機寫下的……」

少校先生正說著，一輛自行車騎到了店舖前，少校招呼道：「早啊，特爾恩卡先生！」然後重拾自己的話題：「你知道嗎，那個曼努埃爾．方吉歐[12]的兩眼也是長到一塊兒的，就跟維捷斯拉夫．奈茲瓦爾[13]一樣，兩隻眼睛像夾鼻鏡那樣緊挨鼻梁；或者像蝴蝶的翅膀，傑克．布拉漢姆[14]和弗蘭基謝克．哈拉斯[15]的眼睛也長成那樣；還有兩眼天生就緊挨著，譬如吉姆．克拉克[16]和約翰．蘇爾特斯[17]，還有丹尼．哈默[18]。當我給兒子看照片時，我兒子說傑奇．史都華[19]和埃默森．菲蒂帕爾迪[20]的眼睛也是那樣，跟卡爾．林特[21]和我最喜歡的那個花花公子一個模樣。今年的冠軍賽手尼基．勞達，兩眼挨得那麼近，幾乎長到一起了，從而便成爲一隻眼，與前照燈合爲一體。賽車手就這樣用他視野範圍照耀自己前方的車道……唉，我愛死那些兩眼緊靠的賽車手了！」少校先生嘆了口氣，微笑著回味那一雙雙勇敢、並列和無畏的人類的眼睛。

---

11 尼基．勞達（Andreas Nikolaus "Niki" Lauda, 1949~2019），奧地利人，F1賽車手。
12 胡安．曼努埃爾．方吉歐（Juan Manuel Fangio, 1911~1995），義大利裔阿根廷賽車手。
13 維捷斯拉夫．奈茲瓦爾（Vítězslav Nezval, 1900~1958），捷克作家。
14 傑克．布拉漢姆（Sir John Arthur "Jack" Brabham, 1926~2014），澳大利亞賽車手。
15 弗蘭基謝克．哈拉斯（1901~1949），捷克詩人。
16 詹姆士．吉姆．克拉克（James "Jim" Clark, Jr, 1936~1968），蘇格蘭F1賽車手。
17 約翰．蘇爾特斯爵士（John Surtees, 1934~2017），英國F1賽車手。
18 丹尼斯．克里夫．丹尼．哈默（Denis Clive "Denny" Hulme, 1936~1992），紐西蘭賽車手。
19 約翰．楊．傑奇．史都華爵士（Sir John Young "Jackie" Stewart, 1939~），蘇格蘭F1車手。
20 埃默森．菲蒂帕爾迪（Emerson Fittipaldi, 1946~），巴西賽車手。
21 卡爾．林特（Kar Rindt, 1942~1970），德國賽車手。

這時畫家雍內克先生也出現了，少校先生聽出他的腳步聲，喊道：「您好啊，雍內克先生！」這時身穿白色長袍的女店長走出來，高聲招呼道：「雍內克先生，您來得正好，哎，我女兒快出嫁了，勞駕，您家裡有沒有某一幅畫得不怎麼成功的畫？」這話雍內克先生可就不愛聽了，說：「我可沒有任何不成功的畫！」然而皮膚黝黑，長相似茨岡人[22]的女店長並不氣餒：「您回去找找看，我的意思是您有沒有想要扔掉的畫，有的話就……」雍內克先生更惱怒了：「您把我看成什麼了？我幫識字課本繪過插圖，十年來孩子們都靠它學認字，我從來就沒有畫過不成功的畫，就連想扔掉的畫也沒有！」畫家一屁股坐到長椅上，雙手交叉抱在胸前，閉上了眼睛。

女店長回到店舖裡去了。少校先生搭話說道：「雍內克先生，您知道咱們這一帶最美的花兒是哪一種嗎？」畫家雍內克先生便猜起來：西伯利亞鳶尾、白屈菜、鈴蘭、矢車菊、花繩子草、剪秋蘿……後來他放棄了，因爲他每報出一種花的名稱，目光炯炯的少校先生都一個勁兒搖頭。一陣沉默之後，少校先生說：「最美的花兒是馬鈴薯花，它比蘭花還要美麗。在我眼裡馬鈴薯花是最美的花。您知道的，三月開種馬鈴薯之前，地窖裡的馬鈴薯就發芽了，那冒出的小芽，稚嫩脆弱，一個芽頂出另一個，顏色好看得像薄薄的毛玻璃，簡直不可思議呀，而且馬鈴薯那麼實用。等春天泥土融化了，我一眼便能看出來。捧一把土到手裡，要是泥土化開了的話，它會像磨碎的咖啡那樣在指縫間灑落，那就是播種馬鈴薯的時機。於是我動手爲那些發芽的馬鈴薯挖出溝畦，把馬鈴薯一個挨著一顆種到地裡，然後輕輕掩上土。那些嬌嫩的芽眼呀，萬一我不小心折斷了唯一的一棵小芽，我會不知所措。我太喜愛馬鈴薯了，它們在出芽的時候，我不知道該如何去愛撫它們……

「然後我就盼啊盼，兩個星期過去了，我已經迫不及待，跑到林間空地上的那座小花園裡，跪下來，小心翼翼扒開土層。多麼激動的時刻，當我的手指觸摸到那些在泥土裡朝著光亮往上拱的小芽，它們想從泥土裡鑽出來，看外面的世界呢！然後我再等啊等，過了一個月又沉不住氣了，跑去看。您知道，當我在小花園的壟溝裡觸摸到第一批鑽出來的嫩葉時，有多欣喜嗎？那新生的馬鈴薯葉就像孩童的小耳朵和小鼻子那樣柔弱不堪。我對這種美按捺不住，把手指頭輕輕伸進泥土裡，就像接生婆的手那樣，爲了能觸摸那些尚未冒出土的馬鈴薯葉的高度……當我摸到那些葉子已經緊貼泥土的表層時，

22 俄羅斯人對吉普賽人的稱呼。

眞是開心啊。我重新把它們埋起來。然後雨天到了，馬鈴薯鑽出地面有十公分多了，我幫它們鬆土，但我不用鋤頭，而是用自己的兩隻手。我輕輕捏住每顆馬鈴薯，轉動一下，再往深處按一按，留神不傷著它們的塊莖。我用心體會馬鈴薯的莖葉觸摸我雙手的感覺，那種感覺無以言說，我希望在我的手摸著它們時，馬鈴薯也有同樣的感覺。

「我用手幫馬鈴薯鬆土，兩次，三次。我撫摸馬鈴薯的最頂端，有一天我發現一些小球長出來了，小耳墜似的，然後突然一批又一批花朵綻放了，這時馬鈴薯就進入自己的鼎盛期。時間不知不覺一天天地過去，馬鈴薯花開始凋謝，雨水拍打著花莖，風吹拂而過。但我知道，這種普通而實用的馬鈴薯花，是所有花卉裡最美麗的。我種下的品種是早熟的薩斯基亞和半早熟的吉特。我又按捺不住了，忍不住把雙手伸進土裡，想挖出馬鈴薯來，我摸到了已長成的果實，那些小小的薩斯基亞，而吉特的果實總是結四個大的，四個小的，還有四個特小的……終於，採收馬鈴薯的時節到了，此時正值六月底七月初。這是我的盛大慶典，我用自己的雙手刨出馬鈴薯，再一顆顆放進籃子裡，就像謹愼放置高貴的蟠桃或蘋果。我立刻煮一盤早熟的薩斯基亞和吉特，撒上奶酪，鄭重地吃下它們，猶如牧師吃下聖餅。因爲這些馬鈴薯是我親手栽種，舉行聖潔袚除儀式，那些滿身芽眼的馬鈴薯是世界上至美的食物……」少校先生說。

女店長出來，走到陽光下，手裡拿一個畫有小男童天使的義大利花飾彩盤，小天使的臉蛋圓鼓鼓的。但盤子已經裂成兩半。女店長說：「雍內克先生，大師，您既然沒有不成功的畫可以給我，那能否有勞您幫我修補一下這個裂開的小天使，把他的小屁股黏起來？」說著把裂成兩半的淺盤舉到畫家眼前。然而雍內克先生臉一沉，一邊躲讓一邊不耐煩地吼道：「我已經跟您說了，我從來沒有畫得不成功的畫！而且，我也從來不為裂成兩半的小天使黏屁股！」

女店長依然不屈不撓：「雍內克先生，您這是幹嘛呀，您不是學過雕塑嗎？這可是您自己說的！」雍內克先生咆哮著跳起來，跺腳說：「我是說過。然而雕塑是門藝術，不是給天使修補屁股！況且，我就幫孩子們畫識字課本，這個我做不來！我只會做自己擅長的事情！」女店長滿臉失望地回到舖子裡，但少校先生叫住了她，說：「弗拉西喬夫科娃夫人，明天我會把強力膠帶來，我幫您把它黏好，您把盤子拿過來讓我摸一下。」於是女店長把破盤子遞過去。少校先生摸了摸，說：「還好，能對上，沒有問題，一片都不缺，只不過天使的眼睛被戳掉了。」女店長輕聲嘟囔：「少校先生，那是我小女兒戳的，您知道，小孩就那樣。」少校先生說：「我也能幫您把眼睛補好。」

這時，從公路上拐進一輛黃色卡車，停下來，司機跳下車，拉開車門。麵包的香味立刻在合作社小商店所在的林中空地上瀰漫開來，所有在此等候新鮮麵包的人們，排起了一列隊伍。司機搬下一筐裸麥麵包，香味一路追隨他，似一面旗幟一路獵獵飄揚。少校先生轉頭對我說：「咱們一直在長凳上坐著，別急著趕去什麼地方。」我注意到，少校先生的兩隻眼睛也挨得相當近，跟埃默生·菲蒂帕爾迪、尼基·勞達，還有卡爾·林特的眼睛一樣，跟薩斯基亞和吉特馬鈴薯也有幾分相似呢。

女店主拿出第一個裸麥麵包，把它放進少校先生的手提袋裡，少校先生付了錢，然後拿起白色枴杖，篤篤敲著地面，準備走下臺階。他又轉過身，問我：「博甘，你下午去游泳嗎？」我說：「去。」少校先生面露喜色，說：「那我也去，咱們下午在易北河畔見！」說罷愉快地離去了，枴杖敲擊著溝沿，觸碰到毛蕊花稈和柳樹樹幹，敲打著路邊的界樁。枴杖發出的聲響忠實地回應著他，迎面而來的將是什麼，有什麼威脅需要避讓。枴杖的聲音消失在柳樹和松樹林裡，一根無形的線準確地引領少校先生回到自己位於林蔭巷二號的家裡。

一位今年剛在克爾斯林區買下別墅的居民不無同情地說：「可憐的人，都沒有人陪他一下嗎？」此時，我注意到特爾恩卡先生的手提包露出一隻小哈巴狗，他摸了摸小狗腦袋，把裸麥麵包放到另一個手提袋裡，並接口說：「少校先生在樹林子裡認得路呢，比那些視力正常的人都強，他還收看電視，雖然什麼也看不見，但他借助耳朵聽到的聲音想像畫面。如果您看到他砍柴的樣子，一定以爲他視力沒有問題。他不過是以另一種方式在看，他的手指有非凡的感知力。總之，他是一個高度靈敏的人，我都害怕騎自行車跟他交錯而過。因爲曾發生過這樣的事。那次我的心情不佳，從他身邊無言騎過時，他轉過身來問：『您去哪兒呀，特爾恩卡先生？』他從來不閒著，跟著收音機學會一門外語，所有的新聞都聽。他學會吹口琴，只要您想得起來，什麼歌他都會唱。他的花園收拾得比我的還要齊整呢。」

一位今年剛搬來克爾斯的鄰居問：「他的眼睛從小就這樣嗎？」特爾恩卡先生撫摸著提包把手上的小狗腦袋說：「不是的。少校先生在煤礦工作時，不知什麼原因炸藥提前爆炸了，他便成了這樣子，嗯？」他溫柔地對小狗說：「別怕，咱們這就走。」說完，一腳踩上事先架在那裡的腳踏車，朝公路方向揚長而去。

終於排到店鋪裡了，我掏出購買清單。雍內克先生在我前面，麵包已經裝入購物袋，他手持一百克朗的紙幣準備支付。這時女店主說：「哎呀，雍內克先生，我可沒有零錢找給您。這樣吧，麵包是五點六克朗，我再給您秤點施坦格爾香腸，嗯，三十六克朗，總共是四十一點六克朗。要不您再拿一瓶朗姆酒，五十六克朗，總共九十七點六克朗，再拿一把刷子，再加上二十哈萊士的酵母，正好一百克朗整。」她接過一百克朗，把東西逐一塞進還在發愣的畫家雍內克先生的購物袋裡。雍內克先生騎上自行車走了。

然而，他騎到施圖里克街的十字路口時，回過神來。他煞住車，掉轉頭，重新跨上自行車往店鋪騎去。他並沒有留意，在橋旁邊有一群人正在等候公車，畫家雍內克直視他們的眼睛，喊叫起來：「哼，這樣的酷暑天，我要這麼多香腸幹什麼？家裡也沒有冰箱！還有這瓶朗姆酒？我也不會做飯，酵母能派上什麼用場！哼！刷子，我已經有四把刷子了！況且，我家裡哪裡有什麼不成功的畫？您太過分了！我，一個畫過識字課本的人，那課本孩子們如今還在使用呢，我怎麼可能爲您黏那個屁股裂成兩半的天使？哼哼！」

那些等候公車的市民們，站在那裡，彼此面面相覷，每個人對他口中的另一方有了看法：雍內克先生義憤塡膺控訴的那些事情，是另一方引起的。

月夜

全世界但凡有禮拜堂或教堂的地方，就有牧師。世界上任何地方的牧師都是受過大學教育的人。世界上任何在教區服務的牧師都滿腹經綸，會拉丁語和自己的本土語言。他用母語爲託付於他的牧民服務，用拉丁語將他在教區和教民那裡獲得的消息發往羅馬。這樣每年在羅馬便匯總了來自世界各地的消息：在基督教世界裡發生了多少起謀殺、通姦，多少搶劫和盜竊，有多少人懷疑教會聖潔的教義，又有多少人叛教或處於對信仰冷漠的狀態。於是我，作爲託付教區的警察局負責人，清楚地看到自己沒有大學學歷，甚至區委會的那些成員也沒有。所以我就履行份內的工作，嚴密監控在我管轄區內發生的一切違法勾當。不僅如此，我盡量盡職地向自己，向市府、州府和部級機構彙報：人們在想什麼，怎樣生活，如何偷雞摸狗……這些過失往往距離重大犯罪僅一步之遙。

我最樂意在克爾斯林區巡邏——小時候我就有這樣的願望——那裡的一切我都耳熟能詳。孩童時代在那裡嬉鬧、打架；情竇初開時，爲了女孩，鼻子上挨過對手的拳頭，也猛擊過情敵的肋骨。所以在克爾斯林區裡，我不是在值守，而是在度假，爲家鄉服務的工作令我神清氣爽。讓我遺憾的是，白天過得太快，而晚上的時間不夠，睡眠那可是罪過。所以夜晚我在克爾斯樹林的公路上巡邏，把巡邏車停在旁邊的小巷裡，暗中豎起耳朵，聽有誰經過，跟誰在說話。有時候我讓人看到我的蹤跡，有時候我默不出聲，倚靠在伏爾加巡邏車[23]的擋泥板上。我幸福極了，這美麗靜謐的大自然，又多麼冒險、刺激，漆黑一團的主幹道上，騎自行車的人，有的打開車燈，有的不開；汽車悄悄駛過燈火璀璨的哈宴卡餐廳，根據車子我判斷裡頭大概坐了誰，哪位司機喝了黑咖啡，誰喝了啤酒，或者，唉，不顧性命，灌了烈酒。

當月亮在新草甸上空升起，颯颯清風裹著田野的芳香吹拂而來，我爲自己在此值班而喜不自禁，令我驚奇的是，它還是帶俸祿的公職；我身穿制服，居指揮官職位。爲此美景付費的應該是我，我宛如在度假，在溫泉療養地，克爾斯林區的月色如此美麗撩人。但我知道，自己必須清醒，密切視察周圍，因爲人人皆知，罪犯是不睡覺的，否則突然砰的一聲槍響，就有一位警察倒在了血泊裡。有多少我們的同事殉職了，四百三十六人，他們再也看不到冉冉上升的紅色或黃色的月亮。正是在這裡，我肩負使命，守衛和守護我們這年輕國家的山河。

我的大腦裡連接著兩個中心，一個是監護和守衛我們社會安然無恙，需要多長一隻眼睛；第二個中心，它帶給我欣喜和歡愉，來自森林街巷和林中空地，來自那些連接一座座樹林的路徑，兩旁是田野。我熱愛這些田野，儼然是一介農夫，雖然是在巡邏途中，我從巡邏車上下來，突然有個願望，渴望在田間阡陌走一走；春天裡，我捧起一把泥土，放到鼻下嗅一嗅；當穀物成熟時，我以檢查爲由在農地裡流連忘返，撫摸成熟的大麥、小麥，有時掰下一根玉米棒，像農場主那樣，在掌心搓出玉米粒，埋頭聞一聞，貌似自己長著農業專家的鼻子，能嗅出這一週作物已經成熟，可以收割了。然而最醉人的時刻依然是當林區沐浴在皎潔的月光下。是月亮讓我激情煥發嗎？那一輪冉冉升起的月亮？

酒館的光影裡走出一個人來，街燈籠住他的上半身，他手推自行車，一跨腿騎上

23 伏爾加，俄羅斯高爾基車廠製造的汽車品牌，曾被社會主義國家用來當公務車。

去，飛快地騎起來，騎入車前地面上街燈勾勒出的他的剪影，好似月亮在背後推著。我一眼認出那是佩帕，兒時的玩伴，可現在他酗酒無度，喝啤酒、朗姆酒，還有黑咖啡。有時他很可愛，有一天中午喝得酩酊大醉，把自行車騎到別人家的地界裡，那時佩帕還是護路員。當時我的表妹正在午睡，天很熱，迷糊中她彷彿聞到了啤酒、朗姆酒和咖啡的氣味。佩帕彎下腰來，悄聲對表妹說：「美人兒，我差一點要吻你。」有時他在上午就騎著車四處亂闖，掉進別墅主人為鋪設電線挖開的路溝裡，摔跟頭後，他立即大喊：「誰允許你隨便挖路的？等著，你會後悔的，私挖公共道路，你申請許可證了嗎？我可是護路員！」

佩帕摸黑騎著車，跟我一樣在欣賞夜色似的，他都不需要蹬車，月亮推著他的後背，而且那條通往新草甸的公路一路下坡。很少有人知道，主幹道海拔為一百八十五公尺，而新草甸海拔僅一百七十七公尺，所以坡度明顯；這樣的淺盆地實際上僅克爾斯林區才有。然後從新草甸延伸出去的公路又一路上坡，連接上赫拉迪斯科村莊的賽米策公路時，海拔高度再次達到一百八十五公尺。然而佩帕從路溝邊騎到這裡，然後馬上又折返回去，難道他樂此不疲、流連忘返嗎？

我走出小巷，佩帕駛近了，我擰亮手電筒，照著自己制服上的執勤胸牌。也許佩帕有過手電筒，他朝我喊，是他的聲音，他從來不按車鈴，也不打手電筒，而是朝黑暗中喊：「善良的人們，躲開，有車衝下來啦！」我用執勤手電筒晃了兩次，佩帕跳下車來，說：「晚安，兄弟！」我問：「您的車燈呢？」他指了指頭上的月亮：「那裡有！」我說：「這位公民，您的車燈在哪裡？按照交通法規，您有車燈嗎？」「我有，在包包裡呢！」佩帕說罷，借著月光打開公事包，裡頭有一把木工斧閃出寒光。他掏出鍍鎳手電筒，按亮了一下，又放回去，說：「如果在別處光源不足，我會打開手電筒，然而這裡月亮明晃晃地照著呢，月亮，眞的很亮，對吧！奧爾達。」我說：「您是誰？把身分證拿出來。」他又掏了一下，把身分證遞到我的手電筒光源下，我翻了翻，問：「您叫什麼名字？」

佩帕不悅了，責備我說：「奧爾達，難道你不認識我？」我說：「您叫什麼？」他機警地回答：「上面寫著呢。」我被惹怒了，因爲我聞到了他口中散出的啤酒和朗姆酒味。我說：「這位公民，您喝酒了？」他朝我一鞠躬說：「喝了，現在喝，將來還喝，從懂事起我就喝。你還記得吧，在這條路前面的拐角，曾掉下一個大木桶啤酒，我先用樹枝遮蓋住，晚上搬到一間小木屋裡，我有鑰匙。那桶啤酒我們倆整整喝了一個星期，那個星期從一早起我們就暈乎乎的。連妻子都嫌棄我，說受夠了，不能再喝了。」我把身分證還給他，說：「這代表過去，但今晚我在値班，知道吧？那把斧頭做什麼用的？」佩帕說：「難道你不知道？我是木匠啊，我喜歡在月光下蹓躂，知道嗎？」

我說：「你有木工許可證並且納稅了嗎？」佩帕說：「納稅啊，你知道我一直交稅的……」他身子搖晃了一下，問：「你審問夠了吧，現在我可以走了嗎？」我看得出來，他會再次跌進路邊的溝裡。於是我俯身擰下自行車輪胎的氣嘴蓋，一甩手扔到籬笆那頭的溝裡，輪胎呼呼開始漏氣。我做出了決定：「喂，佩帕，你還會摔倒的。你也上年紀了，走著回家吧。」佩帕站在那裡，氣得說不出話來，我知道他想說什麼，他心裡在罵：「你這個混蛋，該死的人渣，這樣對待朋友，兒時的玩伴！混蛋，就跟工人對待工人似的？」但他什麼也沒說，推起自行車，因爲憤怒，額頭上青筋暴起。我站著沒動，望著他的後背，月亮升到了半空，月光堆積在他的肩膀上，他的影子縮小了，就如同由上往下看低音提琴或者大提琴。我思忖自己做錯了嗎，把他的氣嘴蓋拔下扔掉？最後我斷定自己做得很對。給他的輪胎放氣，是因爲我很應該像父親那樣阻止不幸事件的發生，所以我一點都不意外。當我聽見佩帕在泉眼那邊朝我喊：「你無恥，你比工人還要過分！」我衝過去，抓住佩帕的肩膀，說：「因爲你沒有打燈，你必須支付五十克朗罰款，事情這才了結，明白了嗎？」

他盯著我，我又一次看到昔日景象的重現。那是很久以前，身爲少尉的我騎著自行車，當我快騎到路橋下的涵洞時，好像聽到有人在呼喊：「救命，救命！」聲音沉悶，像是從房子裡傳來……我急忙跳下車，跑進樹林裡。呼救的聲音再次響起，似乎從公路上傳來，於是我跑過公路到了對面。聲音又響起來，好像就在公路上，於是我在公路上猛跑，可怕的呼叫依然不停：「救命，救命，善良的人們，救救我……」這次我聽出來了，呼救聲就來自公路的中央。我朝涵洞方向跑去，在覆盆子和黑莓的灌木叢裡倒了一輛自行車，涵洞管道裡露出一雙腳，我拎起那兩隻腳，一拉，扯出了護路員佩帕，他醉得不省人事，只會叫嚷。他坐起來，揉了揉眼睛，一臉懵懂：「現在不是晚上呀？謝謝你，兄弟，你救了我一命，下回殺豬宴，還有五十瓶啤酒，包在我身上……」

現在，我用手電筒照著他。我知道，在遞給我五十克朗時，他的想法跟我以五十瓶啤酒在涵洞下救出他一命一樣。可我想壓制一下他的傲氣，想讓他記住騎自行車要開燈，規定畢竟是規定。

然後他推著自行車，一瘸一拐謙卑地離去。我不僅洩了他車胎裡的氣，也洩了他的氣，事情理當這樣處理。在執勤的時候，親生哥哥我也不相認，我的兒子如果停車不當，我照樣課以罰款，雖然從那時起他不再搭理我。我最喜歡自言自語，跟月亮說話。

當月亮掛在天幕上，我跟月亮對話；當松樹送來陣陣香氣，我跟松樹對話，我見到什麼就跟什麼交朋友，我看到溝壑、小溪和池塘，它們都成了我的朋友。其他我就無所謂了，我也不想認識。

我是個孤僻的人。我坐下來，月亮便坐到我的膝蓋上，像一個姑娘；我伸出雙臂，月光盡情舔我的雙手，像一隻小貓兒，像巡邏犬。酒館裡的燈早已熄滅，騎自行車的人們從我身邊駛過，聊的話題都不入我耳。那些人騎在自行車上，大聲喧嘩，不是在反動密謀，但有叛國言論；只要我願意，就可以把他們送上法庭，投入監獄，可是根據講話的語氣，都是酒後之語，更像是懺悔。我聽到別人的所思，聽到他們內心的抱怨。當我自言自語時，我也會咒罵，然而從來不出聲……

我站起身來，走向月光下的酒館，花園餐廳裡，人們都睡下了。我拿起一把紅色的摺疊椅，放在馬路邊，我沉思片刻，使勁推開在眼前湧現的幻覺；幻覺裡，妻子離我而去了，兒子不理我了，我看見自己孤獨地坐在花園中的摺疊椅上，儘管強悍，然而形單影隻。假如沒有那一輪月亮，假如我不愛那些溝壑、松樹、待收割的田野和耕地裡散發的泥土清香，實際上我沒有一丁點幸福的理由。恰恰相反，當我有時趣味索然時，總是把手放到胸前的獎牌和勳章上，它們賜予我力量。我安慰自己，事實上所有那些獲得最高榮譽的人，同樣不幸福，大概也是妻離子散。然而當他們看一眼獎章，幸福感就會油然而生，被人認同等同於幸福。於是我開始微笑，感到自豪，對自己滿意。

這時從下邊的巷子裡駛出一輛車來，我認出是輛白色的衛星牌轎車。我知道，這輛車除了藥師吉姆拉，別人沒有。於是我擰亮手電筒，朝汽車上下揮舞。汽車減緩了速度，我把手電筒對準自己的胸牌，讓駕駛看到，警長親自在這裡等候他。汽車駛到我跟前，停下來。

他搖下車窗，懊惱地說：「我需要下車嗎，還是不用？」我說：「吉姆拉先生，您坐著好了，您喝了多少杯葡萄酒，多少杯？」吉姆拉馬上精神一振：「兩杯，兩小杯。」我說：「沒喝更多？」他焦急地辯解：「沒喝更多……」我不再說話，等著，讓他如坐針氈，以此來折磨他。周圍一片寂靜，夜色在橡樹的枝葉間流連，白色的月光鋪滿地面，像椰奶。我說：「什麼葡萄酒，白酒還是紅酒？」藥師一臉痛苦：「紅酒，我吃得很多，也喝了礦泉水。」雖然他這麼說，然而我看出來了，他沒少喝。但我看到如此美麗的夜晚，如此嬌美的月亮，我像對待佩帕那樣變得仁慈、大度。我把穿著高腰皮靴的腿一交叉，說：「喝得不多，是吧？」藥師喜不自勝：「非常之少……」

我一挺胸，說：「但這足以吊銷駕照了。只是，今天我心情不錯，那麼以罰款五百克朗了事。下車！」我看到藥師從座位上起來都困難了，不是因爲酗酒，而是想像五百克朗的罰款讓他痛不欲生，如同犯了風濕，顫顫巍巍。我很喜愛我的工作，但我討厭有人因罰款而崩潰的模樣。我說：「把車鎖好，身上帶錢了嗎？」他拿出錢包，說：「沒有，我只有一百。」說著把錢遞給我。我說：「家裡呢，家裡有錢吧？」他說：「有……」

我說：「我的巡邏車就停在這條巷子的橡樹背後，我們可以開車去取。」我走在前面，藥師趿拉著拖鞋緊跟在後邊，這讓我感到開心。然後我們坐進車裡，藥師嗚咽了一聲，扭捏說自己掙錢不多，能否罰三百。我給他一線希望，對他說：「等到了您家再說吧！」接著開車駛向他家。

嗯，只有闊綽的藥師才能擁有這樣的別墅，全是珍貴名畫，鍛製銅壺。藥師來回講解，說這些畫來自義大利，不住嘴地說啊說。我打斷他，要他把罰款拿來。他抽出一張張百元鈔票，像是在拔掌心裡的刺。他拿出三百，我接過來，撕下收據，放到桌上。

藥師把錢包塞進了胸前的口袋，微笑著說：「您要喝一杯嗎？」我說：「不用。」說著又撕下另一張兩百克朗的收據。藥師臉色煞白，他數出若干五十克朗的紙幣時，像病了似的，雙手直哆嗦。我站起身，他的車鑰匙在我手裡叮噹作響。我做出了決定：

「現在，您走路去取車吧，一路走下來足夠讓您從兩杯紅酒裡清醒過來了。」藥師哀嘆：「開巡邏車載我去吧，警長。」但我沒有妥協，握住門把說：「我已經決定了，三公里路程，您慢慢走，省得氣喘吁吁的，但願您的頭腦重新清醒，走到泉眼那裡可以喝點礦泉水。」

我走出大門，下臺階，走向我的巡邏車，車身熠熠閃光，發出幽幽綠色，銀色的鑲邊讓車身綴滿夢幻般的微光。在路上我想，等到全世界的民族委員主席都擁有大學學歷，那將多好。除了母語，我們的主席還會俄語，他將消息發送到市府，再從市府到州府，從州府到中央，而中央再將消息發送到莫斯科，在莫斯科匯聚來自世界各地的消息，報告每年在世界上發生了多少盜竊和搶劫，多少兇殺、淫亂和叛國罪，那裡的同志們已經知道，如同一千年間的天主教會知道如何應對，以減少犯罪率和提升人性。雖然沒有大學學歷的我現在已有的人性，尤其今天在克爾斯林區，當我洩了佩帕．普羅哈斯卡自行車胎的氣，決定把車鑰匙還給酗酒的駕駛，卻讓他步行三公里，等頭腦清醒了再開車回家……

「克爾斯的總督，克爾斯的總督！」我輕聲自語，這是我的敵人和國家的敵人幫我取的。然而它有一定的道理；我沒有大學學歷，大家卻稱我總督。這眞不錯，感覺很爽。

我一邊想著，一邊把手伸向胸口，撫摸胸牌，它們遮蓋著我紅彤彤的心臟的跳動。

那麼等到明天，我會把罰款還給佩帕，我的兄弟，再去買一個氣嘴蓋，今天他車胎上的那個被我拔掉了……

失控的牛

我們林區裡到處都是流浪狗。那些被人從車上扔下來的狗，現在全都守在油泵旁邊或樹林裡人們歇腳的地方，眼巴巴望著每一名停下車的駕駛，看看是否是自己的主人。然而小狗的主人們停下車來，並不是爲了跟自己忠實的小寵物再次見面，他們停車是爲了再扔下一隻小狗，然後一踩油門逃之夭夭。於是我們林區的小狗數量與日俱增。甚至在公路上都可以瞥見牠們的身影，因爲狗兒知道，只有在主人拋棄牠們的地方等候，才有希望，也許主人買牛奶、麵包或者報紙去了，就近把小狗繫在木樁上，很快就會返回。

這般翹首以盼的狗狗們，剛開始還安靜，但隨後開始窺探，往商鋪的窗戶探個頭，沒準自己的主人正往外走呢？因此，即使在城裡也會出現這樣的情形：燈柱上拴了一隻狼狗，拴了一上午，下午也快過去了，牠一眼不眨地盯著雜貨鋪門口，等牠的主人出來。所以每隻狗都在四處遊逛，等待主人出現，然後跟隨主人回家，在家中，在靜默的時間裡延續主人與寵物之間的神祕默契。

在主幹道上，狗狗們跑來跑去，當車燈照射過來，反光板讓牠們睜不開眼，當汽車減慢速度，狗狗們便狂奔過去，以爲這是牠們主人的眼睛，然而卡車輪胎是無情的，把小狗碾壓成一張毯子——鋪在床前地上的那種。所以，從我們這裡開車前往布拉格途中，你們會看到這樣壓扁的狗皮毯子，十張，有時十二張，呈平面形狀，每一名司機都不難分辨出那忠實而不幸的狗兒屬什麼品種。

有天，林區出現一隻這樣的狗。我猜牠以前在主人家可能睡在稻草上。牠躺在我們的牛欄裡，當擠奶女工去餵草時，牠以爲是牠的主人，牠親愛的主人來了，可是當牠發現眼前是一名陌生人時，便咆哮著護衛身下的稻草，牠剛在上面睡覺的稻草。

那天正好我值班，別人提醒我在牛棚的稻草堆上出現一隻行跡可疑的狗，於是我跑過去，打算用執勤手槍射殺牠。當我舉槍瞄準時，那隻狗用兩條後腿站立，兩隻前爪作乞求狀，乞求我不要開槍，放牠一條生路，因爲牠必須走了，去找自己的主人。隨著兩聲槍響，牠應聲倒地。村民們抬走了狗兒，扒下狗皮，因爲烤狗肉在村子裡是美味佳餚，畢竟這麼處理無主的流浪狗也合情合理，把牠做成烤肉，是最人性化的方式，修築公路的工人們經常那麼做。他們把每隻流浪狗都帶回住處，一群狗前呼後擁跟隨他們去購物，或者陪他們去啤酒館。工人們對狗兒不錯，用午餐的剩菜餵養牠們，或者幫牠們買來整箱的牛奶。倒不是工人們如何有愛心，而是把狗養肥了烹起來更加美味，而餵牠們牛奶會讓狗肉更加鮮嫩。所以每個星期都有一隻狗被鐵管插入鼻腔，無痛而亡，人們扒下狗皮開始烘烤。有時甚至每週殺死兩隻。誰也不能譴責那些工人，視他們的行爲邪惡，因爲相較那些把小狗從車上扔下去的主人們，誰的鼻腔更應該被插入鐵管，被扒皮，烘烤呢？

然而，當我射殺稻草上的那隻小狗時，嚇壞了牛圈裡的乳牛，那頭來自梅克倫堡的美麗小母牛，牠奮力掙脫繩子，朝我飛奔而來，因爲我握著手槍站在門邊。我慌忙閃身躲開，牠便像鬥牛士面前的公牛那般從我身邊疾馳過去。我感覺到牠的皮毛擦到了我的制服和胸章，牛尾巴高高翹起，眼裡滿是驚恐。這隻梅克倫堡乳牛越過牛棚外圍的籬笆，消失在森林裡。

我下令飼養員們出去尋找，然而那頭牛已了無蹤影，上哪兒去尋找？況且在克爾斯林區裡，簡直像大海撈針！

一個月後幾個採蘑菇的人說，他們看到了乳牛，但牠一看見人，就像那次被我手裡冒白煙的執勤手槍嚇破了膽，高擎尾巴，瘋了似的在小樹裡一溜煙跑了。所以在我們林區，除了成群的流浪狗，又添加一頭牛，變野了的梅克倫堡乳牛，體格龐大，五百公斤的塊頭。

我說，秋季咱們來一次狩獵，怎麼樣？把獵人們召齊，因為我也是個獵人，是狩獵協會的正式成員，我們圍剿那頭乳牛，先跟蹤牠，因爲變野了的牛對人具有攻擊性。所以在星期六我們坐上合作社的農用曳引機抵達逃脫了乳牛的那個合作社，大家散開成扇形，手拉手往前挪動，直到發現那頭野性的梅克倫堡乳牛。

對我們來說這是個艱巨的任務，對合格的獵人來說也是，狩獵一頭體重相當於兩隻麋鹿的巨獸，與十隻小鹿或七隻盤羊相當的笨重母牛，而且不是一頭圈養馴服的乳牛，而是野性勃發的牛，那該如何應對？就像我們上次在這裡打死一頭從波蘭境內蹓躂到我們這裡來的駝鹿，那頭駝鹿在公路上三次襲擊小汽車，用像怪手鏟斗那樣巨大的鹿角，勾住了三輛私家車，扛起來，把行駛中的三輛汽車像玩具般扔進壕溝裡，自己只輕微受傷。

那頭野牛轉過身來，想對我們發動攻擊，但後來想了一下，改變主意，跑出森林，跑向林間草地。我們的一位神槍手古列爾，手持獵槍迎面朝牠一瘸一拐走去。我們對他的槍法很有信心，一旦野牛進入他的射程，即便牠向他發動攻擊，他也能將牠撂倒。曳引機跟在我們背後，猶如一堵移動的城牆，萬一發生不測，我們便可像胡斯軍隊的鬥士那樣躍上曳引機，其遺留的精神及其加長的手臂從中世紀化入我們的身體，所以我們在草地上開始圍獵那頭瘋牛。牠站在那裡，吼叫、跺蹄、半屈前膝，以便選擇攻擊的對象。跟牠對峙的老古列爾，也許一槍就能擊倒小母牛，然而牠跑掉了，在一片耕過的農田裡停下來，叉開腿站著，頭部昂起，時刻準備進攻。老古列爾步履蹣跚地緊隨其後，我跟其他獵人則跳到曳引機的車斗裡，開動突擊戰車前去幫古列爾助威；他在五十公尺的射程內瞄準兇猛的牛。但野牛站著不動，我們坐在曳引機上圍繞野牛而行，每個人都往牛的身體射出致命的子彈，但牛依然站在那裡，眼睛直視前方，我們不禁後背發涼。我們幾乎射盡了槍膛裡所有的子彈，我的公務手槍也已空無一彈，但野牛巍然站在那裡，兩眼望著我們，我們無法揣測牠會攻擊誰。

隨後我拿起無線對講機，正要聯絡消防隊，要他們把鮮紅色的消防車開過來，用水槍對付這頭野牛。這時從林子裡走出一位俏麗的姑娘，婀娜的雙腿款款朝我們走來，朝牛的方向走去。我們朝她呼喊，我像車站站長那樣命令她立刻止步，轉身回去，因爲這是一頭瘋牛，敢把任何人踩爛在蹄下。女孩仍然天眞地走來，離那頭牛越來越近，我們喊得嗓子都嘶啞了，啓動了曳引機，在車廂擋板上架起沒有子彈的獵槍，萬一野牛攻擊女孩，大家就一齊把刺刀刺向野牛的膝蓋。

然而，那名女孩走到牛身邊，舉起雙手，捅到牛肚子上，牛儼然一尊雕像，雙腿僵直，側翻倒地，眼睛睜開著。我們紛紛從曳引機上跳下來。那名女孩轉過身。等我們走上前去，女孩用手腕抓住牛，然後在牛的身邊躺下，說：「牛都死半個小時了，因爲恐懼，牠突然中風。先生們，這就是所謂的致命痙攣，你們別害怕。」我說：「你說什麼呢，誰怕了？我們也知道牠已經死了，對吧，同志們……」

而後大家拍照，每個人把一隻穿著獵靴的腳踩在野牛的屍體上，我們還合影留念，因爲我們認爲，將在《自由報》或者《寧布卡日報》上刊發的報導必須圖文並茂。然後我說：「小姑娘，你在這裡做什麼？能出示一下證件嗎？」她把身分證遞給我，我先看她的年齡，然後職業，是否遊手好閒，以賣淫爲生。然而上面赫然寫著：教師。小姑娘說：「這裡真美啊。誰能想到，平原地帶也能如此美麗？」我接口說：「證件只是調查的程序之一，但你，身爲一名布拉格的教師，來這裡做什麼呢？」

她說：「先生們，你們不知道嗎？莫札特曾在那邊的薩克森小教堂裡彈奏過管風琴。」我說：「我們知道，管風琴，但我們更喜歡銅管樂。」她說：「您知道嗎？在這個小村莊裡，在赫拉迪斯科，曾經住過兩位班主任，他們是莫札特的朋友，還應莫札特之求把幾首曲子送給了他，後來被莫札特用在歌劇《唐璜》裡。」我問：「那位班主任有許可嗎？」女孩回答說：「當時還不需要許可，那個年代出口藝術品是合法的，當時沒有意識形態的區分。先生們，很感激你們在這頭野牛跟前救了我的命。我很開心有幸結識你們，我必須去搭渡船了，不然，我會誤了火車，而且船夫告訴我，他就擺渡到五點鐘，然後就去玩紙牌了。我也喜歡玩牌，不僅玩卡納斯達，還玩撲克。那個撲克遊戲讓我學會了判斷，因此在遠處，當我走向野牛的過程裡，就知道牠在半個小時前已經死去。」說完她離去了，我們看著她美麗的雙腿，她舒緩有彈性的腳步，她像少女那樣走著，對我們來說這番經歷成爲一種享受，好比是我們擊斃了那頭失控的梅克倫堡乳牛，從而保護了我們的克爾斯林區，讓村莊免遭災難，就像去年我們冒著生命危險征服了那頭從波蘭遊蕩入我們林地的悲傷大駝鹿。

「見鬼，她是人嗎？是活生生的人嗎？那名女孩好像沒有軀體，我敢打賭，她是一個精靈。」老古列爾，那個神槍手叫嚷起來。我說：「不可能是仙女，我告訴你，古列爾，因爲仙女不能也沒辦法擁有身分證。就這麼簡單！」

老古列爾一瘸一拐，扛著步槍跑去追那個漸行漸遠的女孩，並喊道：「即使她不是仙女，也是林中女妖！」說著瞄準，射擊，然後再瞄準，射擊，步槍震得他的肩膀直動彈，我們看到遠去的那個目標，那女孩的後背，老古列爾不是沒有打中，他擊中目標了，因爲老古列爾向來百發百中，然而我害怕寫出結果，因爲那名美麗的女孩依然在行走，甚至轉過身來，向我們舞動一方手帕……

這下您看到了，在我們這個地區能產生不良後果的一切。人們往樹林裡的瀝青碎石路上扔下小狗崽後，會發生什麼事呢？當我在執勤時，在牛棚射殺了小狗，導致梅克倫堡乳牛失控發瘋，掙脫韁繩逃跑，現在牠四腳朝天倒斃在地，於是將牠身上的肉提供給提煉廠或動物園，帶來三萬元的營業額。因此，別再從汽車裡往外丟棄小狗啦！

珍寶客機

遇上這樣的店老闆，算是我們倒楣還是幸運呢？酒館老闆斯波爾尼克先生怕冷，即便在夏天，他家那個菲拉科沃牌的爐灶也生著火。就算如此，店老闆來回送啤酒時，那穿著長皮大衣的身子，依然在瑟瑟發抖，而我們這些酒徒個個大汗淋漓，豪飲啤酒。永遠都喝不夠的啤酒呀！

另一位店老闆則是火爆之人。因爲吃妻子羅曼娜的醋，即使在冬天也不生火供暖。客人只消對他的妻子看幾眼或稍微笑一下，店老闆便威脅說：「馬上結帳，酒館將關店一天。」他眞的關店過幾次。這位店主名叫法律，確實有一整套整治客人的手段。他送上啤酒時，如果客人沒有像小學生在學校裡那樣規規矩矩坐在位子上，他不但不給啤酒，還會朝他喊：「在酒館裡是這個坐姿嗎，沒個坐相，還翹二郎腿？甭想讓我給你倒酒，馬上坐正了。」在教訓客人的同時，店老闆不會忘記關注是否有人別有用心地在打量他的妻子，做手勢或者拋媚眼。說實話，店老闆夫人羅曼娜眞是最好的人，患有膽囊炎，她自己的療法是喝白蘭地或威士忌。她那個美麗的小女兒總是跟在她身邊。每天晚上夫人在吧臺的水槽裡幫女兒洗澡，因爲在我們的哈宴卡酒館裡沒有洗浴設施。

小女孩坐在杯盤交疊的水槽裡，遇上客人點了茶或者咖啡，羅曼娜便在肥皀水裡洗出一個杯子來，然後端出一杯冒著泡沫、香氣四溢的美味咖啡，如同地道的白蘭地。她對所有的客人都很親善，會在客人的身邊坐一會兒，大家則奉上白蘭地和威士忌爲她治療膽囊。她唯獨不待見飛機維修師別洛赫拉維科先生；那人難得來一次，可一旦來了，還是很有氣勢的。他剛坐到酒館裡時，滿臉的多愁善感，等四杯啤酒和摻了朗姆酒的黑咖啡下肚後，憂鬱便雲消霧散。然後他會突然問我，一月六日我在做什麼？我告訴他那天我休息，別洛赫拉維科先生便邀我去沃羅涅日[24]共享茶點。他興奮地對我說，那天我們將一起乘坐首席飛行員馬祖爾駕駛的飛機，在波普拉德[25]過夜，那裡已準備好吉普賽音樂，翌日早上，我們前往沃羅涅日，他要去修理破損的一四一飛機[26]。下午我們一起享用茶點、魚子醬和香檳，晚上再飛回布拉格。

但這一次讓羅曼娜對飛機維修師別洛赫拉維科先生產生厭惡感。喝下五杯啤酒後，維修師就放開了，熱情地對酒吧裡所有的人說：做一名飛行員，可不是簡單的事！本質是數學和幾何的王國，在咱們整個林區這個王國就託付給了我和工程師胡普卡先生！他起勁地大聲叫嚷，容光煥發，儼然是天才級人物。

羅曼娜呷了一口白蘭地，發問：「幾何，我行啊？也可以託付給我呀？」但別洛赫拉維科先生馬上站起來並激動地喊：「不，夫人，它只能委託給男士，您，不行！」羅曼娜：「爲什麼不行？」別洛赫拉維科先生揮舞拳頭以證明自己的學識，大聲喊道：「不行，因爲，女士，你們是先驗的愚蠢。」羅曼娜的臉漲紅了，回答：「多謝您。」

別洛赫拉維科先生的天才舉止始於他用曳引機運三明治，警察在合作社門口等他。手托五十個三明治的別洛赫拉維科先生指揮道：「朝柵欄方向，穿過柵欄，從集體農莊後門進去！」曳引機手穿過柵欄，然後他們在牲口棚裡吃喝，而警察們搓著手，枉然舉著擴音器在大門口等候。當別洛赫拉維科先生講完這段軼事，我問了他一個問題：「您居然能這麼做，別洛赫拉維科先生，怎麼想到的？」他得意洋洋地嚷道：「爲什麼？我

24 沃羅涅日（Voronezh），俄羅斯沃羅涅日州首府。
25 波普拉德（Poprad），斯洛伐克北部城市。
26 俄羅斯研發的雅克一四一垂直起降戰鬥機。

喝了六杯啤酒和六杯朗姆酒，我是個天才！」從那時起他成為了天才，但只是偶爾，因為他清醒的時候，靦腆、膽怯、沉默寡言，是個一碰就臉紅的人。

剛才我提到，羅曼娜處在店老闆丈夫的視線監控下，而我想敘述那些在哈宴卡酒館裡上演的趣事。

那時候的冬天非常冷，但店老闆只在廚房和小房間裡燒煤取暖，那裡是他妻子和孩子必待的地方。每一位走進酒館的客人，都會先打個冷顫，每一位有需求的客人，店老闆會提供白桌布讓他們披到後背上。不消片刻每一位客人都會需要。

客人們身裹白桌布坐著，餐桌上是白桌布，外面皚皚白雪飛舞。為了讓客人們取暖，別洛赫拉維科先生建議大家把三個菸灰缸擺在一起，伸出雙手在燃燒的紙和菸頭上方取暖。後來店老闆拿來一個大陶罐，那種附帶耳朵的棕色陶鍋，將它架到三個菸灰缸上，並在菸灰缸裡燒上紙片、報紙，甚至小木塊，接著抱來他的小寶寶，將她放進那個陶罐裡，這下酒館裡雖然寒氣襲人，但孩子待在陶罐裡暖暖和和的，烤暖的雙手多少鼓舞了大家的情緒。在那一刻，酒館門被推開了，白色的客人和白色的桌布之間走進來一位煙囪工。鄉村煙囪工手持掃把，一臉憂傷。他沒有拿桌布，因為滿身黑煙灰，他坐到餐桌前，雙手捧住腦袋，大聲要了一杯烈酒，然後面無表情盯著天花板，說：「今年運氣太差了，新的一年也好不到哪裡去。我被起訴了，說我強姦了自己的妻子，沒錯，妻子！」

客人們一臉驚愕：「什麼？」店老闆斷然說：「這不可能。」然而煙囪工掏出錢包，他起身時，手肘和雙手都按在白桌布上，然後他走出來，雙手按在潔淨的桌布上，向大家展示那張地方法院對他強姦妻子行爲的起訴書。訴狀在客人手裡傳閱一遍，煙囪工繞行了一圈，他的兩隻手始終像鞋底那樣遊走在桌布上，店老闆大喝一聲：「等一下！」他往桌上攤開一份報紙，示意煙囪工坐下來，把雙手放到報紙上，別玷污了他的桌布，不然不爲他熱酒了……

煙囪工敘述起妻子見異思遷，愛上了別的男人，還找了律師準備跟他離婚。有一次煙囪工用威脅手段強迫了她，就像古羅馬人擄走薩賓族的婦女後那樣，必須順從他的意志。客人們驚嘆不已，重新埋頭讀那紙訴狀。店老闆隨後朝廚房走去，隔牆威脅起自己的妻子，那個美麗而安靜的美人，體重雖然有七十八公斤，但金髮碧眼，一頭淺髮似金色稻草或菩提樹幹的刨花，讓整個林區的男人著迷，每一位來店裡的客人都捨不得從她的頭髮和眼睛挪移視線，常惹得店老闆抓狂。他危言聳聽地說：「哼，我的女人也會那樣折騰我的！在斯拉夫語家庭裡見不到斧頭，而我卻有！」他挺了挺胸。煙囪工也許因爲悲傷已經有些醉意，他雙手抓住餐桌，手掌貼在桌面上，緊跟在店老闆背後，從一塊桌布挪到另一塊。煙囪工規勸說：「算了，別傷害她，她是個人……」「什麼，」店老闆吼起來，「那我是誰？還算大丈夫嗎？她必須對自己的男人俯首帖耳！」

煙囪工斜靠在吧臺上。門打開了，美麗的羅曼娜走進來，她的髮絲像太陽光那般耀眼，溫暖了所有客人的目光。她把溫熱的烈酒端給客人，每個人都看著她，店老闆若有所思，在琢磨眼前的女人是否也有情人，並透過律師起訴他，控訴丈夫的強姦行爲。他看到妻子如此美麗、如此賢惠，如此招惹他人憐愛。店老闆哀號起來：「從今天起，你的腦袋必須罩上頭巾！不然我把你剃光頭，並對所有人宣布，因爲長蝨子，頭髮都掉光了！」說罷他重重地坐下去，渾身顫抖，一把扯下桌布搭在肩膀上，如同披了一條白色的披肩。他坐在煙囪工身邊，而煙囪工正貪婪地往嘴裡灌烈酒，朝廚房招呼：「再來一杯！先生們，這還沒有了結！法院還起訴我破壞新締結的幸福婚姻……」

酒館裡鴉雀無聲，陶罐裡寶寶的小腦袋沉沉地在瞌睡，陶罐像鑄鐵爐那樣散發出暖融融的熱量，所有人都伸出手掌貼到罐面上，望著熟睡的小孩，她不時甜甜地啜泣一聲，然後安靜下來。突然別洛赫拉維科先生要了一整瓶菲奈特．布蘭卡酒，店老闆起身，搖搖晃晃取酒和酒樽去了。我們都推測和想像，那是什麼樣的法律，可以如此偏袒情人甚至保護他，保護美滿的新婚姻，而無視丈夫的地位。當店老闆往杯裡倒酒時，再次站起來，當他確信斧頭就倚靠在門框上時，便滿意地趴在椅子上，目光茫然地穿牆而過，注視那個讓人遭殃的源頭。煙囪工再次離開餐桌，雙手在此刻已經橫七豎八的白色桌布上遊移，淚水跌落到煙灰和煤屑斑斑的桌布上。「你剛才是怎麼說的？」店老闆問。

煙囪工抽出背後鼓鼓囊囊的挎包，黑黢黢的手從裡面掏出一張紙，一看不是，夾著煤灰塞回包裡，再翻找出第二張，把它遞給店老闆。店老闆大聲讀起來：「事項：阻撓新締結的婚姻……」他讀罷，把紙傳給其他人，宣布：「我再買兩把斧頭，誰有種來試，說我阻礙新的幸福！」此時門推開了，從廚房走出那一頭稻草般炫目的波浪鬈髮；羅曼娜眞是美豔，彷彿是海的女兒——啤酒和啤酒泡沫的海。她手裡端一杯冒著熱氣的烈酒，大家紛紛站起來，拿桌布遮住腦袋，然而所有的眼睛都一眨不眨地盯著那個美人。羅曼娜有個不好的習慣，臉上總一抹淺笑，目光微微斜視，恰恰這斜視勝過了一切驚豔，讓所有男人覺得，羅曼娜的眼神有內容，她在寫詩，她的內心有祕密。

店老闆說：「我將申請狩獵證，我要成爲射手，獵人！」煙囪工端起熱酒杯，雙手在顫抖，小茶匙比他的牙齒抖得還厲害，然後坐下去，一雙大手足以捂住整個杯子，杯子上刻著「來自赫林斯卡[27]的問候」幾個字，他冰涼的雙手冷卻了杯中的飲料。

「先生們，」別洛赫拉維科先生歡快而輕鬆地說，他在喝第六杯啤酒。「先生們，翻過這一頁吧！你們知道昨天我在哪裡嗎？在非洲，我飛越了吉力馬札羅山。」客人們都被吉力馬札羅山吸引住了，開始爭論吉力馬札羅山在哪裡。「它位於尼羅河的白泉附近，」庫茲米克先生說。「不，它位於南非，」獵人格羅姆斯先生反駁。「什麼呀，在科威特那個地方，那裡總共才有三十棵樹，其中二十棵屬部落酋長，」弗蘭茨先生說，我接口說：「那個地方，以前是德國殖民地……」

護路員普羅哈斯卡先生最後一個抬起頭來。他睡得真香，但一如往常，他從睡夢中醒來時，耳朵裡什麼都聽進去了，他說：「你們都聽好了，我告訴你們吧，當你喝醉的時候，吉力馬札羅山便位於克爾斯……你們滿意了吧？」他說完又睡著了，腦袋垂在胸前，進入酣睡狀態。

酒館再次陷入沉默。爲了趕走強姦妻子和企圖阻撓幸福婚姻的想法，庫茲米克先生說：「先生們，古時候的俄羅斯，最細膩的工具就是木斧。」店老闆精神一振，說：「這是我說過的話！」庫茲米克先生接著說：「古老的俄羅斯人，每個人的外套底下都藏一把斧頭，你們不會相信，當時這種斧頭在俄羅斯人手裡大有用處，甚至用來敲示警鐘。」別洛赫拉維科先生猛地一拳砸在桌子上，幸福地喊道：「再來一瓶菲奈特酒，諸位！」店老闆起身拿酒，開啓後往玻璃杯裡倒，他還送來啤酒，每個人開始感覺暖和起來，甚至有點熱。大家不再緊挨燃燒紙片的菸灰缸和熱呼呼的陶罐而坐，店老闆從陶罐裡一把拎起小孩，把她抱到房間裡。等店老闆返回時，煙囪工再次用雙手把角落裡的桌布踐踏了一遍。店老闆看了一眼掛在門框上的牛頭，隨後一擺手。

別洛赫拉維科先生又喊：「諸位，今年的七月二十六日你們打算忙什麼？」客人們交頭接耳後，紛紛表示那天他們有空，或者可以休假。別洛赫拉維科先生嚷道：「那我邀請所有人去機場！珍寶將首次著陸布拉格，在我的停機坪，我的飛機跑道上！」那些不知道珍寶爲何物的客人，驚呼：「什麼，珍寶？」別洛赫拉維科先生站起來，他裹著白色桌布的形象異常搶眼：「是的，珍寶！先生們，珍寶七二七飛機，巨型客機，可運載三百六十名乘客！每隻機翼裝載兩萬五千升汽油！由我負責著陸，所以，假如跑道的混凝土層厚度達不到六十公分怎麼辦？假如這架巨型飛機著陸時，往前擠壓了混凝土

27 赫林斯卡（Hlinsko），位於捷克中部。

塊，像拋擲冰山那樣把它扔到遠處一直到克拉德諾，我的珍寶客機不就在布拉格擱淺了！」別洛赫拉維科先生起勁地大聲叫嚷，扯著頭髮。「那我該如何面對軍事法庭的審判？先生們，我在爲軍隊服務，我在爲美國泛美航空公司服務，我領的薪水以美元計！沒錯，美元！春天時我可以去外匯商店買下一輛西姆卡[28]，夠厲害吧？我知道，我向你們透露了我應該保守的商業機密！」

店老闆問：「那玩意兒有多大？」

別洛赫拉維科先生狂喝起來，把杯中物一飲而盡，又口對瓶子喝了很久，然後激動地喊道：「它有七十八公尺長，二十八公尺高，機翼跨度近三十公尺，機組人員和機長的工作機艙就有酒館這麼大。」他邊叫嚷邊用手勢比劃弧線，描繪哈宴卡餐廳的形狀。

弗蘭茨先生說：「這麼大，簡直無法想像，但是先生，那架珍寶，如果它在這裡降落，我，還有店老闆先生，我們拉住機翼的話，那個龐然大物還能飛起來嗎？」別洛赫拉維科先生一拍額頭：「什麼，你們會被甩出去的！在羅馬，曾經有一輛卡車在停機坪忘記開走，被珍寶像玩具般掃沒了，像一隻小貓，一隻小貓咪。」弗蘭茨先生卻堅持認爲，如果我們所有人都去拉住機翼，飛機肯定起飛不了！

別洛赫拉維科說：「這架珍寶的推力係數達五十八噸。」他揮揮手說：「這架飛機眞是了不得，有上下兩層餐廳，相當於十個大穀倉，十輛帶掛車的貨車。你有帶手電筒嗎？」

已經是掌燈時分，深冬的夜晚，每個人從掛在衣架上的外套裡掏出手電筒。珍寶先生問：「誰會用腳步測量長度？」弗蘭茨先生說：「我會。」客人們熱血沸騰，滿臉汗津津的，爲了不去想像暴力姦淫自己的妻子，嘗試阻撓締結的幸福婚姻，大家紛紛走出門去，走入了寒冷瑟肅的夜幕中，唯有普羅哈斯卡先生在酣睡，睡夢中揮舞一隻手，說：「你這個人！」語畢，又睡著了。

夜色疏朗，清冽，雪花描摹出酒館若隱若現的側面，白樺樹閃閃發光，彷彿樹身藏匿了一盞霓虹燈，而橡樹幹如同黑魆魆的煙囪工。珍寶先生步履不穩，所有人都搖搖晃晃，走在清新的空氣裡。但珍寶先生怪點子多，把匈牙利手電筒的光圈聚焦在一棵高大的白樺樹上，密密的枝杈遮蔽了整個酒館。「嘿，」珍寶先生喊，「這棵樹有多高？」弗蘭茨先生回答：「二十公尺。」珍寶先生嚷道：「試想一下，這棵白樺樹再加上一

28 西姆卡（Simca），法國汽車。

半，就等同珍寶客機的高度！看，這裡相當於我的機艙，機長和機組人員也可以使用，類似的機艙還有十三個！我們暫且作爲足球運動員和線審，現在沿著公路測出八十公尺長度……」

弗蘭茨先生邁開腳步走起來，一公尺接一公尺數著，十一、十二……五十三，五十四……他的手電筒漸漸遠去，隨後停下來，舉起手電筒示意，弗蘭茨先生報告說：「八十公尺！」珍寶先生指揮：「現在兩個人到對面去計數，自哈宴卡酒館數十五公尺。」兩位客人搖晃著去了，林區的空氣如此濃郁，尤其在喝完烈酒之後。庫茲米克先生在走完十五公尺的距離途中，兩次摔倒，但最終在遠處，在珍寶的尾部亮起了手電筒，在張開的機翼兩旁也亮起手電筒，這下我們對那架龐大的巨型飛機有了足夠豐富的想像。珍寶先生熱情詳盡地爲我們介紹波音七二七所有的細節和資料，然後大聲問：「怎麼樣，弗蘭茨先生，您能控制機翼不讓它起飛嗎？您甚至摸不著邊，登上珍寶客機相當於爬上兩層樓，那就是機翼的高度！」

突然在客棧的護欄邊，那邊的露臺上亮起一盞燈，彷彿機艙和操作臺儀表板亮起紅、黃和綠色的燈，我們不由得疑惑起來，擦了擦眼睛，以爲是野外清新空氣的緣故。然而一個聲音讓我們靜下來：「你們在這裡幹麼呢，小貓咪？」隨著喊聲，當地的警長走了出來。老習慣，手電筒照亮胸口，照亮那些政府授予他的獎章和榮譽。他示意我們馬上過去，於是我們搖晃著朝他走去，他用手電筒直射我們的臉，我們害怕起來。因為煙囪工的雙手不僅弄髒了所有的桌布，還多次摸我們的臉。警長大聲質問：「你們在這裡幹什麼，為什麼要蒙面呢？」

珍寶先生說：「警長先生，我們在這裡演示波音七二七飛機的體積，那種巨型運輸機，明年夏天它將在布拉格著陸！」警長心情不錯，驚嘆道：「那簡直難以置信，我的印象是，你們要讓那架珍寶在此地降落。」

「警長先生，」珍寶先生舔了舔手指頭，舉起來發誓說：「我很擔心，布拉格魯津機場是否能承受住飛機的衝擊……」「好吧，好吧。」警長夢幻和惆悵地準備離去，「貓咪們，你們繼續玩，假如我不是在值班，我就陪你們一起玩了。唉，如果那架巨型機真的在這裡降落，就太好了！」警長說著，再一次照亮胸前所有的獎章，走入第六林蔭道，在那條道路的某處停著他的伏爾加警車。他在背後留下一片混亂和錯愕——向來如此。

目送他離去，我們回到酒吧門廊上，幾個人上樓時一步跨四個臺階，彷彿背後颳起了暴風，雖然此刻風平浪靜。大家又回到暖融融的酒吧裡。吸了一肚子涼氣，然而菲奈特酒讓我們疲憊不堪。

店老闆看到所有桌布都被煙囪工的手掌弄得汙跡斑斑，他看一眼鞭子，然後擺手作罷。普羅哈斯卡先生一覺醒來，說：「店老闆，他到哪兒都這樣，他也糟蹋過諾瓦克客棧的桌布，那家店老闆是個屠夫，而且正為草甸和梨樹的事兒打官司呢，一氣之下拿起鞭子沒頭沒臉抽了煙囪工一通。今晚煙囪工躲開了諾瓦克客棧的酒會。我告訴您這些夠了嗎？」店老闆饒有興趣地問：「煙囪工挨了很多鞭？」普羅哈斯卡先生囈語道：「無法再多了。」接著一歪腦袋又睡著了。

店老闆又注了幾杯啤酒，然而胸前佩戴亮閃閃獎章的警長始終在他眼前浮現，於是店老闆又拿出一瓶菲奈特酒。幾杯酒下肚之後，大家的眼前越發清晰地看到了警長，用手電筒照著胸膛，朝我們點頭，伸出手指頭威脅我們：「小貓，小貓，盡情玩吧！」

珍寶先生強調：「那麼我們就說定了，七月二十六日在機場見，如果警長一問起我，他們馬上就會來找我的。嗯，七號維修師喝酒，而我是八號，負責所有工作，最後一個離開，所以一切都在我肩上擔著！」珍寶先生絮叨他的事，我們喝我們的酒，喝了許多，喝得很快，津津有味地用烈酒兌啤酒喝，護路員普羅哈斯卡先生總能及時醒來，喝上一杯再睡去。雖然身體在睡，但他的靈魂警醒著，他會滿意地點頭附和或搖頭否定，當他發現必須干預時，會及時插幾句話，然後繼續睡。弗蘭茨先生為了讓煙囪工不去想著法院和訴訟之事，對他說：「經歷了所有這些煩惱，你仍然可以在政策上依靠當地的區委會……」

然而煙囪工搖了搖頭，拿起報紙，把它在舖展在沾滿煤灰煙塵的桌布上，再小心翼翼地將手肘擱在報紙上，以免弄髒了桌布。他說：「我也完蛋了，我曾滿心期待，也寫了一份發言稿，準備在委員會旗幟交接的隆重環節講幾句。然而我飢腸轆轆，等輪到我講話時，我剛站起來，拿起麥克風。這時有人遞我兩根泥腸，我看見巴施德茨基從一側，霍林納從另一側，一人一根拿走了我的泥腸，我對著麥克風罵起來：『混蛋！』現場所有人都嚇一跳，此時我才意識到手裡舉著麥克風，於是我又大聲道歉說他們吃了我的香腸！會議主席對我的發言表示感謝，說，這就夠了，他已經明白我的立場，我心裡想的是吃而不是慶賀發言……」

菲奈特．布蘭卡酒瓶空了，客人們起身，煙囪工徑直離去，沒有再用爪子觸碰桌布，他說他擔心那些桌布弄髒了自己。大家往外走到酒館門口，外面寒風刺骨，所有人都跑到了路對面，菲奈特．布蘭卡酒把我們從公路上掃進了壕溝。等我們爬起來，菲奈特酒再次讓我們跑向對面的鐵絲柵欄。護路員普羅哈斯卡先生縱身躍上自行車，邊騎邊朝黑暗中吶喊：「善良的人們，請躲開，我衝過來啦！」大家眼見他的手電筒摔進溝裡，靜默片刻，光又亮起，他坐到了馬路邊，然後光束舉起來，握在亮閃閃的自行車把上，光柱好幾次來回搖擺，像是在繫鞋帶，光束再次跌落在公路上。我們躺在溝裡，普羅哈斯卡先生騎過我們身邊，大聲叫喊：善良的人們，請躲開。他的身影遠去了，一路駛向國道，光柱在那裡滑進雪溝裡。

唯有珍寶先生優雅地大步流星，咬著牙說：「窩囊廢！」他的身影漸行漸遠，拐進自己家門，他要餵狗，然後清晨四點，騎上自行車穿越樹林沿小道去麗賽火車站，從那裡去機場。對於飛機場，他始終珍愛似生命，甚至勝過自己的生命。

我仰面躺在溝裡，珍寶先生身穿淡藍色的外套，頭戴精緻的貝雷帽，踏著自行車經過我身邊，他穩穩地緊握車把，騎車遠去。而護路員普羅哈斯卡先生還騎在自行車上，在公路上來回兜圈子，當他再次意識到自己還未到家，雖然騎著車，然而方向背離了一百八十度，於是再次加速，朝遠處呼喊，因爲他的自行車鈴鐺已經發不出聲：「善良的人們，請躲開！」

庫茲米克先生躺在柵欄後面一動不動。柵欄另一頭，有隻狼狗在咆哮，吵醒了主人，那人拿起鞭子準備跑去教訓店老闆，抱怨他的客人鬧出如此大動靜，驚擾他的狗狂吠不停，吵著了他的睡眠。他發現了溝裡的庫茲米克先生，於是他喊：「老鄉，需要我幫您嗎？」庫茲米克先生躺著也嚷道：「我什麼也不需要！你這個老畜生，我礙著你什麼事了？」他就那樣一直躺到天色大亮，然後爬到變壓器那邊，被送奶工發現了，最後送奶工開車把腿部骨折的他送回家。

普羅哈斯卡先生最終找到了回家的路，他的臉摔傷了，臉頰撞在自行車把的鈴鐺上，折騰了五小時才回到家，假如像我這樣，不醉酒的狀態下步行半小時就到家了。

弗蘭克先生在自行車上騎了僅四個小時，然後回家悄悄地睡下。然而早晨妻子搖醒了他。「怎麼回事？」弗蘭克先生嚇一跳。「昨天晚上你又喝醉了吧？」弗蘭克先生一臉茫然：「我，喝醉了？」妻子一把揪住他一隻耳朵，把他從床上拖起，拖到窗前說：「你自己看吧，無恥之徒！」弗蘭克先生望出去，他看到自己的棉靴扔在草地雪堆裡，像煙囪工那雙在酒館桌布上胡亂塗抹的手掌，像二十名等候公車的乘客在寒流裡來回踱步，四處踐踏，然後遭自行車不下十次的碾壓。棉靴像一副眼鏡，當他倒在雪地時，如同把一張騎車人的插圖頁翻轉過來。此時珍寶先生早已在飛機場上擰緊了鎖定螺母和密封套，機場對流的風讓他頭腦清醒。

護路員普羅哈斯卡先生躺在床上，臉上有跟堅硬雪塊摩擦的瘀傷，此外還有自行車鈴鐺的印記。他的小孫女來到他身邊，按了按他臉上的鈴鐺印記，說：「爺爺，你昨晚喝醉啦？」護路員普羅哈斯卡先生，講實話的信徒，在斯拉夫式的仰臥體位上附過身對孫女說：「是的，我計算了在那段時間裡我一共有二十八處瘀傷，而且發現自己摔得很靈巧，因爲我沒有一處骨折，也沒有腦震盪，好幾次我都是仰面跌倒，腦袋直接磕到了凍得結實的公路面上。」

煙囪工先生讓自己焦頭爛額、危機四伏的一年登峰造極：他早上在羽絨被裡醒來時，身上穿著工作服，抱著煙囪刷。他渴了，於是起身去儲物間，直接端起一大罐酸奶痛飲。他喝得津津有味，突然間，他看到兩隻眼睛游過來，越來越近，他以爲是自己醉酒的緣故，然而那雙眼睛越來越大，到了他因飢渴難忍的嘴巴裡，某個活物進入了他的嘴裡。煙囪工一把抓住抽搐的腿往外一拉，眼前分明一隻小蟾蜍，不知何故掉進了酸奶罐裡。

早晨，店老闆扯起所有的桌布，試圖翻轉過來使用，然而煙囪工手掌上的煤灰、汗漬和悲傷浸透了桌布，滲到了另一面。這下店老闆別無選擇，只好撤換下髒桌布，鋪上乾淨的。下午他打了個盹，當他望向窗外時，彷彿聽到機器的轟鳴聲，自己好像坐在珍寶波音七二七的機艙裡，那架巨無霸飛機剛剛降落或者即將起飛？他妻子披著一頭金色鬈髮走進來，店老闆笑眯眯看著她，親撫妻子並問她：「自願做愛？強姦？」金髮美女點了點頭，乜向他的眼神裡充滿了神祕和被遺忘的文化。店老闆又問：「真的沒有哪一個人威脅到我們的幸福婚姻嗎？」妻子羞紅了臉，點了點頭，閉上了雙眼。沒有人想要起訴我，告我阻礙了幸福的婚姻嗎？妻子緊緊摟住丈夫，給了他一個親吻，很多年不曾有過的，發自內心的吻。

店老闆打開爐灶生起了火，已經一年沒有生火了。當他到門外倒煤灰時，別洛赫拉維科先生騎在自行車上來了。店老闆跟他招呼：「下午好，珍寶先生，您是來聊天？還是喝酒？爐子已經生上火啦！」

珍寶先生點點頭，他又成爲那個膽怯、害羞、不知所措、愛臉紅的人，他繼續往前騎，轉入林蔭道，他餵狗，夢想起珍寶客機和婚姻。他的婚姻也觸礁了，和煙囪工一樣……

馬贊的奇蹟

弗蘭茨先生坐在枝葉繁茂的花園長椅上，樂孜孜地打量蘋果樹上盛開的花朵，當他留意到我正透過鐵絲柵欄在看他時，便伸了個懶腰，滿足地說：「美極了，是吧？您瞧瞧我頭頂上那些粉紅色的花瓣，不停地往下飄落，弄得我滿身都是。這個品種叫馬贊的奇蹟。還有這個，」說著他站起身，走到柔和的微風裡落英繽紛的蘋果花枝下，「這種綠蘋果叫伊麗莎白，口感最好了，您下回切白菜絲的話，往裡摻幾顆蘋果……」說著他身穿工人裝、腿蹬橡膠長靴的魁梧身影，從一棵喇叭形樹冠的蘋果樹搖擺到另一棵向日葵似的蘋果樹，邊走邊撫摸樹幹，就好像那一棵棵樹幹是姑娘誘人的胴體；或者他剛幫盥洗室的牆面貼罷瓷磚，面對自己的手藝沾沾自喜；他也像一位木匠，深情地摩挲著親手打造的桌子、椅子，所有的家具。「這裡多美啊！」弗蘭茨先生說著來到柵欄邊，手指扣進鐵絲網眼，跟隨我腳步的和緩節拍，慢慢挪動，彷彿大衛王在撥動豎琴，爲自己美麗的詩篇件奏。

「這裡會更美，如果沒有繁衍出那麼多綿羊給我惹麻煩。牠們如潮水般湧現。這三年來我一直在清理羊群，可一到春天，總多出六隻。那隻公羊邦博和最老的母羊沃揚達只要一對視，沃揚達就被撲倒在地……就這樣，沒辦法。嗯，這些是夏季品種阿斯特拉罕，它粉紅色的花瓣多水靈，孩童的小耳朵似的。

「那些公羊不讓我睡覺。去年有人建議我把公羊馴化，於是我在邦博的前額角上用鐵絲綁了一根鐵棍，重達五十或者七十公斤，省得牠一次次撲過去騷擾沃揚達。然而我低估了公羊的脾性！整整一夜，牠用腦袋上拖曳的鐵棍往牲口棚的鐵槽上砸，一夜接著一夜無休止，讓我們沒法睡覺。牲口棚裡簡直警鐘長鳴，哐噹，哐噹，沒完沒了。我安慰家人說，別著急，孩子們，鎮靜，我忠實的妻子，羊的氣力總會使盡，錘擊聲會低下去，最後牠會虛弱不堪……這是本地品種瑪林納奇果，它的花朵一盛開就驚豔無比，您看到了吧？」

高大的弗蘭茨先生張大嘴巴不停爲我介紹。他走動時，溫柔的花朵觸碰到他肉嘟嘟的嘴唇，馥鬱的花香鑽進他的鼻孔，他忍不住伸出手去撫摸，欣喜地品味蘋果花枝在溫煦的陽光沐浴下送出的陣陣芬芳。「哎，」他憂傷地嘆了口氣，再次拍拍鐵絲網，「到了第三個星期，當鐵管的撞擊聲已經微乎其微，牠居然拖著鐵棍再次躍向沃揚達，把牠撲倒在地，順帶撲倒了一隻小綿羊。我愚蠢地以爲公羊的好日子就此終結了，沒想到兩個月後，母羊的肚腹隆起似鼓。我處理掉兩隻羊，這下又出世六隻，我的羊群不減反增，隊伍更加壯大。

「教父沃爾利切克也建議我……哎呀，這裡眞美，您瞧！」他停下來，像鵪鶉，也像獵犬，爪子抓住電線，雙腿彎曲，熱情高漲起來。「這是另一棵馬贊的奇蹟，我自己栽種的。哎，您看，大自然多麼仁慈，植物也充滿了慈愛！當然那些綿羊也一樣。沃爾利切克教父建議，要我幫綿羊邦博的腦袋和前爪套上小型輪胎，以此遏制牠蠢蠢欲動的性慾。在技術上束縛限制牠一躍而起，撲向沃揚達，從而避免羔羊如洪水般氾濫……最不忍心的是看公羊邦博走路，牠只能用三條腿行走，沒少磕碰摔倒，看得我心疼。嗯，三個月後，仍然多出六隻羊來。公羊邦博即便套著輪胎，跛腳行走，依然把每隻母羊騷擾一遍，令我發瘋。我一直想享受一點點生活，我毀掉多餘的羊，把羊群數目控制在十二隻，然而眼下冒出了二十一隻，而且沒完沒了……」巨人弗蘭茨先生發出連聲哀嘆，一隻手指如同在豎琴上上下撫動，撥弄著鐵絲柵欄，頃刻間，蘋果樹的花瓣灑向他厚實的體魄，他肉乎乎的大臉沐浴在花瓣雨中。

弗蘭茨先生撣去花瓣，說：「好了，你們這些花葉啊，要做什麼？」詫異中，他甩去臉上蘋果花和枝葉對他的親昵。我朝他座落在樹林裡的房屋望去，松樹環繞在房子四周，他那花團錦簇的果園就在林間空地的中央，不難看出，草坪吸收了肥料充沛的給養，蘋果樹的樹幹健康壯碩。弗蘭茨先生依然一臉愁容，痛不欲生的樣子。

「假如沒有那些馬蜂和大黃蜂該多好，您看到了嗎？」他用手一指，我這才注意到，每棵樹的樹幹上跟自行車的車把似的掛了兩個牛奶瓶，弗蘭茨先生解釋說：「我見不得那些黃蜂，往每個瓶子裡灌了些啤酒。不好受吧，黃蜂，遭罪吧，你們可沒少折騰我，現在咎由自取！」他大聲叫嚷。我看到每個瓶子底部都堆積了一層死蜂，幾隻活著的馬蜂和大黃蜂在使勁兒往上爬，最終還是跌落進啤酒裡。牠們一次又一次抬起身子，直至精疲力竭地死去。一旦飛入了牛奶瓶，便無脫身的希望。

弗蘭茨先生突然噤口，神情茫然，他的目光越過花園，越過黃蜂溺斃的牛奶瓶，宛如一位先知，抬頭仰視蒼穹；在天空裡，他自然不會看到神聖的三位一體，但他似乎看到了嘶吼的管風琴，也許天上某一位聖人也在看他，向他伸出聖潔的手，將他拉到自己的身邊，直上雲霄，在星雲之間漫步。

他把手指貼到厚嘟嘟的嘴唇上，欣喜若狂地說：「有了，我有辦法了！馴服那頭公羊不需鐵管，也不需輪胎，我可以從母羊那裡著手，幫牠們縫一條短褲，就像富人家的愛犬常穿的那種。嗯，我幫每頭母羊縫一條避孕褲！套上口袋，雙層口袋，相當於小裙子，避孕的比基尼，就是它了。」他嘟嘟囔囔，一臉迷醉。一陣風吹拂而過，弗蘭茨先生站在夏季蘋果樹透明美豔的花瓣雨裡，身穿工人裝，腳蹬泥濘的橡膠高筒靴，他彷彿手握淋浴花灑，站在稠密的花雨下。

屋裡傳來尖厲的女人喊叫聲：「你這個傻孩子，又拉到褲子裡啦！」一名壯實的年輕女子衝出屋來，揪著小男孩，扯下他的內褲，隨手將褲子在水桶裡涮一涮，褲子裡滾落下令人作嘔的糞便。

弗蘭茨先生輕聲感嘆：「這裡該有多美，假如我的孫子不隨時往褲子裡拉，弄得短褲髒污不堪；這裡該有多美，假如我的公羊沒有此起彼伏去騷擾那些母羊；假如果園裡不飛舞那些可憎的黃蜂……」

年輕女子朝弗蘭茨先生嚷道：「老爸，你還在看什麼？趕緊收拾東西去牧場幹活，天沒黑不要回家，聽到沒！」她的聲音，年輕女人那種悅耳的嗓音，猶如獵獵的旗幟切割了森林的空氣。弗蘭茨先生的女兒一頭鬈髮，臉龐豐腴紅潤，長得敦實，蜷曲的頭髮盤旋在前額，一雙大眼睛。

有聲音從門廊傳出來，如雷暴滾過松樹林濤，讓樹枝呻吟，她的聲音似穿堂風，惹得園裡的蘋果樹灑下密集的花瓣，如雪花凌空舞動：「雅林納！你在哪裡？」聲音撕裂了空氣，門廊上顯現聲音的主人——弗蘭茨夫人的身影，一位女漢子。聲音嗡嗡迴響。「在這裡。」弗蘭茨先生喘著氣應答。

「在那裡胡謅什麼？爲什麼不去牧場！」聽起來依然善意的聲音，夾雜了惱怒。也許在這個僻靜的林區，大家習慣了相互叫嚷，因爲扯著嗓子叫嚷才能讓離群索居的他們向世人展示：他們生活在這裡，他們存在，並且相互愛戴。「我剛到花園一會兒，在欣賞我的果樹。」弗蘭茨先生邊回答，邊把他的額頭靠在馬贊的奇蹟樹幹上。「什麼？」弗蘭茨夫人邊喊邊從門廊裡走出來，「已經半個小時沒見你人影了！」弗蘭茨先生辯解：「十五分鐘……」然而弗蘭茨先生的女兒和妻子激憤地異口同聲道：「半個小時！」弗蘭茨先生用額頭輕輕抵住蘋果樹的樹幹，小聲嘟囔：「我才到這裡一會兒嘛。」

「這裡該多麼美，假如沒有那些公羊，沒有那些馬蜂，沒有這些叫嚷聲……」弗蘭茨先生準備動身了，揮了揮雙手。兩個女人還在門廊上叫嚷，嚷得落葉松的樹幹彎下了腰，樹冠上的樹枝吱嘎作響：「半個小時沒見你人影！」妻子進屋去片刻，很快手拿鬧鐘重現在門廊上。她指著手裡的奧地利鬧鐘錶盤，鬧鈴突然響了起來，雙鈴的聲響清脆有力，鬧得弗蘭茨夫人束手無策，如同面對一頭野獸，如同手指縫裡夾了一隻野性的振翅展飛的銀色鳥兒。兩個女人快活地叫起來，尖厲的聲音將弗蘭茨先生團團圍住：「怎麼樣，鬧鐘不會撒謊！你說！你倒是說話啊！」弗蘭茨先生的腦袋磕在他家房屋的外牆，用額頭輕柔地敲擊斑駁的灰泥，白灰黏上了他汗濕的額頭。他投降了：「我承認，我承認，我是消失了半小時，但我在果園裡，在看馬贊的奇蹟，夏日的阿斯特拉罕果……」女人們爆發出銀鈴般的大笑，夫人走下臺階，肥碩的身體上有兩顆巨大的乳房，她稍一彎腰，乳房便下垂到第一級臺階上，她急忙抓住纏滿了枯萎的牽牛花的扶手欄杆……

夏天到了，弗蘭茨先生趕著羊群，手拎麻袋和半導體收音機去林中草地放牧。他愜意地躺倒在麻袋上，打開收音機，自我陶醉於對付公羊邦博的妙招。母羊被圍上了布兜，仔細縫好後環繞在羊尾骨上，爲此公羊邦博對弗蘭茨先生發動了幾次襲擊，有一次把弗蘭茨先生逼到田野裡，他只得爬到原野裡的一個大木桶上坐著，不然公羊會殺了他。弗蘭茨先生瞭解牠的脾性，大聲呼救。直到群羊趕過來，才幫飢腸轆轆的弗蘭茨先生解了圍。在其他場合，公羊邦博因爲身上的比基尼也沒少襲擊弗蘭茨先生，弄得樹林裡的松樹皮翻飛四濺。雖然去牧場的行程只需半個小時，然而弗蘭茨先生從牧場回家時，在松樹與松樹間繞行躲避，至少得走三個半小時。弗蘭茨先生突然大笑起來，因爲他認爲公羊的報復是公平的，母羊身上的避孕褲達到了目的。然而，三個月之後，布袋子可疑地鼓脹起來，接縫處幾乎撕裂開，弗蘭茨先生意識到，比基尼和避孕褲在公羊邦博面前不堪一擊，牠在這方面比以前更勝一籌。

我又沿著柵欄慢慢踱步，弗蘭茨先生的手指頭在柵欄的琴弦上撫動，如同歷盡滄桑的大衛王，爲我吟唱他的哀歌和感慨詩篇……「這裡該多麼美，一片豐收景象，您瞧，透明的夏果肯定能裝滿兩大桶，阿斯特拉罕果就更不用說了，我會用它餵羊，然而那二十一隻羊裡肯定會有六隻將下小羊羔。三年前我就打算把羊群控制在十二隻，這倒好，現在將近三十隻。在我們家，除了我沒人愛吃蘋果，然而這麼多的蘋果！」他哀號起來，「這裡的黃蜂也數不盡，您看一眼！瓶子總是滿滿的，我隔天往瓶子裡倒一次啤酒，這些天殺的黃蜂就是滅不盡，跟那些羊一樣。」弗蘭茨先生邊哀嘆邊撥弄鐵絲，他的膠靴應合著詩篇的節拍沿柵欄緩緩移動，手指撥弄著琴弦。

「雅林納啊，雅林納，」他像年老無助的國王那般埋怨：「哎，你不想要的，這裡全有，羊群，黃蜂，也長得好好的……您瞧，這裡，您還記得嗎？」弗蘭茨先生眼睛發亮，「這棵是馬贊的奇蹟！一棵樹我就能採摘五大桶蘋果。這一棵是我嫁接的老樹，不知何故挨了凍，上面結一顆美麗的小蘋果，您看到了嗎，它在對我笑呢，像我的小孫子那樣，像小姑娘漂亮的小臉蛋。哎，這是我唯一的快樂。那是什麼？」他驚恐地叫起來，手指緊扣進鐵絲網的琴弦裡，「我看到的，難道我眼花了？」他搬來梯子，靠在老樹上，然後爬進枝葉和樹杈之間。只聽他一聲驚叫：「在馬贊的奇蹟裡有黃蜂！樹上出現了黃蜂！」

弗蘭茨先生崩潰了，他很快從梯子上下來。他片刻沒說話，跑來時手執一把大剪刀，有鐮刀那麼大，兩片帶柄的奧地利鐮刀。他暗自冷笑著，懷著怨恨與憤怒往樹枝上爬，展開剪刀候著，等黃蜂從蘋果裡飛出來；蘋果已經被牠啃了個大洞，面積跟牠的身體相當，也許更大。黃蜂剛從甜甜的漿果裡退出身子，弗蘭茨先生咔嚓一聲合上剪刀，黃蜂被剪成兩截。他洋洋自得地看著我，鬆了口氣說：「混蛋，罪有應得，想折騰我，找死！」才剛得意完，不料蘋果裡爬出第二隻野黃蜂，好似爲同伴復仇般，直撲弗蘭茨先生的臉。他剛舉起剪刀，那兩片鐮刀在夏日的陽光裡亮得刺眼，弗蘭茨先生像狂熱的宗教信徒般高舉雙手，手臂伸向天空，剪刀停留了片刻，隨後重重地砸到草地上，刀柄插入鬆軟的泥土。弗蘭茨先生爬下梯子，仰面躺倒在草地上，伸出一隻手去觸摸眼睛下方越來越大的瘀腫。他被大黃蜂螫傷了。他翻了個身，沒有了動靜。

門廊上傳來女人強橫的呼喊：「雅林納！」怒氣沖沖的聲音裡裹挾著一絲美麗的怨恨，其呼喊本身蘊含了快感，有幾分炫耀嗓音的動聽。第二次的呼喊更爲嘹亮，震得枝頭的蘋果直打顫，那顆被黃蜂啃齧過的蘋果弱不負重，被震落到地上。「你在哪裡？哼，你等著！」喊聲消失了，很快門廊上出現了那個奧地利鬧鐘，在陽光下一閃一閃。大嗓門、高胸脯的夫人衝進果園，手裡的鬧鐘響個不停。夫人跪倒在綠草地的樹蔭裡，刺眼的陽光直瀉而下。夫人嚷道：「你在這裡睡大覺呀！給我起來！」然而弗蘭茨先生躺著，動了一下，把一隻手倚到濕漉漉的草地上。鬧鈴依然在響，弗蘭茨先生嘟囔了什麼，但被鬧鐘的聲響淹沒了。等鬧鈴聲止，弗蘭茨太太俯身驚叫：「天哪！他被馬蜂螫了，救護車，快叫救護車！」她呼喊著，雙手捧住自己肥胖的臉頰，弗蘭茨先生躺著一動不動，臉色煞白。

然後有人開車來了，跑來一個人，跪倒在馬贊的奇蹟樹下，把白得耀眼的急救箱放到地上，箱蓋上的紅十字非常搶眼，連那個黃銅扣也不可思議地熠熠閃光。女兒也跑出來了——那個美麗的大眼睛上罩著美麗鬈髮的美人。她哭喊道：「老爸，你怎麼了？」她搖晃著弗蘭茨先生的身體，然後站起來，令人難以置信地托起魁梧的父親，如同抱起一個嬰孩。她想讓父親自己站立在橡膠靴上，然而弗蘭茨先生又滑下去，彷彿身體柔軟無骨，只有肉；彷彿也沒有肉，只是一個用木棍架著工人裝、褲子和夾克的道具……

正當大家把他往車裡抬的時候，弗蘭茨先生醒了，他自己站在地上，垂死的手做了一個垂死的動作，打破沉默，用垂死的聲音說：「別了，我的鴿子；別了，我的公羊；別了，我的母羊；別了，我的蘇臺德果；別了，我的馬贊的奇蹟；別了，我忠實的小狗……」

弗蘭茨夫人揚起手裡的奧地利鬧鐘，想要砸弗蘭茨先生的腦袋。她吼道——儘管壓低了嗓音——「老混球，那我怎麼辦？我怎麼辦？」女兒說：「老爸，還有我們，我們怎麼辦？」說著把兒子塞過去，要弗蘭茨先生祝福他。弗蘭茨先生繼續說：「別了，我的鴿子們；別了，我的奇蹟；別了，我忠實的妻子……」

「所以啊！」弗蘭茨太太充滿愛心地喊。女兒說：「老爸因爲不耐黃蜂毒液，才會這樣，您知道嗎？」隨著女兒的叫喊，弗蘭茨先生暈過去了。

麥德克先生

當秋冬季節降臨寂寥的森林，當太陽也不肯出來露臉，不再擔任存在抑或不存在的象徵——太陽還存在，只是看不見。早上七點半時天色依然黑著，而傍晚四點一刻，黃昏已淹沒一切。僻靜的森林被憂鬱和鄉愁籠罩，還有失去了樹葉和希望的潮濕土壤。

我坐在窗邊，凝視黑暗，不知道該做什麼。我是否應該縱身一躍，跳入火車輪下？在這樣的夜晚，從河對面遙遠的地方，依稀傳來火車聲響。或者上吊自縊，如占卜師瑪申卡預言的那樣；那一次她在王侯酒店的女士洗手間，用撲克牌算出了我的命運。

當油燈的燈芯縮回疲憊的眼瞼時，一輛摩托車從主幹道拐到我家院子門口停了下來，一名黧黑漢子走進來。等我擰亮房間和院子裡的燈，看到了身穿皮裝的麥德克先生，喜氣洋洋地咧嘴笑著，嵌在他濃密的眉毛和長鬍鬚之間的兩隻眼睛閃閃發光，掩飾不住的幸福、自豪和極大的滿足感，跟枝葉凋零的曠野形成反差。落葉跑到了公路和小徑，花壇和林間空地，路邊壕溝，以及所有的草坡、圍欄和橡樹苗圃裡。

麥德克先生給我一個手勢，要我跟他走，好讓我也沾上他的莫名喜氣，還有在院門外就炫目的吸引力。農舍一角搖曳的燈光斜影裡，我看到了他激動的根源。我最初以為他的車斗裡載了一匹四腳朝天的馬。然而不是馬，是一頭僵硬的死羊，毛皮剝去了，開了膛的腹部裸露出肺和肝臟，如同花花公子的西裝口袋裡露出的手帕。「這是什麼？」我嚇一跳。「太值了，」麥德克先生眉飛色舞，「超值的一筆生意。這頭羊是我用一個電器加五十克朗換來的。」他一臉得意。

「那這頭羊要派上什麼用場？我能做什麼呢？」我問。「做什麼？」麥德克先生說，「您來幫我把羊剁開。聽說您燉羊雜很有一套，我們把羊肉醃起來，可以做羊排、火腿，其餘的做香腸。」麥德克先生喜笑顏開，雖然寒氣把他的臉龐凍成羊肝般的絳紫色，但接下來誘人的目標讓他容光煥發，驅散了凜冽嚴寒；那筆划算的交易讓他心頭熱呼呼的。

我說：「很不錯，麥德克先生，等我拿了皮外套就跟您走。您家裡有洗衣盆或大塑膠桶、木桶之類的東西嗎？」我一一列出容器，麥德克先生搖搖頭，說一樣也沒有。我說：「麥德克先生，那把我家裡的大木盆拿去吧，那樣就行了。」麥德克先生又笑起來，露出了牙齒，牙齒增添他渾身洋溢的幸福度。「那好。」隨後他說，「您不要稱呼我麥德克先生，叫我米沙好了，行嗎？」我說：「可是此地林區的人都叫您麥德克先生呀。」我邊說邊跑進廚房，抓起皮外套，順手拿支手電筒。當我走進寒冷的夜色裡，麥德克先生告訴我：「那是我的別名，麥德克在我們那裡叫美多德，所以小名就叫米沙。」我說：「好吧，米沙先生，您還不曾到過我家裡吧？」麥德克先生說：「從來沒有。」

我走過松樹林，前方屋舍前掛了一盞煤油燈，我們朝房子走去，屋角的燈盞把尖利的陰影直直投射到空中，增加了陰影的深度。我們在陰影裡行走，走向小溪去取那個木盆。一路上我的手電筒在百年老松樹上晃耀，松針散發出綠松石般的松香氣味。

「麥德克先生，」我問，「您家裡有百里香嗎？有多香果、胡椒和月桂葉嗎？」

「沒有，」麥德克先生回答。他正抬頭專心打量那些十多公尺高的修長樹幹，樹冠上的樹枝分布勻稱。「媽的，」他讚嘆，「眞是一棵好木材啊！製作木板的理想之材。可以做板材，因爲它健康，已經成熟了。您爲何不砍了它？」

我說：「是這樣的，米沙先生，我爲每棵松樹都取了名字。這一棵是美妞冬尼卡，這是她的妹妹甜心貝比奇卡，從霍伯特林區遷來的。這棵叫可愛的約翰娜，那邊那棵樹最美了，您看到了嗎，樹枝從樹冠中央分梳下來？這裡有一個窗口，可遠眺沙特爾大教堂[29]，所以它被稱爲巴黎聖母院美婦。還有這一棵，您看她的臉，這是聖塞西莉亞[30]與兩顆怒放的乳房……跟您說，麥德克先生，當初我來到這裡時，我是從兩位女教師手裡買下林區這塊地，她們也幫這些松樹取名字。每次她們來這裡，會先祭拜松樹，那種斯拉夫式的深鞠躬，一棵接一棵，等離開時，她們還要依次敬拜……」

說著，我們走出樹林來到草坡上，順著它往下能走到小溪邊。夜裡看不見小溪，但它在咕嘟咕嘟冒泡，彷彿剛刷完牙，正從喉嚨裡發出不同腔調的漱口聲。「媽的，」麥德克先生一聲驚嘆，「前面這是什麼東西？」他奪過我的手電筒，上上下下把那棵高高的雙杈柳樹整個照了一遍……「呵，很酷嘛。」他激動而細緻地照亮整棵樹，所有的柳樹枝條都已包裹一層嫩黃的樹皮。「瑪申卡曾爲我預言。」我說。而麥德克先生晃了晃手電筒，斑駁的樹影跟著晃動起來，「她能預言您什麼呢？」說著再次用手電筒四處照射一番，然後走近小溪一步，相當長一段時間，凝視那乾淨的溪流如何沖翻小鵝卵石，流入一片幽綠的在水裡搖曳的海藻和水草之中。麥德克先生故意說：「媽的，讓您死不容易啊……」

我聽出來了，麥德克先生在爲我說好話；我意識到，確實，當你身邊有美麗的姑娘或者美麗的松樹林陪伴，還有更美的潺潺流淌的小溪，那麼那個人，無論是誰，都不顧死去，就爲了眼前存在的美景。「在那裡呢，」麥德克先生說，「那個大木盆，拿起它嗎？」我們試圖把木盆從泥地上扯走，但盆底牢牢凍結在地面上。最後，我們使出渾身氣力，膝蓋都磨破了，才把木盆連泥土和褐色樹葉扯離了地面。我們拎著大盆朝車斗走去，我問：「您家裡有屠刀嗎？」

麥德克先生回答說沒有。「那我拿自家的廚刀，還有那把軍用刺刀。」我關掉手電筒，摩托車發動了，我坐在死羊的腦袋邊，緊緊抱住沾滿污泥和樹葉的木盆，盆沿不時磕碰到死羊的身體，我變換姿勢，不讓鐵箍觸碰到羊的肝肺。麥德克先生騎著摩托車，聽聲音這款車是雅娃二五〇，車從主要道路拐入一條小巷，路面變得鬆軟起來。麥德克先生繞過地面上的水坑，因爲這裡是礦井區，是波希米亞地勢的最低點，水在這裡匯

29　沙特爾大教堂（Cathédrale Notre-Dame de Chartres），位於巴黎西南郊的哥德式教堂，建於一一四五年。

30　聖塞西莉亞，西方歷史上第一位肉身不腐的聖人，生於義大利，出生年月已不可考，大概卒於西元一七七年。

聚，只要用鐵鍬挖一下，酸水就直往上冒，所以每一間木屋，每一棟房舍都立在水裡，木椿和牆壁便如同煤油燈裡的燈芯，吸附著底下的水，讓水攀爬而上。

「我問您，」麥德克先生說著減緩了車速，一隻手插到腰間，「您猜猜，哪一棵樹是我的？」我回答：「松樹。」「不對。」麥德克先生拖長了聲調。「嗯，那麼楊柳或者垂柳。」我繼續猜測。「不對。」麥德克先生說罷，快速而滿意地自答：「是白楊！因爲它在這個季節就已經開花，一月初就綻放了。它是第一個可愛的報春使者。」他調轉車把，猛踩煞車，跳下了摩托車，走進聚光燈的光裡，從口袋裡掏出鑰匙，放到嘴邊吻一下，打開了院門，然後俯身抬起門閂，自豪地打開大門。他跳上摩托車後，得意地說：「這院門是我自己做的，只花一百六十五個工時，怎麼樣？」他轉身露出潔白的牙齒，笑容在黑暗中閃閃發光，猶如鈴聲響起時鬧鐘上的磷光數字。

我不禁唸叨：「白楊，白楊，那個出賣耶穌的猶大就是在白楊樹上自縊而亡的，那個爲討好別人，謀害小王侯的杜林克[31]，也在白楊樹上上吊而死……可是麥德克先生，您喜歡吃羊肉嗎？」麥德克先生啐了口吐沫說：「我對這種肉不感興趣。」我問：「那您買它做什麼，爲了轉賣？」麥德克先生跳下摩托車，調轉熄滅了的車燈，按捺不住興奮，嘶啞著嗓音說：「您難道不懂？遇到合適的生意，必須成交啊！我最拿手的就是便宜買下好東西，哪怕有瑕疵。能不買嗎，它如此便宜……」

他走過去按下屋舍外牆上的開關，房屋傾斜的屋頂毗連工棚，工棚屋頂再傾斜毗連牲口棚，牲口棚屋頂傾斜毗連柴房，柴房的屋頂就緊挨濕漉漉的地面啦。屋棚到此為止。小松樹林咆哮著交響樂，它們拗不過底部的地下水，一輩子陷在腳踝深的酸水中，無法往上生長，水從不同海拔高度的黑水池和鏽水礦慢慢滲透，匯聚於此。

夏天，房屋整個前翼被仁慈的枝葉交織的綠蔭遮掩，有茂盛的覆盆子、白楊和白樺樹，整個前翼，絲毫不露房舍的眞面目，此刻燈火通明，如夜幕下的馬戲團，如流光溢彩的旋轉木馬，如晚會演出前半小時的蠟像館。

在空曠的院子空地上，擺放著一部龐大的機器，看似車床，高度有二十公尺。麥德克先生看我一臉驚詫的神色，說：「怎麼樣？它只缺一個飛輪，無法不下手將它買下，實在太便宜了！」說著掏出筆記本，看了一眼後抬起頭，滿臉叮噹作響的幸福感：「只要我往這部機器投入一百三十個標準工時，就可以用它切割板材，不僅僅是木板，所有

31 杜林克，捷克古代傳說中的人物。

木條都行！投入的錢就回來了，不是一倍，而是十倍！」

我放下手裡的木盆，後悔自己進入了與這頭死羊的冒險，但轉念一想，假如自己坐在家裡，只會沉鬱於哀嘆時光無情的懷舊悵然之中，於是我吩咐：「米沙先生，拿把刷子來！」

麥德克先生走進屋去，得意洋洋地端出一個膠木洗衣盆，送到水泵邊，盆裡的刷子不止十把，而是五十把。我抄起一把，就著酸水刷洗起木盆來，隨即看到刷子上的刷毛脫落。我伸手拿起另一把刷子時，麥德克先生激動地說：「怎麼能不買呢！一把刷子才半克朗，嘿，多便宜！」我說：「嗯，很棒，您抬張桌子來，我要在桌上把這隻羊切開！」麥德克先生走進屋，我就著煤油燈的微光和投射到黑松林裡的聚光燈洗刷木盆，已經換第四把刷子了……

麥德克先生拖出一張桌子，緊靠在牆上——那牆壁只見磚，沒有抹上灰泥。我們把羊放到桌上，我拿起刀，忍住厭惡感，刮去乾枯的樹葉和髒污，發話說：「米沙先生，幫我拿一把斧頭來，好嗎？」麥德克先生找斧頭去了。他欣喜的嗓音傳來，他在計算成倍增加的標準工時，然後以成倍的狂喜強調那些工時帶來的成效，那些我未知的歡樂成果，那是他孜孜追求的終極目標，麥德克先生也爲此而活，肯定爲此興奮得無法入眠。

我不寒而慄，他的這棟房屋、工棚和牲口棚裡，到底還蘊藏了多少驚喜……

麥德克先生在牲口棚裡樂得合不攏嘴：「哈哈哈！用得著別人來建議我該做什麼嗎？我就是專業規畫師！給—我—建—議？」他放聲大笑起來，直到嗆咳，差點窒息。他遞給我斧頭時，雙手揮舞，以趕走那些百無一用的建議。「我在牲口棚裡總共有三十把斧頭呢！爲什麼不買？既然才三十克朗一把，說是全都淬火過度，不堪一擊……可它物有所値啊，對吧？」我剖開羊腹，如同掏出示鳴鐘裡的寶貝，從肚裡挖出山羊的內臟，把那些雜碎一件件攤放在桌上。頸項亮閃閃似玉髓戒指；羊肝變成紅衣主教帽那般的美麗紫色；羊肺在如此柔和的粉色螢光燈下似一隻羔羊，或者日落之後的天空，預示一場雨即將到來；微凍的羊脂構成美麗的雲朵，飄拂在冬日的天空，那種裹挾了雪花的雲朵；而蜷曲的羊脂猶如草地上的鼴鼠窩，像人類的大腦，充滿皺褶和凹痕……

「明天我們燉一鍋農家燉肉，把羊舌也放進去煮。」我說著砍下羊頭，從藍色的羊眼和羊鼻孔裡流出凍膠，蜂王漿似的。我剖開羊頭，掀起羊舌割下來，不覺恐怖地聯想到劊子手如何在廣場上割下耶森斯基[32]的舌頭，活生生的人舌頭；那恐怖的念頭似乎已經離去，實際並沒有，而是幻化成雲朵留下來。爲了讓雲朵也消失，不遺留哪怕一根針、一根刺，我拋出咒語般說：「米沙先生，拿個桶來裝內臟，最後用羊腦給燉肉勾艽，一鍋辣椒燉肉！」我輕輕拍了拍那半顆羊頭，然後拍另外半個。那個念頭離去了。最後的念頭是，那個持刀男人的畫面，他宰了那頭羊，用牠換了一輛摩托車再加五十克朗，雖然那頭羊有求生的欲望，牠肯定特別想活著……

麥德克先生拖來一大摞搪瓷鍋，很奇怪鍋沒有倒下。他放下鍋，擺成一圈，共有二十多個……「怎麼樣？能不買嗎？三克朗一個，正常價是三十克朗！鍋底掉瓷有何妨！這買賣划算吧！不用規勸我，我是個職業策畫……」我把羊腸輕輕扔進一個底部剝落相對少的鍋裡，然後麥德克先生按住羊腿，我一刀剁向羊臀，再將它翻過來，一把擰下兩個羊腿，就像卸下斷了鉸鏈的門扇，再用刀輕鬆切下兩個前肩，最後一刀切斷頸椎，用斧頭輕輕剁下羊脖子。這是最好吃的部位。我晃了晃血淋淋的脖子，但麥德克先生做了個鬼臉。我把羊排大卸幾塊，把漂亮的羊腰窩和羊里脊並排放到桌上。

「齊了，」我說，「這隻羊真肥啊，現在只需把羊板油扯下來，可以熬油脂，或者您把它掛起來餵山雀？」「山雀。」麥德克先生接過話頭，我聽到手指撕扯羊脂時乾脆俐落的嗶嗶聲，如同你走在覆蓋了新鮮白雪的橡樹林，寒冷刺骨，腳下發出乾爽的窸窣聲，靴子摩擦著埋在雪中的橡樹葉……「您過來歇會兒吧，」麥德克先生朝我喊，「歇會兒再幹。」說著再次呵呵笑起來，那麼自信、得意，面對他熟悉的一切、永遠不滿足的一切，那種大美、那種他竭力想拉我共同參與的危險狀態的美。

他打開門，我沾滿油脂的雙手發亮，我張開手指頭，麥德克先生領著我從一堆物品走向另一堆物品，像進入幽靈城堡的導遊，一路解說的聲音裡透出昂揚的激情，我從中感受到，麥德克先生要求自己必須成爲榜樣，不僅對自己，而且對全世界，因爲他從未遇見像他那樣專業的規畫師，如此美麗的楷模。「這裡是三十輛自行車，嗯，僅缺少車把和煞車，每輛車僅花一百八十克朗……您往這邊瞧，全部掛著呢，三十六件有蜜蜂標記的馬甲，我會送您一件，雖然不流行了，但總有一天會用得上，它們缺鈕扣和鈕扣孔，因爲裁縫師在縫製馬甲時喝多了。但怎能不買呢，一件夾克才六點五克朗。您再瞧這裡。」

「這些櫥櫃，箱子裡裝了什麼？」

「那邊是經緯儀，有三個，已經很舊了，但一個經緯儀才八十克朗，如果您去買的

32 揚・耶森斯基（1566~1621），斯洛伐克醫生、政治家和哲學家。因參加反哈布斯堡王朝起義，於一六二一年六月二十一日在老城廣場被判處死刑，舌頭被切除，頭顱掛在老城塔樓示眾。

話，至少要八百多克朗。您知道，不是每樣東西都便宜出售的，我擅長討價還價！雖然經緯儀缺一塊鏡片，但鏡片我買了滿滿一紙箱，總共才花一百二十克朗，什麼樣的鏡片我都儲備了，足夠用一輩子的……」當我用手暗示要去處理完那頭便宜買下的山羊時，麥德克先生說：「現在咱們去工棚，去我的主倉庫看看。」說著推開門，擰亮了工棚裡的六顆燈泡。眼前同樣是滿坑滿谷的物品，一直掛到天花板，像一間臘腸鋪。天花板上吊了一雙雙皮鞋、軍靴，麥德克先生穿梭其間，撫摸他那些靴子和皮鞋，按捺不住興奮：「我說服他們一隻靴子定價五克朗，我擋回了賣方一連串的異議，志在必得，最終他們的負責人讓步……」

我說：「可我看出來，所有鞋子怎麼都是左腳？」「對啊，顯而易見的事。」麥德克先生一拍手掌，「必須全是左腳啊，不然怎麼能如此便宜地買下呢，對吧？您瞧！」爲了證明給我看，他脫下腳上的鞋，套上兩隻左靴，是軍靴，一瘸一拐走了幾步。也許是聚光燈有偏差的緣故，反正他走得很來勁，一臉自得，說：「這靴子穿上很暖和，如同站在溫水裡！因爲裡面有氈。反正穿它們不是爲了越野跋涉，而是去工廠的機器旁幹活。既然站著不動，左腳抑或右腳也就無關緊要。對您的雙腳而言，最重要的是什麼？當然是保暖。您可以拿走一雙。」

麥德克先生晃到水桶邊，馬上解釋說：「這些都是水桶！稍微有點漏水，但我從軍事管理局買來了膠帶，您看，每一個水桶都貼上了軍用防水膠帶。一個桶才花我零點九克朗，簡直是白給。」他又把我帶到四個轉盤的留聲機前，激動地說：「沒有唱針，但怎麼能不買下呢，六十克朗就購置一部唱機！我配置唱針，那才值幾個工時，很划算，是吧？上千塊的生意呀！我已經修好一部啦。」

說著麥德克先生放上一張唱片，按上唱針，是交響樂團演奏的小提琴曲，音樂動人心弦。驚嘆之餘，我游離的眼睛似乎望見了琴弦和小提琴家的動作。我深深地沉醉在音樂中，麥德克先生更甚，涕淚長流，不是因爲音樂，而是爲自己這一筆超值的交易而感動，他認爲我被感染也是這原因。當唱片半途停下時，我問：「米沙先生，這首間奏曲叫什麼？不是很具特徵，該不是《黑森林磨坊》？或者《銀蕨》吧？」麥德克先生幸福地搖了搖頭，拿起唱片，他的眼淚滴落到唱片上，隨後遞給我。我的眼淚也滴下了，我眨眨婆娑的淚眼，讀道：「《魅力》。」我大聲重複：「《魅力》？」

麥德克先生說：「《魅力》。」我問：「唱片只演奏一半？」麥德克先生兩眼發光：「是美中不足，然而花兩克朗一下子買下三十張唱片呢。另外三十張我也包了，從下半段開始演奏的，令人興奮吧！三十張《魅力》唱片，我已囤積了可欣賞一輩子的唱片，因為我無意欣賞也不想瞭解其他曲子了。《魅力》是我的歌，我的生命之歌，我的故事。所以《魅力》將循環播放，直到我的棺材入土。」我喃喃自語：「《魅力》。」在走入最後一間屋子之前，我在心中暗自做了決定。

由於屋頂低矮，我們不得不低下頭，下巴抵到胸口，最終不得不曲膝行走；我看到了更加壯觀的場景，麥德克先生最壯觀的投資……等我們走出來，回到木盆前，我幫羔羊撒上鹽，為了製成可享用兩個月的香腸，可以摻加五公斤豬後腿肉，再加兩公斤小牛肉……當我在木盆前彎下腰，腦子裡突然閃過一念，我直起腰，說：「米沙先生，您知道嗎，您也不會死得很容易。」

從春天起直至初夏時節，我盡量繞開林蔭道，免得聽到《魅力》那首曲子。我花了半年時間從大腦裡刪除他置辦的所有那些便宜貨。突然有一天，我思念起麥德克先生來了，於是我重新拐上那條林蔭道，實際上我並不想往那邊去，只是小提琴甜蜜的音色把我包裹住，那旋律融入了橡樹葉的片片私語，仁慈地籠罩了所有的工棚、茅舍和附加建築，如同用鉸鏈從深井拉起了桎梏。於是我循著曲調而去，它既不是《黑森林磨坊》，也不是頗具特色的間奏曲《銀蕨》，而是《魅力》，樹葉如水流般汩汩淌過手指和漁網。

我站到麥德克先生家門口，再次爲之一振，麥德克先生正叉開腿站在一個三腳儀器跟前，那儀器的跨度和麥德克先生的站姿角度一致。他趴在儀器上，用一隻眼貼在上面，注視一根紅白色的小棍，此刻他收斂起微笑，把小棍推遠些，又滿臉興奮地看起經緯儀；爲這部儀器，他購置了一紙箱鏡頭，那些鏡頭可以看到世界的盡頭，也就是麥德克先生的生命盡頭或死亡開端，他曾那麼希望我稱呼他米沙。

此時，留聲機裡《魅力》的旋律再次縈繞而起，我聽到從鄰家地界傳來男人的嘆息，一個傷在心靈而非身體的嘆息，那種備受命運折磨的斯拉夫人的哀嘆。然而麥德克先生誤解了鄰居的哀嘆；那個人一定已經聆聽《魅力》上千次了。麥德克先生踩著落葉，走向藤蔓叢生的籬笆，對著枝葉喊道：「怎麼樣？《魅力》！赫爾穆特．札哈里亞斯[33]的小提琴獨奏！」當他返回時，我迅速彎下腰假裝繫鞋帶，省得跟他照面，然而他

33 赫爾穆特．札哈里亞斯（Helmut Zacharias, 1920~2002），德國作曲家，小提琴家，擅長演奏爵士、古典和流行音樂，享有「魔法小提琴師」稱號。

和顏悅色地迎向我，小狗也跑來。麥德克先生遞給我一根紅色木杖，我手持木杖跟隨他走東走西，因爲麥德克先生以爲他在平整自家的那塊林地，同時熱情地告訴我，他剛找出了電擊槍，準備屠宰二十四頭豬。無限的池塘似無窮動[34]，所以在地界上每個家庭都可以在循環的流水裡養殖鱒魚。麥德克先生一邊敘述，一邊唱起歌來。他清了清嗓子，唱著，而我擔心什麼，他立刻爲我解釋：「我借了錄音機，省得晚上無聊，我就唱歌，想起什麼唱什麼。您也看到了，我以歌代言，嗯，豈不美妙？」

他邊唱邊在樹林裡走來走去，把細細的樹幹握在指間，「您瞧，我在這裡種了一百棵花楸樹，五年後這些花楸樹帶給我的年收益是五千克朗。您不了解花楸樹嗎？這是黑醋栗，這種樹在五年後也會帶來同樣的收益。」我說：「可是花楸樹很難被雨水澆灌，它們都被松樹的樹冠罩住了。」麥德克先生哼唱著：「您這是在給我建議嗎？給我這個專業規畫師建議？所有的樹都將透過紫外線照射，取代太陽光照。」「那敢情好，」我說，「但爲什麼在這裡要使用經緯儀呢？」麥德克先生雙手一揮舞，開始播放《魅力》下半段的唱片，赫爾穆特．札哈里亞斯的小提琴獨奏曲。那唱針似乎穿透了厚實的灌木籬笆，扎入隱藏其後的那個人的大腦，因爲留聲機的轉盤啓動後，在茂密的枝葉後面有人開始呻吟和哀嘆，彷彿留聲機的唱針往他的大腦裡劃出了深深的溝痕。麥德克先生抓住我的胳膊，他的眼睛裡迸發出金砂般的熱望。

他指著經緯儀分隔出的五平方公尺區域，唱道：「這裡將是一個舞池。燈籠，輕柔的音樂，晚會，您聽到了嗎？赫爾穆特．札哈里亞斯！」我說：「米沙先生，您這麼愛好跳舞？」麥德克先生搖了搖頭：「我從沒跳過。您知道，我建一座舞池是爲了證明我有能力，我總在敦促自己創造美好的事物，如此而已。您看，我同時沿那些管道扔出球去，訓練小狗來回奔跑，我一直在訓練牠。既然我自己鍛鍊不止，爲何不練一練那隻可愛的小流浪狗呢？然而札哈里亞斯讓我心碎。」說罷他似乎有所醒悟，掉頭往回走，誇張地注視起經緯儀，我看出那部儀器裡沒有透鏡。然而麥德克先生擰了擰螺絲，好似鏡頭安然無恙存在的樣子。而我，依他的要求，徒勞地手持美麗的紅杖在樹林裡走了一遭，插在麥德克先生用手掌指定的地方，我拄著杖來回走了幾趟，這裡進一步，那裡退一步，直到他終於滿意，往筆記本裡做一些標註。他非常自豪地寫著，容光煥發，宛如太陽鑽出雲層，光芒萬丈……

34 音樂術語，指以快速的音符演奏的器樂曲，從頭到尾貫串急速的節奏。

他腳上穿了兩隻左腳鞋，就是冬天裡也贈給我的軍靴，但我穿上後不會走路了，不是我不想走，我嘗試過，但我發現一邁步行走，那雙軍靴不僅把我的左腳，還把右腳往左拉拽，我東倒西歪，開始磕碰，絆腳。然而麥德克先生走得從容自如。他身穿沒有鈕扣和扣眼的鑲滿蜜蜂的金馬甲，用一根金黃色的繩子綁在腰間一紮。

我繼續手持紅杖行走，那探路的木棍。我突然意識到，麥德克先生其實是個可憐人，他爲了不去思考自身和一生中那些無意義的事，如同夏日裡仁慈地遮掩他林間房屋、工棚和混亂的茂盛枝葉，麥德克先生同樣以每樁合算的交易來遮掩對自身外表，對自己臉面的審視，遮掩他讓每個人感到害怕和恐懼的外表。然而生活就是這樣……

「麥德克先生！米沙先生，您覺得我在這方面比您更出色嗎？」

三角鋼琴裡的兔子

「我對人性不抱有任何幻想。」公證員先生邊走邊宣稱。他走路的姿勢很是奇怪，不免令人心生同情。「就像是幾年前我被電車軋傷，四肢幾乎都骨折了，我也只得聽天由命，讓身體自行恢復。」甚至他的腦袋也被擠壓過，在走路時必須歪向另一方向，才能看到路。走路時他彷彿雙腳踩在高蹺上，左右搖擺得厲害，他的雙手像藤條那般扭曲著，所以當他提著裝有聖約瑟夫泉的礦泉水的小桶時，那桶就如馬車夫的煤氣燈一樣叮噹作響。這樣一路走回家，桶裡剛打來的水差不多也都灑光了。人們說他曾經是個公證員，在購買聖約瑟夫泉旁的小別墅時使了詭計，竟然沒支付一分錢給主人！犯下了這魔鬼般的罪孽，他的傷殘自然就是對他惡行的報應。他孤身一人生活，自己能穿衣打扮簡直就是個奇蹟，光是爲風濕而扭曲的肢體套上衣服，每次就要耗費他近兩個小時，因此他悟出來，最好在週一更換衣服，然後一直穿著，不然他剛穿上衣服不久就得再次脫掉，因為到睡覺時間了。

在他從公路拐向泉眼去取水時，必須採用複雜的幾招，就像汽車調頭時要將所有的輪胎都轉到底似的，他先往回退幾次，又繼續往前走，再退回來，直到找到正確方向。接下來是重頭戲，準確地到達泉邊。顯然，他的眼睛只能看到一個方向，就像在黑色面具下透過一個小孔往外看；終於在他第十次，或是第二十次重複這些動作之後，他才找尋到那股細細的閃著光亮的泉水。

他身材臃腫，做完這一連串動作已經大汗淋漓，滿臉痛苦，甚至可以說是恐懼的神情。然而他依然獨自生活，不要任何人陪伴，孑然一身住在他那棟別墅裡。他肯定是有些積蓄的，手頭並不拮据，但他不雇用任何人來照顧自己，踽踽獨行，承受苦難，甚至從這苦難中找到了快感，就像獲得某種勝利。當他能獨自走到合作社買牛奶、麵包或日常生活用品，或者去泉眼取水時，那是很大的勝利。

在他眼裡，一瘸一拐走到他想去或者需要去的地方，是一項運動成就，同時也是道德上的巨大勝利；公證員先生毫不掩飾對自己的欽佩。可以這麼說，在做每一次出門前的準備工作時，成就感就開始滋生，他甚至規畫最佳的路線，尤其是在豔陽高照的日子裡。所有人都喜歡太陽，但對公證員老先生來說，陽光等同墳墓。明晃晃的太陽光線射在他的臉頰上，使他幾乎看不清任何東西，一直得遮住眼睛，免得走到路邊的溝裡，或者掉入壕溝裡。他只得停下腳步，最好的解決辦法是把背包或者木桶高高舉到頭頂上。要是遇見不認識他的陌生人，看到他高舉木桶，摸索著探路，再看到木桶陰影下他那張猙獰的、總帶著驚訝神情的臉龐，可真是可怕的一幕。他只有一隻眼睛看得見，那隻眼睛在他臉上微弱地閃爍出唯一一點亮光。不過當他看得到一些東西時，那種喜悅就如在漆黑的深夜，有一束微弱的手電筒光突然照亮前方的路一樣。他調整好方向，在劇烈的陽光讓他再次感覺陷入無邊的黑暗之前，繼續前行那麼幾十公尺。

公證員先生從來不希望別人前來幫忙，自告奮勇牽起他的衣袖爲他領路。他停下腳步，厭煩地喘著粗氣，臉上浮現的表情誰看了都會被嚇退，寧願離他遠一點，省得直視他那張迷茫而近乎愚鈍的臉，那張臉上折射出詭異的恐怖和喜悅，一覽無遺地昭告世人，他遭受了殘酷命運的折磨，但他不會屈服，不會放棄抗爭。公證員先生就那樣踏上了草地，將籃子舉向空中，舉向陽光射來的方向，遮擋四濺的光芒，好讓眼睛能看清楚腳下大片的草地。他也會跪下來，但這並不是跪拜，而是崩潰，彷彿被槍擊中一般，彷彿倒在了道義的譴責之下，就如同《罪與罰》中拉斯柯爾尼科夫那樣，倒下去擁抱大地，接受大地的寬恕。

就這樣，公證員老先生雙膝跪地，儘管他的眼睛看不真切，他摸索著，拔著草，就那樣惡毒地拔下一把一把的草，然後又轉過頭張望許久，直到他的視線搜尋到籃子，之後他將手中的草裝到籃子裡，再拔，直到籃子裡的草裝不下。他站起身來，看上去就像一個醉漢，站起了又不停地倒下；或是像一個在深夜被車撞到路邊排水溝裡的人一樣，等著自生自滅。然而公證員先生拱起身子，找到一個姿勢，唯一能讓他起身的支撐點；他先膝蓋著地，然後雙腿站了起來。

「您是所有人裡唯一的獲勝者。」有一次目睹了他奮力站起的不屈意志時，我誇他說。他困惑地四處環顧，朝我發出聲音的方向尋找，然後不停轉動腦袋，就像在調試複雜的科學儀器，像在羅盤或是格拉霍夫峰[35]的氣象儀器上調整出合適的正切和餘弦值。然後我看到他如鐵絲一般犀利的眼神，冰冷，但那是人性的冰冷。

「我對人性不抱有任何幻想。」他說罷，背著一籃子草，叮叮噹噹，步履蹣跚地離去，如同一部行走的月球探測儀。昨天電工們剛挖過水溝，往裡面鋪設了電纜，但只是草草地填上土。我看到公證員老先生沿著他熟悉的老路一步一步走著；我看到他無辜地從堅實的泥地上一腳踩空，還沒等其中一隻腳觸碰到溝底，觸碰到鋪蓋黑色電纜的磚頭上，他整個人就滾了下去，掉進溝裡，臉撞到竹籃上。他笨拙吃力地從溝裡爬起來，繼續走路。他如此艱難地跋涉著，就像一部機器那樣發出叮叮噹噹的聲響，那部機器仍然在運轉，只是它生產出來的都是不堪用的產品。公證員老先生清楚地明白，只要他一次起不來，只要一次意志消沉，那就是他的終結，人們會將他如報廢的機器一樣拖走，扔到廢棄物回收站，扔到垃圾場，或者將他拋到村落後面的垃圾堆裡，那裡堆滿了修剪下來的殘枝和發臭的罐頭盒。所以他邁開步伐，朝家裡走去。他聽到我走在他的旁邊，我看得出來，他最欣賞的是我沒有前去幫他。「謝謝您。」他感激地說。

他扶住磚砌的柱子，然後繞過小門，走入兩排雲杉樹鑲嵌的小路，稚嫩的雲杉樹枝條低垂，拂掃地面。當我目送他劈劈啪啪行走的時候，樹枝也觸撫著他，掃過他的身體，劃過他的臉龐。這位老先生好像很享受這種快樂似的，或者說困頓中的享受，他也伸出手愛撫雲杉樹苗，嗅聞它們的香味，摩挲新長出來的嫩綠色的新枝，彷彿剛從破了洞的手套裡鑽出來的綠手指。

「我可以和您一起走嗎？」我小心翼翼地問。「來吧！您能看到，我是不會對人性

35 格拉霍夫峰（Gerlachovka），喀爾巴阡山脈的最高峰，位於斯洛伐克境內。

抱有任何期望的……」老人繞別墅一周，到了那裡我驚呆了。庭院中間擺放一架三角鋼琴，那是一架黑色的佩卓夫[36]，琴身有些歪斜，從那架鋼琴中傳來一段特別而具體的音樂，琴弦在不規則地跳動，隨後我聽到幾聲長長的刺耳尖叫，簡直讓我全身的血液凝固。我想起來了，那尖叫聲曾在耳邊響起過，當我夜晚走在回家的路上時想起，那是暗夜裡的呻吟，是貓頭鷹和丘鷸的歌聲，是呼喚死亡的穴鴞的輓歌……

但是現在我聽到了，那呻吟從那架鋼琴中傳出來，那聲音彷彿因受到重擊而使得尖叫聲倍增。有一個兔子窩挨著老松樹，幾隻雌兔子在裡面安逸地曬太陽，有幾隻身邊依偎著小兔子。那些兔子那麼安靜，那麼平和，牠們正在一個晴朗無雲的夏日上午曬著太陽，嚼著草，發出呼嚕呼嚕的聲音。我說：「公證員先生，之前在美國的時候，我用一美元見證了一件大事：他們用直升機把這樣一架鋼琴吊起來，吊到運動場上方五百公尺的高處，開始敲鼓，然後直升機放下鋼琴，鋼琴也發出了這樣的巨響，這樣的音樂，足足持續十分鐘。鋼琴肚裡的琴弦和紘軸都豎立起來，琴鍵散落一地。和我一樣，其他五千名觀衆都嚇呆了……只是我在看到您的這架鋼琴時，受到的驚嚇更大。」

「我對人性不抱有任何幻想。」老先生厲聲喊道。從鋼琴裡再次發出長長的、聲調越來越高的尖叫聲，老先生享受地聽著，而我則是驚恐得帽子都豎了起來。

「這到底是什麼？」我發問。老人掀起了鋼琴黑色的蓋子，我看到鋼琴裡到處是半大的兔子，有幾十隻，在相互廝殺。那些強壯一些的兔子，雄兔，正撕咬弱小的兔子。我看到那些羸弱的兔子流著血，眼神驚恐；那些強勢的兔子神色傲慢，眼中閃爍著暴戾的施虐者滿足的光芒，同時那些剛被放進來的兔子都擠在角落裡的琴弦之中，也意識到了兔子的祭奠儀式。

「人同樣如此，」公證員老先生說，「那些今天倖存下來的，日後也會有同樣的下場。那些暫且沒被撕咬的，最終也會相互廝殺，直到剩下最後一隻，這裡沒被閹割掉雄性氣勢的兔子一隻也不會留存。所以這裡的尖叫聲絡繹不絕，因爲等牠們相互殘殺得剩最後一隻的時候，我就過去，把那最後一隻殺死，因爲被閹割的雄兔肉的口感更細膩。這是殘殺的酷刑在牠們身上留下的印記，牠們對此也早已麻木……

「那麼，請您告訴我，這些兔子以什麼爲樂呢？尊敬的先生，人類以什麼爲樂呢？一直以來僅是搜集牛奶上漂浮的那一層奶油，總是那些最強的被閹割、被剝奪力量……

36 佩卓夫（Petrof）鋼琴，捷克著名鋼琴品牌。

在這架鋼琴裡，先生，」公證員先生一邊說著，一邊把草扔給那些待在鋼琴琴弦之中的兔子們，「蘊含一個捷克民族的問題，一個存在千年之久的問題，您懂嗎？」他的聲音嘶啞，滿足地笑了。「當初我花五十克朗買下了這架鋼琴，他們要把它運到聖沃伊傑赫教堂的地下室裡去。我想，五十克朗買下一個不賴的兔子窩……」

我說：「這眞不錯，但是我更喜歡的是，在我們那裡曾經有一個帶著小提琴琴盒去公園的男人。孩子們都聚過去叫嚷說：『先生，請您演奏一曲給我們聽。』然而那個男人打開琴盒時，一隻兔子從裡面一躍而出。那男人說：『快過來，孩子們，兔子要出來放風了。』當兔子在外面吃夠了草之後，牠又跳回琴盒裡，那個男人就帶牠回家了。從那之後，他不管買了什麼想要殺死那隻兔子，他都下不了手，那可愛的小動物。爲了不讓牠無聊，他用小提琴的琴盒帶兔子去吃草。這對我來說意義才更大。」

「這是墮落的開始，」公證員老先生說，又補充道，「那麼再見了。在您出去之前，請把門關上，好嗎？您知道，我對人性不抱有任何幻想。」他加重語氣，揚起眉毛，輕輕敲了敲那架佩卓夫琴蓋，再一次地重複了自己那句話。

在門口我轉過身去，感覺一根閃光的毛衣針刺入了我的後背。公證員老先生站在那架黑色的鋼琴旁邊，閉著眼，刺眼的陽光從上方灑下，他用籃子遮著那張可怕而崩潰的臉。他的眼中滿是死亡的光，那目光犀利地穿過我，直射磚塊砌成的白色柱子，那目光如同透過玻璃的焦點投向我的手背，或者在等待棉袖被它點燃。人的目光居然有這樣的能量，那眼液形成纖細的鐵絲，遭遇淒慘卻戰勝了命運的公證員老先生，就具有這樣的目光。

我喊道：「您到底是誰？」

老人朝我微微欠了欠身，嘟噥道：「我是一具忘記死亡的屍體。」

太陽光照在兔子籠上，它被分成一格一格，在老人背後高高地聳起。雌兔子們在那裡曬太陽，在牠們身前依偎著小兔子。這些母親們很驕傲，心懷母愛，她們大概期望自己的孩子順利長大，夠幸運能進入那架佩卓夫鋼琴裡去。自古以來，那個地方不僅吸引動物，也吸引人類爲了自己的性別、自身的地位而相互搏鬥、廝殺、獲勝，直到有更強壯的兔子出現，撕咬和剝奪那些之前勝出的最強壯的兔子。因爲唯有這樣才能帶來進步，那些強者得以存留；同時那些輸家，等待牠們的是屠刀與後腦勺的重擊。然而那些被撕咬、被閹割的肉總是細膩柔軟，沒有雄性的怪味。而這味道，恰是世界前進的原動力。

兒童節

兒童節的前一天，我們還在考慮，我們的節目安排不僅要豐富多彩，而且在籌備和運作過程中將會產生更多的靈感。每一名花匠、園丁都表示，兒童節將成爲我們日常歡樂生活的延伸，所以大家互相提醒，確認兒童節那天所有活動的隆重展示。節日就在眼前，一眨眼工夫就到。我懇請所有人，把握時間，動用一切手段和資源。我說：「我們不僅需要想像力，還需要愛、信念和責任擔當。」我呼籲朋友們明晰思路，讓進度有條有理地進行。關鍵是，我強調說：「朋友們，兒童節的活動要分層合作，避免疏漏，兒童節籌備委員會的委員們要與出納經常溝通，因爲出納是會計，是我們的聯盟。

「兒童節迫在眉睫，大家以這個目標行動起來。我極力贊同當天早上大張旗鼓地播放布拉格長號手錄製的唱片，雖然在松樹林的聖約瑟夫泉邊敲鑼打鼓也許會更加熱鬧，但有時候少即是多。一切交由我們的兒童合唱團彌補吧。」

克爾斯林區到時將會熱鬧非凡，因爲在兒童節隆重慶典的最後一次活動委員會會議上，委員們已經表決通過，鼓手們將身穿五彩服裝，走過樹林，與青年樂隊會合，屆時將充分展現克爾斯兒童節充滿青春朝氣。我提議說：「希望委員會成員們注意，午後大家容易產生倦怠，體能的消耗需要放鬆，因此，安排娛樂活動會是不錯的想法，大家開啓想像的空間，包羅萬象，可以號召當地車迷舉辦汽車賽，在四號和二號林蔭道上舉行四邊賽……」

然而正如兒童節籌備委員會主席所言，高潮和亮點將是兒童們的遊行隊伍，跟以往一樣從施圖里克營地出發，遊行隊伍不專門組隊，採即興參與。遊行從來就是這樣的呀。它會將兒童節推向高潮。在此我毫不諱言，說：「這次遊行活動將展現孩子們最可愛的童稚，所以盡量讓花車緊跟在遊行隊伍後面好了，讓各類活動此起彼伏，從早上起床的鬧鈴到集合遊行到摸彩開獎，只要所有委員把一切活動巧妙地銜接，環環緊扣，兒童節就會成爲豐收的花環、音樂的盛會。先生們，公車已經啓動，請各位手持車票上車來。先生們，想著那些日程安排，兒童節慶典已在門後，馬上前來敲門，距隆重的兒童節慶典，僅剩下一天時間了……」

就像春天和夏日裡某個曼妙的星期天，兒童節到了。一大早，每名花匠、園丁都起來收拾自家菜園，給花澆水，之後埋首自己喜好的手藝，於是克爾斯從四面八方傳來歡快的圓盤電鋸高亢的聲響，刺激那些牙齦輕微發炎的人趕緊去看牙醫。每條林蔭道充斥刺耳的電鋸聲，富世和先鋒牌的加拿大和瑞典電鋸，與花園裡超魁梧的兩名壯漢合力才能抬起的圓盤電鋸相呼應，如果在砍伐樹幹的話，瘋狂飆起的隆隆噪音要高出普通富世電鋸兩倍。而此地的每名度假客在幹活時還嫌冷清，會在身邊放一部調至最高音量的收音機。你們看到了，兒童節的上午便混雜著各種尖利的美麗噪音，嘹亮播報新聞的收音機構成其背景，音樂、說話聲、新聞和評論便充斥整個克爾斯林區，這些聲音合成美妙的背景音樂，送入每個人的耳朵，但大家都置若罔聞，早已習以為常了。

一上午，還有整個下午和晚上，從擴音器傳出的激昂音樂自餐廳敞開的窗戶裡飛出，氣勢浩蕩，流行的爵士樂循環反覆。雖然空氣裡沒有一絲風，然而方圓幾公里的白樺樹葉都在震顫，收音機、錄音機和自動風琴，鋸子、磨床和車床的聲響在克爾斯上空編織成無形卻清晰可聞、無人可以逃脫的帳篷，因為每一個在自己地界上勞作的人們，都被週日勞作的無形鏈條牢牢拴住了。

大家在約瑟夫泉集合，我們在等候那些允諾前來的人出現，然而沒有一個人來。我們只聽到這些人的妻子和孩子捎來口信說，爸爸表示歉意，他身體不舒服。我們數來數去，統計下來就我們三個。於是我們拿起推車，運來幾箱啤酒、葡萄酒和白酒，存放在泉眼附近一間陰涼的房子裡；我們放下心來，因爲這裡緊挨冰涼的泉眼，誰口渴了，自己動手就行。這裡的位置已經處於克爾斯林區上端，就像每一個美好的星期天那樣，摩托車那讓人心煩的刺耳噪音不時傳來，那些半大的孩子成群結隊地在克爾斯橫衝直撞，拐彎時開足馬力，讓打滑的輪胎揚起一股股沙土，殃及地上的黑莓，漿果表面覆蓋一層細沙，那些來自沙丘和沙灘、很久很久以前從利比亞飈來的沙子……有幾個從摩托車上摔下，費勁地想掙脫黑莓長藤蔓的糾纏，有的甚至只得趴在荊棘叢裡束手就縛，央求人找一把剪刀，嚓嚓幾下剪斷荊棘叢的囚禁。

快臨近中午了，類似賽車的轟隆隆聲響傳過來，但它不是單座賽車，也不是一級方程式賽車，而是普通的斯柯達車，它的排氣管仿照賽車做了改裝，就爲了讓車子發出動聽的聲響，讓聽到的人血液瞬間凝固。此外，大多數年輕人都爲自己的汽車配置了奇怪的喇叭，尖銳的高音穿透空氣，所以克爾斯林區在兒童節當天，跟每個星期天一樣，各種聲音交織成實在具體的交響樂，對付它的唯一辦法就是打開自家的收音機，用自己喜愛的音樂砌起一堵圍牆。所以一旦所有的聲音戛然而止，陷入靜默，我們反而會嚇一跳……我們會一躍而起，跑出去一探究竟，我們會看到在電鋸和圓鋸旁，有人切斷了手指或手臂，或者在別的什麼地方有人倒在地上，腦袋被旋轉葉片打到了。然而它只消停一會兒工夫，那聲音和音樂撐起的大帳篷僅消停片刻，僅在那些度假的人突然跑出去喝酒或吃東西的時刻。但這瞬間的寧靜和沉默如此雄偉、如此莊嚴，讓每個人的汗毛豎起。而等大帳篷再次鼓脹上揚，最強悍的電機工具和無形的纜繩再次撐起桅桿的時候，我們才鬆一口氣，放下心來，輔助撐竿如此之多，克爾斯林區上空的音樂風帆再次有力地張開。

我們三個在約瑟夫泉旁邊釘上木板條，布置了一個音樂舞臺。有支樂隊回覆說，也許會來，但也有可能不來。隨後我們剪開裝五公斤麵粉的紙袋，用銷釘蘸上焦油寫下了「兒童節」三個字。

下午兩點，孩子們在施圖里克會合，晚上將有篝火晚會，有啤酒、葡萄酒、烈酒和香腸。兩名退休人士已經換上了消防制服，他們也是兒童節慶祝活動委員會的成員，兩人用圖釘把海報釘在泉眼邊那座房子的大門上，然後坐下來歇息。天空雖然晴朗無雲，兩名消防隊員卻滿臉焦慮：萬一晚上的篝火著起火來，燃燒了樹林可怎麼辦？兩人寧願打開一瓶冰鎮啤酒，坐到長椅上，觀看高聳的鐵絲圍欄裡的運動員打網球。在炎炎烈日下，那些年輕人利用網球拍、球和球網進行日光浴呢。

這一刻各種響聲、音調和鼎沸的人聲達到那樣的力度，在克爾斯林區所有的林蔭道上形成巨大的噴泉，來自各方的流水、音樂噴泉，噪音和人聲匯聚而成的巨大噴泉，在約瑟夫泉的上空連接起來，順著松樹的松針、白樺樹和橡樹的枝葉落到地上，等著再次被噴霧送上藍天，那是美麗的兒童節的保證。因為聲音、色彩和氣味匹配，約瑟夫泉的上方飄起從對面幾個化糞池送來的糞便味——每個星期天皆如此。今天的兒童節同樣，一些度假的人不是有心，而是迫不得已清理滿得快溢出來的糞池，用水桶把家裡的排泄物一趟趟運送過來，讓糞便污穢也發揮作用。在燥熱的空氣中，所有的聲音、顏色和氣味微妙地結合起來，成為一個圓環。但沒有人對此生氣，相反的，大家發現一切井然有序，似乎理所當然，因為今天是星期天，是娛樂時間，每一名度假者都是來休息的，他們週一上班後會再回到工作狀態。

一如既往，下午正式開始兒童節的慶典。斯沃博達先生來到施圖里克少年先鋒隊營地，他的大肚腩擱在一個架子上。因為天熱的緣故，他穿了短褲，一百三十公斤體重，胸毛茂密，頭戴遮陽帽和綠色的太陽眼鏡。當人群裡聚集了大約八個孩子後，斯沃博達先生給出了遊行開始的手勢。孩子們走得很慢，於是斯沃博達先生走到他們前面，甩開大步，一邊跟身穿泳衣的度假者打招呼，那幾個人把浴衣搭在胳膊上，匆匆穿過樹林和草甸，往河邊趕去。斯沃博達先生叫他們一起來，說晚上會很熱鬧。當孩子們走到約瑟夫泉邊上時，消防隊員正在排球場上排列晚上點篝火用的枯樹枝，兩人臉色蒼白，了無生氣。晚上萬一樹林著火怎麼辦？單單這麼一想他們就嚇得夠嗆，好像大火已經燃起來似的，火勢很快蔓延整個因乾旱而熱氣騰騰的森林。

我站在公路上，極目遠眺，一直望到主幹道，樂隊將在那裡出現，他們不僅要演奏音樂，還要走在遊行隊伍裡爲孩子們和花車領路。下午網球選手們沒有來，因爲電視裡會轉播臺維斯盃網球公開賽實況。孩子們在樹林裡亂跑，玩捉迷藏、敲鼓，或者用細木棒在沙土裡畫畫。

公路和林蔭道上湧現一群群身著泳裝往河邊去的度假者，這合情合理，像今天這麼一個美麗的星期天，實屬罕見，幾乎每年兒童節都遇到下雨。

時間在慢慢地流逝，斯沃博達先生準備了十公斤香腸。他用小刀在香腸表皮上拉紋路，到時把香腸往火上一烤，劈啪一開裂，香腸就變成一隻隻香氣撲鼻的小刺蝟。我在公路上來回梭巡，眼睛因爲長時間向國道張望而開始痠痛起來。樂隊沒有出現。

約瑟夫泉的上空再次揚起雜音的帳篷，幾把電鋸和圓鋸繼續早上的活計；林蔭道上重新駛來轟鳴的摩托車隊，車輪胎轉彎時發出打滑的呼嘯和號叫；改裝了排氣管的斯柯達車嗡嗡地咆哮，西歐品牌的喇叭鳴出警報聲，聲音遠不如飛速行駛的救護車或者車頂上警燈閃爍、趕往車禍地點的伏爾加車好聽。糞便的氣味依然在空氣裡升騰和擴散，松枝、瀝青和樹脂的香味也遮蓋不住這種氣味。

唯獨在泉邊，如同每個星期天那樣，汽車排成長長的隊伍，人們遠道而來為了接取有療效的礦泉水，他們手提罐子和水桶，井然有序，耐心等候，時而在樹林裡散步。那些沿公路行駛的汽車看到兒童節的慶祝活動時，內心的印象一定是此地的居民很好客……

下午甚至到傍晚的情況一樣，車隊和人的隊伍並不見變短，大家都耐心等候輪到自己接泉水。從泉眼流出的涓涓細流，要接滿十升容量的罐子需耗時一刻鐘，更不用說二十升的大罐，那幾乎人手一個。

當斯沃博達先生了解到，臺維斯盃的第二輪單打將延長至五局三勝時，他決然做了一個手勢，歡樂的篝火燃起了。孩子們歡呼雀躍，美麗的大眼睛激動地盯著火苗，看它們劈啪作響。火勢不斷上升，帶著燃燒的樹枝和枯葉衝向松樹冠。隨著孩子們高漲的情緒，兩名消防隊員卻提心吊膽，越發坐立不安：如果那些火星、熊熊燃燒的枝條和樹葉濺到松樹脂上可怎麼辦？兩人提著水桶，以法律的名義冒犯了泉眼邊等候的隊伍，把十桶裝滿泉水的水桶圍繞篝火布置一周，應對萬一發生的森林火災，儘管他們心知肚明，十桶水其實杯水車薪，無法撲滅燃起的熊熊大火。燃燒的樹枝會跳躍，讓火災蔓延很遠的距離，彷彿燃燒的松樹冠把一個不祥的花環拋給旁邊的樹冠，拋向四周，直到整個林區陷入一片火海……

黃昏薄暮裡，在樹木和樹幹之間能看到火的背景以及孩子們漆黑的剪影，他們用樹枝條挑起香腸，伸出去在火堆上烤著，時不時有人的頭髮燒焦了。我依然站在混凝土路面上，兩眼盯著公路。每一束汽車車燈都為我帶來希望，樂隊終於來了；每一次都慶幸不已。但當汽車放緩了速度，車頭轉向泉眼，從車上跳下來的那些人，從車上取出的不是樂器，而是用來盛裝礦泉水的瓶瓶罐罐。

在河水中曬黑了皮膚的度假者返回了，朝我們吶喊，說他們想享用晚餐，說他們到這裡來只想喝冰鎮啤酒……

天色暗下來了，前來參加兒童節慶典的遊客絡繹出現，那些身穿華服的人們在樹幹之間來回晃動。太美好啦，兒童節——當在漆黑一片的樹林裡晃動著白褲和白衫，與其他被篝火拔高了的暗影融為一體。孩子們圍著篝火，他們放大的身影投擲在金燦燦的松樹幹上。

我與消防隊員一起站在篝火邊，我放棄了希望，況且此刻已經沒有人在期盼音樂，也不需要音樂。我看進火光裡，如此美麗的景象，我們的兒童節多麼成功，不僅我看到了，其他所有的遊客都看到了。他們環顧四周，在空地上，在樹幹之間，到處站著被陽光曬得膚色健美的人們，白天擺弄電鋸、圓鋸的體力辛勞，此刻讓男人們神采奕奕，每個人都顯得年輕，容光煥發。他們眼望篝火，呷著杯中的啤酒和葡萄酒，幾個人圍攏在一起，興致勃勃地談天說地，彷彿身處民族大劇院的片場休息，人人和顏悅色，充滿儀式感，彷彿一整年都在等待這一刻，爲了共同的相遇，爲了展示自己最美的禮服。我們的兒童節成了時裝秀，精采的亮相，類似大使館的花園盛會。白天身穿工作服和休閒布裙的度假者顯得那麼不修邊幅，當褪下那一層工作服，立刻靚麗奪人……

我看到，其實兒童節這一天是成人的節日，一年裡安排一天時間讓大家放鬆娛樂，輕鬆聊天，交流各自的喜悅和憂慮，莊重而悠閒地在松樹林裡漫步，時不時駐足親吻一番，或者抬起頭來，透過靜謐無聲的松樹冠的孔隙找尋天上的星星，那些星辰在克爾斯大如拳頭。某一時刻所有的聲音都靜默下來，只聽到火焰劈啪作響，似音樂一般，沉默的帳篷罩住了克爾斯林地，度假者停下腳步，不再四處走動，所有人都把目光聚集到篝火上。火焰散發出聲和光以及朽木的氣味，萬籟俱寂，除了上下跳動的火焰，藥用泉眼潺潺的流水聲……

這一刻兩名消防員倍感焦慮，森林著火怎麼辦？這一刻，微風從西邊吹拂過來，松樹的樹冠隨之搖擺，奏起了交響樂，然後再緩緩消退。然而又一陣風颳來，在風的呻吟裡，幾根枯樹枝跌落。接著一股暖風襲來，松針簌簌地四下散落。所有的度假者不由得朝風的方向轉過身去，嗅了嗅空氣，每個人都聞出來，空氣裡裹挾了水分，一場暴雨，夏季裡的雷暴即將來臨，隨即大雨滂沱，電閃雷鳴。我滿心以爲，大家在空氣中嗅到的暴雨氣息，會讓消防員們舒一口氣，沒想到他們卻更加惶恐，因爲這樣的松樹林一旦燃燒起來，雨水反而加劇其可燃性，因爲相互連接的樹枝和樹幹布滿松油和樹脂。

風再一次襲來，松樹樹冠幾乎彎下了腰，然後風停了，似乎爲了讓松樹樹冠以頑強有力的擺動重新挺直腰桿。天上的星星消失了，雷聲從遠處傳來，森林末端的那一片天空幻化爲橙色，鑲嵌著金色的波紋。母親們開始四下尋找自家的孩子，拉著他們朝公路方向跑去。隨著又一次閃電，在蒼白的月光裡能看到人群四散，慌亂地逃離兒童節，朝木屋和家園奔去。天上下起了細雨，那種無辜的雨絲，猛然間急劇起來，變成憤怒的瓢潑大雨，交替著雷電閃爍。那些帶著愚蠢想像的度假者，以爲暴雨轉瞬即逝，很快就會過去，逃往大樹下躲避……此時，在橫掃的滂沱雨幕裡一束聚光燈射來，汽車一個急轉拐向舞臺，車上下來六名抱著銅管樂器的樂手，小號隨閃電一閃一閃的。

「退回去！」斯沃博達先生朝他們喊，從篝火邊跑過去說，「回去吧！今天不用演出了！」然而樂隊的領隊搶先上了舞臺，懷抱低音號、柔音號坐下去，其他同夥們也依次坐到椅子上，開始演奏喧囂的進行曲。大雨如注，度假者紛紛退到了房子的屋簷下。斯沃博達先生喊道：「他們只要演奏滿五首樂曲，我們就得付費，相當於他們演出一晚上，我們無法計較了，不計較了！」傾盆而下的暴雨如此猛烈，彷彿下游那個方圓十公里的礦水湖漫過來，成噸的水覆沒了整個克爾斯林區以及我們快樂的兒童節，渾身濕透如落湯雞的樂手們不停地吹奏，為了提升洋溢了一整天的節日氣氛。但人們開始在雨中奔跑，在傾盆大雨裡跑。氣溫明顯下降了，大家借著閃電的光亮逃往家裡，燉煮紅酒，服用阿司匹靈。

火苗漸漸熄滅了，但兩名消防隊員依然站在水桶邊，繼續受罪，防備森林火災發生。他們站在齊腳踝深的水裡，因為降下的雨量超過土地承受力百倍之多，沙子來不及滲水。火慢慢熄滅了，從網球場湧過來的夾雜紅土的泥水，澆滅了篝火。樹林裡湧出滾滾洪流，水裡漂滿了松針。火堆旁的消防隊員已經站在及膝的水中，他們依然以可能出現的森林火災自殘著。

領隊站起身，倒光低音喇叭裡的水，其他樂手們也站起來，然後跑向汽車，把樂器堆放進車裡，他們從打開的車窗裡往外傾倒巴松管和柔音號裡的水。領隊對斯沃博達先生說：「帳單我會寄來，您透過郵局匯款，對吧？」說罷跳上車，開車離開了。車上堆滿黃銅管樂器，那些樂器在黑暗中隱約忽閃……

兩名消防隊員爲確保萬無一失，不再拎著水桶去泉眼打水，而是直接在及膝的水裡舀水，滔滔大水流經他們身旁，他們澆滅了篝火，往早已熄滅的火堆中央倒水，燒焦的樹枝和餘燼早就被水流裹挾漂向新草甸。但兩名消防隊員依舊用水桶在澆水，即使水沒過了他們的膝蓋，然後至齊腰深……萬一這堆火的某一個火苗讓森林著了火呢？

暴風雷雨席捲了一個精采的兒童節，大人和小孩們紀念的一天。如今這樣的日子不復存在，只留在人們的記憶裡。當今大人和小孩們的節日稱作克爾斯市集，市集的一切活動都按時間表井然有序地進行，計畫和實施之間不再出現差錯。園丁們自己動手粉刷出十多家店舖和攤位，用來出售烤香腸、啤酒和葡萄酒，內容豐厚的抽獎券、紀念品、茶杯和玻璃杯，在其他的小屋裡賣糖果和蛋糕，心形薑餅上寫了字：來自克爾斯的問候。薑餅事先在帕爾杜比采城訂購，甚至讓供貨商用小貨車運來，有的店舖還出售清洗乾淨的新鮮蔬菜、香蕉和杏子等。

克爾斯市集有布置兩間特殊的木屋，假扮的警察把抓捕到的人押到這裡，那些人透過買下幾杯利口酒或者樂曲贖身，樂曲可以自己挑選，由現場的兩名樂手——口琴師和小提琴手演奏。在克爾斯市集上已經有能容納所有分貝的大舞臺，來自薩德斯卡城[37]的打擊樂隊多次在舞臺上演出。市集還有旋轉小木馬、綠色和藍色的兒童鞦韆。如果你成功地把套圈扔到瓶頸上，三下錘擊進一顆釘子，可以贏得珍貴的獎品，你還可以去參加踩高蹺、麻袋打結比賽。克爾斯市集甚至有自己的主持人，洪札·克拉斯魯透過拉線麥克風與度假者互動，請度假者輪流回答他的問題。此外還有藝人，大家期待的歌星切赫·烏爾姆會親自登臺，演唱自己的歌曲。

所以，克爾斯市集吸引數百遊客，從中午起這裡就人流湧動，摩肩接踵，美麗的少女們結伴而行，發出銀鈴般的笑聲，騎摩托車前來的小夥子們，連頭盔也不摘下，自信地在市集上閒逛。到了晚上來的人更多，人們從四面八方趕來，裝扮得花枝招展，大多數人互不相識。整個州都張貼了宣傳海報，湧入如此大量的朝拜者，克爾斯林區還從未

37 薩德斯卡（Sadsk），位於寧布卡城附近的易北河低地。

經歷過呢……

我也是克爾斯市集的朝聖者，我一間接一間逛著商舖，來回瀏覽。我注意到，不知什麼時候，我們這個地區出現了如此多嬌美的姑娘，數都數不來。我愉悅地逛街，不由自主地回憶起以前的那個兒童節，兒童節的那一天。在我看來，那一天的兒童節更符合我的想像，那理想和夢想之間的差異，在地平線上的光亮和奔向它的路途之間，它應該如此，它就是那個樣子……也許我有些老了。

卡格爾先生

在我們克爾斯林區最有出息的要數卡格爾先生了。人們傳說他是一位牧師的兒子，在他身上也確實有跡可循。每逢週日及國定假日，他會去瓦倫卡教堂爲管風琴踩風箱；在基督教教義中，他自豪地秉承了舊約的謙卑和簡樸；在旅途中如果有人與他交談，馬上能感受到他的博聞學養，然而他始終不忘孜孜做學問；習慣把燈芯捻得非常之小；時常處於幸福、虛空、純粹的狀態中。所以，他能夠與動物和小孩對話，也因爲如此，他一無所有，除了身上穿的衣裳和低矮房頂上打入煙囪的U形釘。他經常躺在樓頂平臺的乾草堆裡，不論晴雨天氣，在寒冷的冬天依然如此……他從不接受別人的任何施捨，確實有需要時，他幫別人帶孩子，看護懷孕的母豬和奶牛，或者整個牲口棚。如果牲口在夜裡掙脫了羈絆，他起來用鏈子把牠們拴到食槽邊上。

然而，他什麼工作都做不長久，頂多兩個星期就坐立不安，渴望重新出發，他警覺的生活幾乎都消磨在路途上，永遠是用雙腳丈量，就算有汽車停下來載他，卡格爾先生也都婉言謝絕，說每輛汽車對雙腳而言都是有害無益，況且他又不急著趕路。所有的路徑都沒有所謂的目的地，所以他在路上走得越遠，從某種程度上來講，就越趨近某個地方。當他到達那個地方時，路會在他面前再次延伸出去，沒有止境，他只好再次出發，繼續趕路，不是前往目光所及的遠方，而是從一個村莊抵達另一個村莊，所以卡格爾先生永遠在克爾斯林區徘徊。他願意把足跡遍踏克爾斯的每一條巷子、每一條小徑路和每一段公路，他享受自己笨重的靴子跨出的每一步。卡格爾先生行走時，他的整個身體都在動，他的雙手交替擺動，彷彿始終在匆匆奔向某個目標，那是因爲他的肺、心臟和胃配合完美，誰與他同行，都疲乏得氣喘如牛，唯獨他安然無恙。

也因此，我時常在赫拉迪斯科村和賽米策之間，在瓦倫卡和克爾斯之間的路段與他不期而遇，他滿臉鬍渣、刀刻般的皺紋，卻總洋溢著如大教堂的天使般幸福的微笑，大門上鑲嵌畫裡的幸福天使唱詩班的微笑。卡格爾先生就這樣巡遊和徜徉在克爾斯林區，而且整天匆匆行走在路上，所以他的身影每時每刻出現，時而突然走在你身旁，時而依稀在遠處以他獨有的步態在小巷裡穿梭，時而又現身在某個十字路口。卡格爾先生的跋涉應該是有意義的。他用超過四分之一世紀的時間遍訪周邊所有的電影院，這也是他的出行目的之一，了解哪家電影院正在上映什麼電影。他的記憶力超群，不僅記得住所有的演員，而且一部電影前後看好幾遍，對電影內容也瞭若指掌。當他在公路上大步行進時，大腦裡始終在追溯某一部大片，回放一幕幕電影畫面，重溫和默念每一幀圖像，此起彼伏，揮之不去……

我跟卡格爾先生並行時，他喜歡考我，「您是否知道，」他一臉欣喜，「《方特勒羅伊小爵爺》裡的角色們都由誰扮演的？」我回答說：「卡格爾先生，我不清楚耶。」

「我就知道，」卡格爾先生說罷繼續往前走，扭一扭肩膀，交替擺動雙手，彷彿他要起飛似的，「告訴您吧，老伯爵是奧布里·史密斯扮演的，扮演小伯爵的呢？是弗雷迪·巴塞洛繆。您知不知道，小伯爵最好的朋友，那個布魯克林的擦鞋童，由誰飾演？哎，是米基·魯尼[38]本人呀！您知道默片中的小伯爵是誰演的嗎？這個您肯定不會知道，是瑪麗·皮克福德，道格拉斯·范朋克[39]的妻子啊。」在高漲的激情裡，卡格爾先生又爲我介紹《七十三艦隊潛艇戰》的劇情和主創人員、駛往摩爾曼斯克[40]的艦隊、主

38 米基·魯尼（Mickey Rooney, 1920~2014），美國電影演員和藝人。

角亨弗萊．鮑嘉[41]和雷蒙德．梅西[42]兩位演員，他甚至沒忘記描繪那艘船，船上的官兵最終在俄羅斯戰機的護送下滿載戰爭物資駛近蘇聯海港。卡格爾先生隨即又聊起索妮婭．海妮[43]和泰隆．鮑華[44]主演的歌舞喜劇《第二小提琴手》，接下來又拋出一個問題：「在查理．卓別林的《大獨裁者》中，是誰飾演另一主角，那個細菌獨裁者？……是傑克．奧克呀，這個連小孩都知道。那誰演漢娜呢？是寶蓮．高黛！」

然後他複述起羅蘭．揚參與演出的《托普的旅行》和弗雷德里克．馬奇主演的《馬克．吐溫歷險記》，當講到由查爾斯．博耶、愛德華．羅賓遜和芭芭拉．斯坦威克主演的《靈與肉》的故事時，他幾乎都要哭出來……然後他又考我金格爾．羅傑斯扮演的《女人萬歲》，說它比弗雷德．阿斯泰爾和麗塔．海華斯參與演出的影片《現在的你最可愛》更美。他透過電影《雙面女人》分析葛麗泰．嘉寶和茂文．道格拉斯的演技，講述時再次為《帕格尼尼》裡那個魔鬼小提琴家的故事唏噓不已。「《劍膽琴心》的主角是斯圖爾特．格蘭傑……」

我的記憶被他激發起來了，忍不住插嘴說：「女主角是菲利絲．卡沃特！」卡格爾先生說：「沒錯，那麼，弗蒙特伯爵是誰演的呢？您不知道了吧，這個可是婦孺皆知的，是亨利．愛德華茲本人……」

爲了不冷場，我開口說：「卡格爾先生，您總是風雨兼程，行色匆匆，像亞歷山大大帝，他也迫切希望看到在地平線之後有什麼……」

「不過先生，」卡格爾先生駁斥我，「拜託，難道您還覺得不夠殘忍嗎？那個亞歷山大幾乎殺光了自己所有的親人，甚至連朋友都不肯放過，付出如此沉重的代價，就只爲了滿足自己的欲望——看到遙遠的地平線之後有什麼嗎？可是，看到了又如何呢？先生，我已經擺脫了這種願望，對我來說，我也曾想看到人類旅程的地平線之後是什麼，

---

39 道格拉斯．范朋克（Douglas Fairbanks, 1883~1939），美國演員、編劇、導演和製片人。他為他的默劇虛張聲勢的角色最有名。

40 摩爾曼斯克（Murmansk），不凍港，俄羅斯摩爾曼斯克州首府。

41 亨弗萊．鮑嘉（Humphrey Bogart, 1899~1957），美國男演員，一九五二年因《非洲女王號》獲得第二十四屆奧斯卡最佳男主角獎。

42 雷蒙德．梅西（Raymond Massey, 1896~1983），加拿大演員。一九四三年出演《七十三艦隊潛艇戰》。美國電影《七十三艦隊潛艇戰》由勞埃德．貝肯執導，亨弗萊．鮑嘉、雷蒙德．梅西等主演。

43 索妮婭．海妮（Sonja Henie, 1912~1969），著名的挪威花式滑冰運動員，二十世紀三〇年代中期轉入電影界，曾是好萊塢酬金最高的女演員。

44 泰隆．鮑華（Tyrone Edmund Power, 1914~1958），二十世紀三〇年代的美國影星，代表作有《西點軍魂》、《黑天鵝》、《碧血黃沙》和《琴韻補情天》等。

但我所付出的，僅是犧牲自己的雙腳；我也曾充滿戰鬥的欲望，但只是針對我自己；我曾渴望活著，但那幾乎要犧牲自己的全部，我只索取別人主動給予的，我不期望更多，只要吃飽，穿死者遺留的衣服，便已足矣，爲此我幫人們打理花園、清除草地；我現在也有殺戮的欲望，但是，是殺死我內心裡不善的一切；我有寫下宣言的欲望，但是，僅是針對始終滯留在我身上的小市民習氣；然而，我最渴望的，是抑制這個世界太多的邪惡，因此我不傷害任何人，如果必須，我只傷害我自己，所以您跟您的亞歷山大大帝去麥加吧。

「他小時候，差一點死於肺炎，連《荷馬史詩》也幫不上忙，那是他的老師亞里斯多德贈與他的。您知道，我在大家的眼裡近乎瘋子，但從人性的角度看，我的大腦很正常……上帝與您同在，我現在渴望去雅羅謝克太太家裡，幫她劈柴……」

卡格爾先生笑了起來，厚密短髮下幸福的笑容，髮際貼近他額頭的第一道皺紋。有人會判斷說他是幸福的、快樂的，另一人卻會說他是個可憐蟲、瘋子，然而卡格爾先生微笑著，因爲有時他會哭泣，爲自己，爲這個世界，爲這逶迤而枉然的路途；因爲卡格爾先生會狂奔，因爲他找不到平靜，他在路途中讓自己游離，爲了在下一程路途找到驚喜，因爲腳下的路雖然漸行漸遠，他卻越發走近自己，當他回到當初的出發地時，他重新找回了自己，必須與這個人共眠。

據常借宿給他的那些人家透露，他先在牲口棚裡洗漱，然後把火柴盒和刀放到窗臺上，再順梯子爬上閣樓的乾草堆裡，在那裡寬衣脫鞋，關鍵是脫鞋。在霜凍天氣，爲了不讓自己的雙腳凍傷，他滾入溫暖的煙囪旁邊的乾草堆，一遍遍複述電影《新興都市》，主演是克拉克·蓋博、斯賓塞·屈塞、克勞黛·考爾白和海迪·拉瑪。他愛死海迪·拉瑪了，每天晚上與她相擁而眠；在觀看她的第一部影片《神魂顛倒》時，海迪·拉瑪在片中赤身裸體，在池塘和樹林中沐浴時，他就無可救藥地愛上了她。

如同在路途上，卡格爾先生也常常出現在酒館裡。他一走進酒館，就帶來一股牲口棚和乾草的刺鼻氣味，從他那件繼承自去世的獵人的長毛大衣裡散發出來。他同時也把松樹和雲杉的香味、草地的氣息，以及雨雪的味道帶進煙霧繚繞的大廳裡。但他飽經風霜的臉一成不變，紅彤彤的，滿臉鬍渣，笑容滿面，他爲發生在其他酒客身上的事件和趣事而笑。從獵人施勞夫那裡得到的那件長毛獵裝，卡格爾先生一直得意洋洋，沒少吹噓。獵人施勞夫只要看到槍，尤其是步槍，總要拿來長時間地瞄準，直到射出子彈；他鍾愛射擊，射動物，射泥鴿，也打靶。卡格爾先生喜歡敘述那個獵人的最後一次狩獵，是打野雞，伴隨著每一次槍響，總有一隻野雞應聲落地。每射擊一次，獵人都要把步槍掰開，吹一吹槍膛裡的硝煙，這是他的習慣。當他再一次舉槍射擊後，他又掰開步槍，深吸一口氣，比以往任何時候都要深的呼吸。可這一次，當他吹淨槍膛，同時吹走了自己的靈魂。他猝然中風，倒地而亡。

卡格爾先生在每間啤酒館裡都喜歡點啤酒和牛肚湯，通常能喝下兩份湯，遇到別人請客，他就能一口氣喝下三盤牛肚湯，喝得身上冒出嫋嫋水氣，因爲卡格爾先生從來不脫獵人施勞夫留給他的長毛大衣。他就那樣熱氣騰騰地坐在那裡，喝湯，呷啤酒和白酒。夏天，當野蜂和大黃蜂在酒吧大廳的天花板上迴旋飛舞，卡格爾先生手持啤酒杯迅捷地一把抓住黃蜂，用手碾碎，扔進菸灰缸裡，再重新坐回去，嘴角上揚，微微一笑。有時，當酒客們已經喝得情緒激昂時——卡格爾先生也是——卡格爾先生端起一杯啤酒，把椅子挪到角落裡，用啤酒祈福，朝酒吧的各個角落，東南西北四個方向逐一膜拜，口中唸唸有詞，祈禱世界永遠和平安寧。卡格爾先生應該從事寫作，只是他所做的一切，所經歷的一切，無需再一次用筆記錄。他所踐行和談論的一切，都異乎尋常，畢竟它們發生了，而且隸屬人類事務的範疇。

卡格爾先生向我介紹了所有啤酒館的歷史，我發現其中幾家極有意思，令人難以置信。我最喜歡卡格爾先生講述的一位赫拉迪斯科村莊酒館的店主。這位店主，冬天時僅在廚房裡燒暖氣，酒吧大堂寒冷刺骨，因此誰來喝啤酒，就扯下白桌布當披肩，客人們就那樣在冬天身披白色桌布，跟泥瓦匠似的。爲了稍微暖和一點，他們把桌子上的菸灰缸聚攏到一起，在菸灰缸裡點燃小紙片、火柴和報紙。於是店主端來一個大陶罐，裝白菜或豬油的那種；他把那個大陶罐擱到那些火舌四起的菸灰缸上，再抱來裹在羽絨被裡的小寶貝，放進那個大陶罐裡取暖……卡格爾先生敘述的另一位店主來自哈宴卡餐廳，那個人即使在夏季也渾身發冷，穿一件毛皮長大衣，還不停地喝煮熱的葡萄酒，炎炎酷暑依然不能讓他的身體熱起來……

卡格爾先生不停地講啊講。爲了讓我寫下這一切，他始終同時講兩個對立的故事給我聽，讓兩個相反的故事互相補充。我想說的是，爲什麼卡格爾先生自己不寫呢？但沒等我把話說完，卡格爾先生告訴我這不重要，更重要的是活著，並看到自己的生活原樣呈現在自己面前，就如同此刻暢飲著的玻璃酒杯。

在酒店舉辦的每一場婚禮，都少不了卡格爾先生的身影。當婚禮進入高潮時，卡格爾先生就會出現，依然渾身裹挾那些來自樹林、田野和牲口棚的氣味，臉龐經風吹日曬，黑黝黝的，一圈粗糲的鬍渣。當他摘下帽子，他那剃光的腦袋上覆蓋一層藍幽幽的髮茬，密密麻麻的，幾乎連著他的眉毛，髮際從他第一道皺紋伸展開去，頭髮長起來，卡格爾先生便無法梳理了，根根髮絲如同藍色的鐵釘，所以他寧願剃光頭。每一場婚禮上，卡格爾先生都會握住新娘的雙手，只對新娘表示祝賀。而當他坐到椅子上，等人幫他端來吃的，毫不例外，他一定先一把抓起肉，放在腿上，用餐巾紙裹起來，塞進獵裝大衣口袋裡，說是他明天的飯食。然後才開心地大快朵頤。至今不曾出現這樣的情形：卡格爾先生打著飽嗝說他已經吃飽了。他始終不停地在往嘴裡塡食，他吃得越多，婚禮就越會出現狂歡，因爲客人們已經酒足飯飽，卡格爾先生是代替他們在吃，一盤接一盤，也沒有因此大腹便便。

卡格爾先生也常去參加各種葬禮。其實他不喜歡墓葬，唯獨打動他的是安魂曲。當他踏完管風琴風箱，二十克朗拿到手之後，卡格爾先生總要前去拜訪新遺孀，請求獲取亡者的衣服。然後他把那些衣服轉賣到舊貨店，有時直奔布拉格，興高采烈地徒步走去，爲了能當天晚上返回，他往往一早就出發。卡格爾先生總是走在送葬隊伍的最末端。可笑的是，因爲卡格爾先生習慣健步如飛，不會慢慢踱步，所以一不留神就走到了隊伍最前面，只好不斷地往回退。他行走時，時常絆腳，所以得倍加小心才不致摔倒。他與送葬隊伍保持同速前進時，在旁人眼裡像個醉漢，儘管他很清醒。有一次，我跟他並行走在送葬隊伍裡，一會兒就不見他的蹤影，他不是跑到隊伍最前面就是消失在相反方向，最後他居然退回到靈堂。

死者埋葬死者，卡格爾先生有一次悄聲告訴我：「我自己將一切從簡，事先安排妥當。第一個發現我的人只要用電話通知殯儀館：『麻煩你們過來清理一具腐肉。』然後埋葬我的時候只需幫我穿內褲，打赤腳，因爲衣服和鞋子可以賣錢。我要求火化，至於怎麼處理骨灰，我有兩個想法。」卡格爾先生大聲地權衡起來，「要麼讓護路員把骨灰摻上沙子撒到最中我意的公路上，那條在赫拉迪斯科、賽米策和瓦倫卡之間正好形成等邊三角形的公路。或者，嗯，還有更美的？我現在越來越離不開啤酒，最愛寧布卡十度啤酒，所以，可以考慮不把我放入骨灰盒，而是裝入啤酒易開罐裡呢？」

我說：「不過，卡格爾先生，只有百威啤酒或比爾森啤酒才有易開罐。」卡格爾先生愣了一下：「哦，那不行，」他說：「我就喜歡寧布卡啤酒。那麼，最小的啤酒桶，鋁的那種，要多少錢，四分之一容積的樣子？」

我說：「不會太貴的，卡格爾先生，即使要一百克朗，也依然比不上骨灰盒的價錢。」

「那好，」卡格爾先生開心起來，「那讓我的朋友沃瑞爾領了我的骨灰，然後買下那個鋁質啤酒桶，擺上漏斗，往桶內倒入我的骨灰，然後去買寧布卡啤酒，一瓶接一瓶，把啤酒桶灌滿，就像我有時候喝了一肚子啤酒那樣，塞上軟木塞，然後把我埋到瓦倫卡墓地裡。簡直美極了！」卡格爾先生興奮地喊起來。我被嚇得不輕，太陽穴嗡嗡直響，因爲整個葬禮我始終在想那個裝滿啤酒和卡格爾先生骨灰的鋁製啤酒桶，在夜裡我也忍不住反覆想像，念頭揮之不去。而卡格爾先生已經撇下我遠去了，他走過樹林和草坡，繞過田野，大步行進在公路上，就那樣走過春、夏、秋、冬，經受季節和天氣的週期循環，他對什麼都了然於胸，因爲卡格爾先生已那麼老態，沒有人能猜出他的年齡，也沒有人知道，只能估計他也許七十了，又或許只有六十。卡格爾先生清楚地知道，同樣的路，他每年以同樣的方式徜徉，已經在他的生命裡歷經四個季節，因此，那條路，野外的路，僅是在重複他自己內心裡走過的路徑罷了。所以他笑對一切，因爲他知道，無論是他或是他人，已經無法從道上走下來。他對我說，只有那個人能抽身而出，那個人不知道自己正走在路上，不知道一路走來，那條路遲早總要結束，而且結束得總是不合時宜。而卡格爾先生知道，他的旅途終點排列在事物和世界的盡頭，因此，他只能微笑著去尋找屬自己的歸屬，終有一天，在那裡，他的路將終止，在那裡，他將吹出自己的靈魂，如同獵人施勞夫，他把最後一口氣經他最後一次射出子彈的步槍槍筒吹出去時，把自己也吹爆了。卡格爾先生這樣感嘆，說每一個思維清晰的人眞心要羨慕他呢。

「嗯，您知道在哪裡能發現最美的碑文嗎？」他突然發問，兩眼熠熠放光。「您不知道吧，就在此地，在瓦倫卡那個地方，安娜．諾娃科娃在那裡已安眠百年，她在二十四歲那年去世，她的碑文這樣寫道：玫瑰從墳塋散發出芬芳，一位新娘安眠於此，她在等待新郎，等待耶穌，等待基督……」

「您看過《黛綠年華》那部電影嗎？查爾斯．科本和比弗莉．泰勒主演的？……不，那是有關英國普通人的生活的，有關工作、貧困和匱乏，但最終……怎麼樣？玫瑰從墳塋散發出芬芳，一位新娘安眠於此……先生，這文字和哈萊克[45]相比毫不遜色呢。這樣吧，您跟我一起去電影院看《黃金時代》，我已經看過了，但同一部電影我可以看十次，總有一些細節在觀看時會被忽略。」

「您想變美嗎？」卡格爾先生突然停下腳步，目光迷茫，「請在您刮鬍子的鏡子前站五分鐘，端詳一下自己；每天請在自己靈魂的鏡子前站兩分鐘；每天請在自己的鏡子

45 維捷斯拉夫．哈萊克（Vitezslav Halek, 1835~1874），捷克詩人，小說家，劇作家，文學評論家。與揚．聶魯達一起被稱為現代捷克詩歌的奠基人。

前站一分鐘，在自己的上帝面前……等邊三角形，那條位於赫拉迪斯科、瓦倫卡和賽米策之間形成的等邊三角形公路，那裡，上帝一眨不眨的眼睛在凝望，道路的中央便是我。」卡格爾先生說著，幾乎被自己說出的話嚇著了，他打了個顫，然後吞下那些圖像，幸福地頷首。他摘下帽子，朝天上的某個人鞠躬。他那厚密且藍幽幽的粗硬頭髮似一頂皮帽往前探伸出去……

晚上在《黃金時代》開演之前，我們倆在雅羅謝克老酒館碰頭。酒館裡越是喧鬧，雅羅謝克就越滿意，他端著啤酒滿場跑，很快送到我們這桌，他說：「吉福德，多喝點。」然後轉過身對叫嚷的客人們喊道：「克制點，閉上嘴，安靜。」又對那位要結帳的客人說：「你能給多少錢？」客人回答：「二十克朗。」雅羅謝克點了點頭，心算後答覆：「可以。」

卡格爾先生面帶微笑，但他的心已經飛向了電影院。「這家電影院我最喜歡，然而他們卻不太喜歡我，難道是我的錯嗎？」卡格爾先生說，「那次放映奧遜．威爾斯的影片《審判》，我坐在第一排，但一刻鐘之後有兩排觀眾離去；這部電影不太合觀眾口味。後來其他人也陸陸續續走了，就剩下我一個還坐在那裡，又哭又笑。電影院的女負責人走過來告訴我她可以補償我十克朗，只要我離開回家，她說電視裡也在轉播一部很好看的電影，但我堅持留在那裡，說你們繼續放吧，我太喜歡這部電影了。後來放映員也過來，奉勸我去喝啤酒，並且他也願意給我五克朗，我回答說：『接著放吧，這麼棒的電影我已經好久沒有看到了。您知道胡爾達醫生的女打字員，就是羅密．施奈德扮演的那個角色，長什麼樣嗎？她跟水仙女一樣有六根手指頭，兩根手指像蹼似的連在一起。』這下，他們只得把電影放映到結束。我真擔心今天也會發生糾纏不清的事情。咱們這就走，早半個小時到，就坐到第一排去。」

卡格爾先生把杯裡的啤酒一飲而盡，我也把剩餘的酒喝光。店主雅羅謝克先生在吃燉牛肉，我走到他跟前，說：「我們喝了四杯啤酒，加上一包菸。」雅羅謝克埋頭繼續吃著，心裡在盤算，當他看到我手上的二十克朗時，說：「嗯，啤酒七點八克朗，香菸九克朗，合十六點八克朗，加上百分之十服務費，總共十八點六克朗。」雅羅謝克叉起一塊牛肉，把叉子舉到我嘴邊，我張開了嘴，當牛肉塊脫離叉子時，雅羅謝克說：「算上這一口肉正好二十克朗。」他用手按住那張鈔票，繼續吃起來，道別時他對我說：「吉福德，在你付帳的時候，要顯得快活一點……」

我們出門走入黑暗中，馬路對面電影院的燈光隱約閃爍。售票窗口一個人也沒有，桌邊坐著那位女負責人。當她看到我們時，起身表示歡迎：「你們可是親愛的賓客，來，坐下來吧。」她帶我們在一張鋪了桌布的桌子邊坐下，桌上的花瓶裡插有鮮花，旁邊擺了一疊宣傳單，整整一個月的電影節目預告，還有裝著即將放映的電影宣傳單的信封，那些電影分別在下週三，週五和週六放映。「這些是給您的，」她轉過身，用餘光打量我是否在瀏覽。我饒有興致地看著，女負責人繼續說：「約翰．韋恩出演《流亡者》時，還相當年輕呢，影片是關於北達科他州的，情節很有趣，約翰．韋恩在劇中扮演一個魁梧的牛仔，試圖說服落後的農場主人藉由現代技術改變荒蕪偏僻的平原……」

卡格爾先生補充道：「海倫．麥凱勒飾演女主角——那個不幸的女兒蘭卡，此前曾懇求父親離開荒原到別的地方去謀生……」女負責人站起來說：「既然卡格爾先生您什麼都知道，那您自己跟這位先生講吧……」門打開了，女售票員來了，我買了兩張票。然後來了兩個男孩，但女負責人說，這部片子兒少不宜，於是我們繼續等待……在大門口上方的時鐘指針快接近七點半時，兩位姑娘走了進來，買了票，女負責人說：「觀眾即將陸續入場，你們進去就座吧。」說著她打開門，一股寒意襲來，以前那裡是本德爾啤酒館的舞蹈和劇院大廳。卡格爾先生在第一排落座，鑼聲響起，帷幕被拉開，露出白色的大螢幕。卡格爾先生笑著拍手喊道：「棒極了！」我轉過頭一看，除了兩個女孩，沒有其他觀眾，女負責人站在爐子邊，雙手把我推到遠離座位的地方，安慰我說：「大批觀衆很快就來，這部電影很有人氣的……」她愉快地點著頭。

七點四十五分，卡格爾先生眼望螢幕，嘴裡喃喃自語。他哈下腰，彷彿螢幕上有賽車手從他頭上飛越而過，墜入萬丈深淵，或者汽車飆飛了。我問：「怎麼了，卡格爾先生？」然而卡格爾先生繼續盯著螢幕，眼睛眨都不眨，依然在嘟嘟囔囔：「我已經看過三遍了，現在是第四遍，瑪娜・洛伊！您瞧，她越來越漂亮了。」我站起來對女負責人說：「我去啤酒館找幾個人來吧！」於是我往外走，兩個女孩跟我一起出去，我看到她們在燈光醒目的大廳裡拍打售票窗戶。我衝進啤酒館，說服客人跟我去看電影《黃金時代》，但沒有一個願意，我承諾花錢幫他們買票，並傾囊買下六張電影票，但仍然無法放映，因爲賽米策電影院的規定是現場必須有十二名觀衆。

只有卡格爾先生依然坐在那裡，瞇著雙眼，《黃金時代》他已經爛熟於心。他轉身對著空曠的放映廳說：「戰爭是如此可怕，但是又能怎樣！」又轉頭繼續觀看。他不時閉上眼睛，以免看到螢幕上的鏡頭……我再一次跑進夜色之中，攔截行人，試圖說服他們，說這部唯美的電影充滿人性意味，每個人都應該看這部片子，但沒有一個人停下腳步，因爲不存在充分的理由讓他們看這部《黃金時代》……

等我回到電影院裡，那裡已經有十二個購票的觀衆，然而放映員在半個小時前就堅信，沒有人會再來，搧著扇子回家去了……這下所有人都跑了出去，我們跑去敲打放映員公寓的窗戶。窗子打開了，但他夫人告訴我們，說她的丈夫已經騎自行車去哈尼納了，他夜裡要在那裡捕魚。

我快快地返回，女負責人朝我跑來，乞求我把那個瘋子卡格爾領走，說他始終坐在那裡，自娛自樂。她退還了電影票款，包括卡格爾先生的。她熄了燈，然而卡格爾先生依然不起身，他掃了一眼昏暗的大廳，在黑暗中依然盯著螢幕，我只得挽起卡格爾先生的手臂，請他在路上把這部電影講完……

就這樣，卡格爾先生在賽米策電影院大廳看了第四遍《黃金時代》。

有一天我想念卡格爾先生了。我蹬上梯子往上爬，爬到最後一格上到了閣樓，那裡瀰漫著乾草的氣味。「卡格爾先生！」我輕聲喊，可是沒有回音。我摸索到屋頂的天窗，看到卡格爾先生身穿長毛大衣坐在煙囪下方，背靠煙囪壁，兩腿彎曲，雙手搭在膝蓋上。他的腦袋縮在外套的衣領裡，整個人看上去很小，如同一輛被壓成廢金屬的汽車一般。我招呼他：「卡格爾先生。」他擺了擺手，像一頭老態龍鍾的大象，在舞動自己的耳朵時，身體是靜默的。然後他開口：「我知道，沒事，你去拿一根鐵絲握一下，就好了。」他自言自語。在他頭頂上方的衣架上掛了一件襯衫，然後又是一個掛鉤，上面掛了件大衣。在他腦袋上方用圖釘釘著一幅電影宣傳單，是莫琳．奧哈拉和沃爾特．皮金主演的《青山翠谷》。

卡格爾先生今天心情不好，沒有講述任何電影，也沒有出行去遠足。今天，當我第一次看到卡格爾先生如此神情慘淡時，我以爲是他的行程不再具有意義，他屢次長途跋涉只是爲了去某一個地方，他之所以去，是因爲必須去，而他在這裡，背靠溫暖的煙囪這樣活著，僅這樣坐著，對他而言意味著死亡啊。卡格爾先生再次摸了摸膝蓋，說：

「它會過去的。我記得有一年，很久以前的事了，我的住處很好，我住在一個很標緻的女人家裡，她長得很像莫琳．奧哈拉，我們甚至有舒適的公寓，房間裡有家具和各種物品。然而我僅住一年就病了。我病倒了，當時醫生們說我精神有問題，但並不是那樣，我沒有病，是因爲那十五個衣櫃，因爲三十六把椅子七張桌子和茶几而病的。這一切讓我抓狂，五十六把大小不一的鑰匙讓我累得要死，腦袋裡塞進了一百二十個碟子和盤子，十五個瓦罐、醬料碗和絞肉機讓我大傷腦筋，甚至連我的身體也不舒服了，因我們有了冰箱，但罪魁禍首是那四個房間和一個廚房，成千上萬的玻璃杯、刀叉、湯勺和茶匙；浴室和裡面掛著的浴巾讓我嚇個半死。當我打開櫃門，裡面的毛巾、抹布、內褲、睡衣和襯衫紛紛向我伸出不雅的舌頭，還有那五十條長舌似的領帶。我絕對被各個角落裡的茶几和花瓶嚇壞了，因爲我那時不操心別的事情，只需讓這些東西正常運作，然而所有東西都跟我作對，知道如何對付我，我也了解他們。終於有一天，我決定離開，我離開了那裡，走得遠遠的，我一直在路上走，無論什麼路都無所謂，我不能停下來，因爲我走得越遠，我就離那些不人性的事物越遠……而且從那以後，每當我覺得我該回去時，內心深處卻寧願繼續走啊走，我走過原野和林區，只爲了可以不回去，爲了保留我三十年來在這裡的樣子，有兩個衣服掛鉤，或許某一天，我也能在那掛鉤上自縊。您知道，我們生活的這個年代，我這樣的人並不受歡迎，我曾兩次被送到精神病院，然而我在那裡證明了，發瘋的是他們，而不是我……」

我說：「卡格爾先生，在這方面我也有同感，我也爲家具、冰箱以及上百張的桌椅煩惱，還有房間和廚房，在那裡我和妻子共居一室，常常碰撞，儘管我們有那麼大的空間。但是，卡格爾先生，不同的是，您毅然摒棄了桌子和沙發床，而我僅是在考慮，卻從來沒有勇氣去嘗試像您那樣與那些東西告別……

「走吧，讓我們一起去林子裡，去哈宴卡餐廳坐一坐，那裡一定熱鬧極了，您去嗎?」此刻我注意到，卡格爾先生光著腳，他往背後一伸手，掏出一雙黑色的工作鞋，煙囪工人穿的那種鞋底翻新的繫帶靴子，他解開鞋帶，把腳伸進靴子裡，仔細繫上鞋帶……

天色早已昏暗。當我們走進哈宴卡餐廳時，外面已經一片漆黑。然而餐廳裡人聲鼎沸，古茲尼克先生剛講完一個故事。在克爾斯，天氣向來很好，但人們必須會穿衣服，根據天氣穿鞋，免得受凍……

女店主在廚房的水槽裡幫小女孩洗澡，同時刷洗盤子和咖啡杯。向來被煙塵和煤灰弄得黑乎乎的煙囪工人，在講述什麼給客人們聽，雙手不停地舞動，幾乎抹黑了所有的桌布和所有的客人。珍寶先生，那名飛機維修師，總是身穿帶裘毛領子的皮夾克坐在酒館裡喝啤酒，細細品著菲奈特．布蘭卡酒，他幫在場的每位客人都點了一杯，當我們走進酒館時，也幫我們點了。他喊道：「先生們，幾何王國是航空的基礎，還有數學！而且在這個地方，只有我和工程師胡普卡先生懂這些知識！」他激動地歡呼著，女店主用濕淋淋的雙手端來幾杯菲奈特．布蘭卡酒，她說：「那麼，珍寶先生，數學的王國能託付給我嗎？」珍寶先生得意洋洋地喊：「哦，不行，根本行不通，因爲夫人您，屬天生的愚蠢！」被冒犯的女店主很生氣：「那我衷心感謝您。」

卡格爾先生問：「你們有誰看過電影《東京上空三十秒》嗎？」他環顧四周，普羅哈斯卡先生在安靜地睡覺，剛醒過來，說了句「可是！」又睡著了。古茲尼克先生和弗蘭茨先生面面相覷，慚愧自己沒有看過那部電影，唯獨珍寶先生手舞足蹈：「就是它！《東京上空三十秒》！B-25轟炸機『瘸老鴨』，特德·勞森中尉戰隊，跟誰合作來著？」他支起耳朵，卡格爾先生回答說：「在大黃蜂號航空母艦上的杜利特爾將軍中隊……」

所有人都疑惑地看著他們，只有睡夢中的普羅哈斯卡先生說了一句「可是」，又繼續睡他的覺。珍寶先生又點了新的一輪菲奈特·布蘭卡酒，激動地叫嚷：「先生們，這是個男子漢，可是卡格爾先生，您知道我前天這個時候去了哪裡嗎？沒有人知道，我飛越了吉力馬札羅山！」弗蘭茨先生大驚失色：「天哪，那是什麼地方？」古茲尼克先生說：「它位於某個地方，那裡是藍白尼羅河的發源地。」煙囪工人弄髒了最後一塊桌布，他一路扶著所有的髒桌布朝珍寶先生走來，說：「吉力馬札羅山，它在科威特那個地方，先生們，在那裡，境內總共只有三十六棵樹，其中十七棵歸他們的酋長所有，類似總統的那個人。」

普羅哈斯卡先生醒過來，說：「當你喝醉的時候，吉力馬札羅山便位於克爾斯。」說完又睡去了。

珍寶先生站起來，舉起酒杯向所有人敬酒，熱情地喊道：「布蘭卡酒萬歲！勞駕先生們，七月份，七月二十六日，你們有計畫嗎？在那一天拜託所有人騰出時間來，不是休假的就請病假，因爲那一天珍寶客機將首次在我的滑輪上降落，那是個能搭載三百六十名乘客的巨型酒店呀，先生們！我現在已經在擔心，那個混凝土停機坪是否能承受得住那個龐然大物！萬一珍寶客機在降落時如同巨型冰山，巨大的氣流將那些長桌一下子掃到克拉德諾城去，那可怎麼辦？」珍寶先生庸人自擾，在那一刻他成了天才，因爲他已經灌下六瓶啤酒，還有幾杯菲奈特．布蘭卡酒。

煙囪工人坐到珍寶先生身旁，當他想把腦袋支到自己烏黑的掌心時，他厭惡地看到，桌布沾滿了煤灰，於是他拿來一份報紙，攤開，然後把手肘擱到報紙上，用掌心托住腦袋，驚奇地盯著珍寶先生，說：「媽的，照這麼說，飛機也可以降落在這裡，降落在公路上，對吧？它有多大，像一輛帶拖車的大貨車那麼大？」

珍寶先生喊叫道：「您說什麼，珍寶客機可容得下十輛貨車，連拖車也捎帶上，它有二十公尺高，左右機翼的長度各十七公尺。」

「那太遺憾了，」煙囪工人說，「如果您駕馭珍寶客機降落在這裡，降落在公路上，該有多好。不過，如果我們在座的所有人合力抓住珍寶客機的翅膀，那麼即使它想飛，恐怕也飛不起來……」珍寶先生不停地叫嚷，卡格爾先生熱情地附和他。此刻他拍了拍手，拿起啤酒站到椅子上，他祝福珍寶先生，對著哈宴卡餐廳的四個角落一一祝福，因爲珍寶先生讓他迷醉了，他彷彿看到了《東京上空三十秒》……珍寶先生繼續叫嚷：「這種巨無霸飛機橫掃一切，它的引擎啓動後，每小時就需消耗兩萬公升汽油，那力道可以席捲一切，如同《東京上空三十秒》……」

卡格爾先生在椅子上轉了個身，那一刻我的想法是，他眞的瘋了，那個瘋人院始終如同一道光環縈繞在他腦際。卡格爾先生說：「沒錯，可是，誰演了那部電影，珍寶先生？」珍寶先生幸福地回答：「飾演詹姆斯．杜利特爾將軍的是斯賓塞．屈塞，范．強生演的是特德．勞森。嗯，卡格爾先生，那誰演的德亞．達文波特呢？」卡格爾先生舉起啤酒杯，朝西南角祝福一番後說道：「蒂姆．默多克。」珍寶先生開始喊叫起來，長長的吶喊直衝哈宴卡餐廳黑乎乎的天花板，然後他面無表情地發問：「你們帶手電筒了嗎？」所有人回答說有。「那麼，先生們，咱們出門去，我們到外邊去勾畫珍寶客機有多大。」說完他拉開門，又返回，所有人重新往肚子裡猛灌啤酒一通，然後大家微醺地走到餐廳門前，走到大門上方那單一燈泡射出的光影裡，燈泡上罩了個籃子，像給奶牛餵草的那種。

「嗯，這個餐廳，」珍寶先生發話，我們都驚愕地看他，「好比客機上機長和機組人員的小機艙……這一棵白樺樹，有十公尺高吧，在它的樹冠上再加上一棵，你們一定頭暈了……弗蘭茨先生，您沿公路照直走，一公尺接一公尺大聲報數！」弗蘭茨先生使勁踩著靴子，誠實地邁出橡膠底，大聲吼道：「七十！」他轉過身來，打開手電筒，燈泡搖搖欲墜。弗蘭茨先生說：「那瓶菲奈特酒，眞不該喝下肚……」

珍寶先生繼續下令：「您，古茲尼克先生，向右走；而您，卡格爾先生，往左走十七公尺，等您計數完畢，同樣點亮手電筒；至於煙囪大師，他可以爬上那棵白樺樹，在樹的頂部擰亮手電筒，至少讓你們看到珍寶客機一半的高度……」

珍寶先生沿著餐廳的護欄來回走，然後跳下去，用鏗鏘有力的聲音發問：「這下你們看明白了嗎？你們這些花椰菜腦袋！看，在尾翼、翅膀那裡有大燈，機艙處有小燈，這下你們自己也能描繪出那個飛行酒店了？」手電筒都亮晃晃的，足夠的光源勾勒出大型運輸客機珍寶的輪廓。隨著一陣風吹過，白樺樹的樹冠搖曳起來，手電筒從煙囪工人手中跌落，直飛下來，在普羅哈斯卡先生身旁的地上摔得粉碎。現在正是他回家就寢的時間，他正扶著自行車的車把，一躍踩上踏板，喊道：「善良的人們，閃開，我衝過來啦！」一路向遠方騎去了……

卡格爾先生用絕望的聲音在他背後喊：「普羅哈斯卡先生，您這是做什麼呀！您騎進了我們的客機，破壞了我們的遠景！」他拍擊雙手示意，但普羅哈斯卡先生依然我行我素，提醒前方：「善良的人們，閃開，我衝過來啦！」他在新草甸上避開一輛對面汽車射來的前燈，而卡格爾先生頗爲不滿，慌亂地迎向照射燈，大喊：「停下，停下來，我們這裡的公路上停著珍寶客機呢，難道您沒有看到嗎？非要撞過來！停下！」他指揮著，但汽車依舊駛來，越來越近……卡格爾先生跳到路中央，張開雙臂，想阻攔汽車撞到客機的尾翼上……我們眼睜睜看到，汽車的擋泥板將卡格爾先生撞進路邊的壕溝裡，他的手電筒也飛了出去。

一片靜默。我們一齊跑過去。煙囪工人搓了搓手掌，他剛從白樺樹的樹幹上滑下來。汽車駕駛要我們作證，說是卡格爾先生自己跑到他的車身下去的。卡格爾先生躺在壕溝裡，面朝天空，他那隻黑色繫帶皮鞋滾在白色的雪地上，鞋帶繫得很美觀……

「卡格爾先生，您有哪裡感覺不適嗎？」煙囪工人問道。卡格爾先生喃喃地說：「從前有一個綠色的山谷……」我們伸出手臂做擔架，把卡格爾先生抬上了汽車，駕駛央求我們記下他的電話號碼，等候他片刻，他從醫院出來就去找警察。汽車駛遠了，弄掉的手電筒依然在溝裡亮著。弗蘭茨先生說：「很不妙，也許這是我們最後一次見到他了。」

然後大家坐在餐廳裡，沉默不語。伴著一杯黑咖啡等待消息，等待關於卡格爾先生傷情的消息。然而沒有一個人出現。就這樣，卡格爾先生再也沒有無恙地回到我們林區，因爲，第二天我們得知，他躺在醫院裡，臀部和腳踝骨折，腿斷了。後來他曾五次試圖逃離醫院，但始終沒能越過那條出城的公路，那條通往克爾斯森林的路。於是醫生們只得把他綁在床上，因爲每次只要他心生念頭，想看看赫拉迪斯科、瓦倫卡和賽米策有什麼新鮮事時，他的腿都會因爲逃跑再次摔折……

等他一瘸一拐地前來做客時，已是兩年之後，那條斷腿在他背後拖著，像一輛載重貨車。現在他住在位於利薩的一家養老院裡，週日方能外出，可再也去不了那條等邊三角形的道路了，僅走到克爾斯林區就得返回。他必須及時趕回，因爲養老院管理嚴格。我甚至沒有勇氣前去拜訪待在養老院裡的卡格爾先生，我寧願在腦海裡保留我所認識的卡格爾先生從前的模樣。況且，卡格爾先生的腿傷殘之後，外出旅行的渴望也隨之游離了他的身體；因此，我更願意記住卡格爾先生從前的英姿。

可以肯定的是，當卡格爾先生仰望天花板時，在那裡，在白色的平面上他一定儲存了足夠豐富的內容，每天根據瞬時的心情回放所有他曾看過的電影。最主要的是，他會在天花板上放映那部未完成的影片，他親手拍攝的關於他自己的故事，關於他在漫漫旅他的途上的所聞所見，有自己的經歷，也有對自己的問候……也許恰在今天，他將賦予他的那些旅程某種意義。不過，即便他不給予自己那些跋涉的旅程任何意義，也已不再重要，因爲我們之中又有誰知道，每個人的人生旅途有怎樣的意義？

雪花蓮的慶典

克爾斯的林海如此深邃，正如古斯塔夫．弗瑞什登斯基[46]在其回憶錄裡所述，他們的希臘羅馬職業隊裡有個黑人在林中走失，後來古斯塔夫再沒有見過他。

我一直在找李曼先生，苦苦尋覓了很久，自己差點在克爾斯森林裡迷失方向，直到我走到一座頹敗的房屋前，旁邊有幾個牲口棚和一間殘破透光的板棚，一位身穿工作服的老人坐在椅子上，一頭白髮犄角般亂翹著，就那樣，長長的頭髮如刨花鋼絲，攤滿老人的腦袋，難道他身上安了一架刨床？他坐在那裡，一群母雞圍在他身邊啄食，他不時往地上撒一把玉米粒。

46 弗瑞什登斯基（Gustav Frištenský, 1879~1957），捷克古典式摔跤選手。

我搭話說：「這個地方眞美呀，是吧？」他點了點頭：「可不，您不是本地人吧？」我回答：「我剛在林區買下一間別墅，實際上也就是一座小木屋，位於第二十四林蔭道……」老人不等我說完，聲音洪亮地接口說，那地方他熟悉，人們管那裡叫緊急地帶，地界上淌過一條名叫瓦倫卡的湍急溪流，那片草地原先屬赫拉迪斯科國王，人們稱它愷木林。

我說：「我很喜歡這裡，不說別的，空氣異常清新。」「沒錯，」老者說，「此地空氣雖然潮濕，然而健康呀。克爾斯也很健康，作爲森林之城，它仿照紐約市政圖進行劃分和編號，那條公路好比第五大道，那些通往山坡的林蔭道就是大街。如果您從主路上過來，靠右手邊的林蔭道以偶數編號，左側則爲奇數。所以如果您在高處俯瞰這座林城，它的布局就類似蕨類植物的葉片。」說著老人站了起來，頭髮嚇人地根根直豎，我感覺那些鬈髮的尖刺可以戳傷我的眼睛，一根根青銅鑄成似的。

他邁開步，問：「您有何貴幹？在找人嗎？」我說：「我在找一個人，可這個人大概找不到了。請問，那條公路有多長？」他說：「很榮幸，我會把我知道的如數奉告。從公車站到那條自賽米策通往赫拉迪斯科村的公路，長度爲兩千三百四十八公尺，那是護路員普羅哈斯卡先生親自測量出來的。」說著老先生拿出一把紅色摺疊椅來，抹了抹椅面上的雞屎，示意我坐下。我謝過他。從牲口棚和不知何處飄來令人反胃的氣味，在空氣裡瀰漫著。而這個老人芒刺狀的鬈髮，讓我覺得他氣度不凡。我帶著讚嘆注視他鍍鉻似的髮絲，思忖萬一出現雷暴，它們搞不好會劈啪閃出聖以利亞的火光。

我問：「聽說附近有一棵古松，我想去那裡看看。」他掃了一眼掛在松樹上的鐘，掛鐘的指針滴答走著，整點的鐘聲敲起來似憤怒的啄木鳥……「我還有時間，哦，您說的是美妞冬尼卡？我得告訴您，那是個美人，美極了。您從樹底下仰頭往上看，太陽照下來，她的樹冠跟聖維特大教堂的窗戶一模一樣，樹枝如同窗戶的輻條，那麼精確地以同樣的節奏盤成圈圈。那棵樹栽於一六二〇年，稍遠處有一棵她的姊妹樹，獵人們稱之為甜心冬尼卡，在我眼裡甜心更美一些，小巧的腦袋，枝葉緊密有致，像個梳短髮的俐落女子。不然她也是個巨人哪，可惜閃電炸裂了她的樹幹，長勢就緩慢了。」

老先生敘述時，一陣柔和的風翻轉了新栽的白樺林那絲綢般的枝葉。老人伸出雙手，彷彿想要愛撫它們，他真的觸摸起那些樹來，手指頭來回遊移，他的情感沁入了枝葉間。我看得出來，這是一個敏感的老人，他聽命於自然，釋放情感的元素，這樣的舉止符合他的年紀。他繼續摩挲著樹幹，手掌張開，彷彿白樺樹搖曳的枝葉變成了飛舞的火焰，他用雙手在攝取溫暖。

「我們這裡還有一樣寶貝，你沿那條叫作寧布拉奇卡的六號林蔭道一直往前走，能走到那一片叫徽章的森林裡。在林溝邊上有一棵雲杉，樹身突兀，比雲杉林裡的其他樹木高出一半，樹齡肯定超兩百年了，那棵樹的九個樹杈都扭曲著沖天而去，樹尖反倒像樹根，往上又鑽出了枝杈，九根十公尺高的枝杈，於是那棵樹就像一個在表演的馬戲團演員，手擎九根頂著旋轉飛碟的枝椏。另外，那棵巨型雲杉，也神似一座巨大的燭臺。」老人邊說邊點燃一支菸，坐到我身邊的椅子上，他身上那件沾滿醬漬的工作服，發出難聞的熏人氣味，我轉過身去，逆風而坐……

爲了打破沉默，我開口：「這裡丘鷸眞不少？」我指了指那片聳立在他地界後面的白樺林，柵欄外白光閃耀。他猛吸一口菸，火光照亮了他的嘴巴，就像他咬了一截紙菸似的，香菸明顯短了，然後煙霧從他的嘴裡噴出來，跟他一頭炸開的硬實的長鬈髮有異曲同工之妙。「現在還不到季節，這裡的丘鷸已經少多了。從前獵人們曾以一瓶酒打賭，一晚能否射下二、三十隻鳥來？那樣的時光不會再現了。丘鷸在三月底或四月初求偶，當太陽落下山去，第一顆星星冒出來，雄鳥們便來回飛舞，向雌鳥發出婉轉的求愛鳴叫，雌鳥們則伏在寒冷的草叢裡默默傾聽。」

他說著，清了清喉嚨，咳了幾下，掛鐘裡的杜鵑也飛出來，應和老人的咳嗽聲，嗚叫了五下。「知道啦！」老頭朝掛鐘喊道，繼續說起丘鷸如何折磨同類的話題，他又猛吸一大口菸，火苗快燃到菸頭了。他揚了揚手裡的菸說：「丘鷸沒有了，只剩下不多的幾隻。但在仲夏夜，夜鶯會來咚咚敲擊，很美妙的聲音。如果您留意，在您住的那條街邊的橡樹上，夜鶯也會駐足敲擊，儼然是小提琴協奏曲，也好像是在晶瑩的水晶玻璃上，藝術家用鑽石筆雕刻出剔透的畫。在那些夜晚我都不睡覺，我追尋夜鶯的聲音，四處漫遊。」老人拍了拍胸口：「我這裡很甜蜜，我感到幸福，因為身邊存在如此美妙的事物。

「在米德羅瓦，在河對岸那邊，匯聚的夜鶯最多。您可以這樣去，從普日夫拉克往卡梅尼方向，或者，你還年輕，假如您去赫拉迪斯科的市集參加舞會，午夜之後，您陪伴一位美麗的姑娘沿十字軍國王道走入田野，穿過路什基尼足球場，那麼，河對岸那條迤邐的土路，您越往裡走，鳥的啁啾就越發激昂，歌唱的不止一隻，是三隻，是四重唱，有時我聽到六隻夜鶯在那裡唱呢，一小時，一個半小時，鳥兒口吐纖細的銀絲，用嚦嚦歌聲繡出一場永不重複的小提琴音樂會。牠們一旦靜默下來，您會看到小鳥疲憊不堪地棲息在樹梢上，甚至能目測出來，那隻鳥的體重減了二十克，即便消瘦了一斤呢。您說，為了什麼？牠們為誰在歌唱呢？」老人說著，神情嚴肅起來，他動容了，俯身用手背擦拭起眼淚……他的髮梢挺立在我的眼鼻前，我聞到了，那股可怕的惡臭就來自那一團團發黏的頭髮，我一陣暈眩，身體向後仰去，直到仰面倒地，我抬起雙腿，一個膝蓋踢到了他的前額。

我趕緊滾到樹葉堆上。拍打一番起身，眼見衣衫上沾滿了雞糞，我的臉漲紅了。老先生站在我身邊，俯視我，現在我發現，他比我高出一個頭。他揚起長臂，在我頭上方攏成拱狀，安慰我說：「現在不要拍打，適得其反，等它們風乾後，一撣就掉了。我給您畫張示意圖，您是新來的，您不用去操心人，但對大自然要用心。在第六和第四林蔭道之間是一塊林間空地，那裡有幾百株西伯利亞鳶尾花盛開，如果有一天您要去米德羅瓦，河對岸那個地方，嗯，待會兒我要去那裡。那裡長了很多棵百年古橡樹，其中一棵空心了，有一次為躲暴雨，裡面竟藏著二、三十個人！我喜歡去那裡，春天去跳舞，現在也時常去。您知道嗎，從上個世紀延續了一個美麗的習俗，小夥子們要在老橡樹下走一遭，姑娘們在音樂伴奏下，頭飾雪花蓮，在那些古樹下翩翩起舞。可是，您為什麼在我的門前停步不走了呢，為了什麼？您在找人，或者，該不是在找我吧？」他指了指身上的工作服，上面布滿雞糞污漬，似一枚枚陳舊的獎章……

「不，我剛才沒說實話，我只是隨便走走，很高興您講了這麼多森林裡的事給我聽。」老人一擺手，對著從掛鐘裡飛出來咕咕叫喚幾聲又縮回巢裡的杜鵑說：「知道啦，再過半小時我就出發。嗯，您知道，這裡還有什麼值得一看的嗎？在那邊叫賽米茨卡的小山坡，秋季會盛開成千上萬的藍色龍膽和黃色山柳菊！每天開曳引機去碾壓，依舊越蔓延越多。假如您去另一個叫作普謝洛夫的白山坡，也那樣，您不用吃驚，那裡的田野裡啊，漫山遍野長滿了野生蘆筍，沒錯，野生蘆筍！」說著他的雙手按到我的肩膀上，這時我注意到，他的手臂上也雞屎斑駁，他似早衰的白樺樹葉的頭髮裡，夾雜了稻秸稈、肉末、乾草和一些搖搖欲墜的雞糞，但老人現在彷彿行色匆匆，他一邊打量我，一邊用一隻手打著手勢，加快了語速：

「您知道嗎，克爾斯林區出的松木板呈美麗的蜜糖色，年代越久顏色越紅？您知道嗎，在歷史上本地的松木一直航運到漢堡？您知道嗎，以前荷蘭風車的轉軸是用克爾斯橡樹製作的？修建泰雷津堡壘時使用的木板和橫梁，耗費了五百棵克爾斯橡樹？您知道嗎，赫拉迪斯科的三棟別墅和區委會的哥德式窗戶，村民們使用的木頭是克爾斯小教堂的大門，而教堂被胡斯戰爭毀壞了？您知道嗎，克爾斯的落葉松早前曾用來製作海船的桅桿？您知道嗎，那些河灣是易北河的死河濱，河面覆蓋了白睡蓮、水百合和大毛茛？您知道嗎，聖約瑟夫泉深達七十八公尺，它的泉水流經湖山匯聚到這裡，流到此地花了七十年時間？您知道嗎，克爾斯山寨最美麗的別墅是哪一棟？在第二十一林蔭道，緊挨那條公路，是一位遠洋船長建造的，別墅像一艘被拋起在沙丘浪尖上的客船？」老先生一句緊接一句滔滔不絕，而我只祈求他趕緊放我走，他的工作服散發出的氣味甚於牲口棚，這股濃郁的惡臭，簡直讓人暈厥或引發過敏、蕁麻疹甚至死亡。掛鐘開始鳴響，瘋狂敲擊著，彷彿在譴責老人，指針像神經質的牛尾巴，晃動個不停。

在鐘聲消失之前老先生回過神來：「我知道啦！」他對杜鵑吼道，一腳踹開板棚邊上的門閂，柴門因自身重量和斜度自己開啓了。滿地雞屎的板棚裡，卻停了一輛超豪華轎車，象牙色，是最新款的福特轎車，帶自動升降車窗，車身上落滿雞糞，車裡蜷縮著一群打盹的雞。老人笑了，看著我。難道他就是那個我一直在尋找的人，只是我沒有認出他來，他在我面前完美地掩藏和掩飾了自己，讓我雲裡霧裡，不明眼前所見。老先生用手肘把雞群掃下車，繞車身走了一圈，站在振翅奔逃的雞群中間，雞飛越過他的頭和手，跑到屋外去了。

老先生按下一個按鈕，福特車的天窗。關於這輛福特車，我聽說李曼先生家裡有。那麼，我此刻正是在李曼先生家裡。我本來想問他李曼先生住在哪裡，雖然有人詳盡告訴我了，但老先生和他的工作服讓我真假莫辨。但他知道，我會問他是否出售這輛汽車；他知道我在尋找李曼先生；他知道最好像狐狸那樣清除背後留下的蹤跡，然後重新出現在獵場的另一頭，出乎別人的預期……

福特車駛出來了，豪華氣派，我看出來了，我怎會視而不見呢？李曼先生就是從前的那個百萬富翁，每隔一年他的兒子們從美國寄回一輛車來給他。這輛車也很適合他，坐在車裡他看上去跟銀行總裁一樣，雖然車身布滿雞糞……

李曼先生邁下車來，背後的皮座上黏著雞屎印，滿車羽毛飛舞。李曼先生的車用來做什麼都適合，包括那群母雞。「我知道了，」我說，「您就是李曼先生。」他鞠躬，說：「我是。」爲了讓我信服，他打開板棚的第二扇門，窗口正對花園，板棚裡衝出兩隻山羊來，差點將我撞倒，山羊也帶出一股難聞的惡臭，總算弄清了惡臭的源頭。母山羊跑到公山羊前頭，李曼先生像神一般站著，喊道：「鮑勃斯、盧克斯、雍塔！上牧場！走了！」母山羊和公山羊擠進福特車，犄角交錯在門裡，但母山羊動作更迅捷，坐到了窗邊，焦急地看著，等車子開動，而母羊身邊坐著兩隻臭氣熏天的公山羊。李曼先生坐到方向盤後，按下一個按鈕，車頂上的天窗閉合了，李曼先生鎖定窗子，耳邊馬上傳來清脆、野蠻的皮革撕裂聲，我看到山羊的蹄子刨入了皮墊，撕扯著，我感覺那些蹄子好像在挖我的大腦，我覺得我的大腦皮層在層層開裂，撕扯著，山羊的腿在裡面踐踏。然而李曼先生豪爽地笑道：「我太開心了，當鮑勃斯和雍塔互相推擠，搶奪右邊的窗戶。」

我問：「左窗戶在哪裡呢？」「盧克斯占著呢！但是從右窗戶能清楚地看到河面，知道吧？年輕人，我們現在去河邊，然後坐小舟去河對岸，去米德羅瓦草灘，在那裡山羊吃草，我自己玩收音機。搞不好，爲了紀念雪絨花的慶典，我會在百年老橡樹下跳舞，跟母山羊和公山羊一起跳，像一個老牧神，老牧神的午後時光，如此而已。」

他鳴響喇叭，六公尺長的象牙白福特，緩緩駛出了白樺樹林蔭道。在太陽光下，所有的樹葉在招展，在微風裡綻放的橄欖花，花香氣味撒向新草甸的某個地方，現在李曼先生載著他的寶貝們，正駛入那裡的牧場。

朋友們

只要洛薩爾一來，克爾斯林區便歡聲笑語一片，因爲洛薩爾是中歐最快活的人。當他開著那輛豪華轎車從維爾茨堡出發，我們已翹首盼望，然後是擁抱，微笑和開懷大笑。洛薩爾伸出有力的臂膀跟每個人握手，然後是商量規畫，跟洛薩爾一起去哪裡，晚上在哪裡喝掉一木桶啤酒，在烤架上烤雞，暢飲產自肯塔基的占邊波本威士忌，這種酒洛薩爾每次都會帶來好幾瓶，一起抽美國長紅香菸。說著立馬拉出一箱山羊牌啤酒，因爲啤酒是洛薩爾的最愛，可以興致勃勃地從早喝到晚上就寢前，上床後仍要在床邊的木桶裡放上幾瓶，萬一夜裡醒來，感到口渴呢。

他每次都住在巴維爾家的森林白宮裡。巴維爾坐在輪椅上出來轉了好幾趟，迫不及待迎接好朋友到來；他用手掌盤轉著輪子，來來回回，豎起耳朵傾聽，然後再失望地回去，輪椅徑直進入大廳，因爲他的白宮只有一道盤旋而上的水泥臺階，像跳臺上的跳板。巴維爾駛入廚房，俯身掃了一眼燉牛肉，然後再次焦躁地出門往林子裡去，繞房子一圈，挨近熏房。他推開小窗，伸出手觸摸香腸和熏肉，檢視熏製的成色。他在熏房待到洛薩爾的歐寶車在十字路口鳴響喇叭，穿過林中公路駛來，敞開的車窗露出洛薩爾歡快的笑臉；他騰出一隻手揮手致意，然後重新握住方向盤，因爲洛薩爾的車和巴維爾的一樣，煞車、離合器和油門都在方向盤上，看上去好像雙腳也在駕駛汽車似的。

洛薩爾停下車，打開門，伸出雙手向所有迎候他的人們打招呼，他的侄子從後車箱搬出輪椅，或者如果他獨自駕車來的話，那麼美麗的看護奧琳卡就會推來輪椅；她那麼美麗，彷彿奧黛麗·赫本迷路來到了克爾斯林區。奧琳卡是巴維爾的未婚妻，心靈手巧，什麼事情看一眼就能領會。洛薩爾用健壯的手臂挪動身體，同時雙手搬起無力的雙腿，費勁地把兩腿搬到輪椅上，然後用一個翻滾動作把他壯實的身體扔到輪椅上，隨後便行動自如，暢行無阻了，身心在長途駕駛後得到放鬆。

驅動輪椅時，他發出歡快的叫喊和歡笑，而深愛洛薩爾的巴維爾，跟他並駕齊驅，如同斷體的若蟲在舞蹈；舞蹈時，一邊驅車一邊呼喊對方，欣喜若狂地叫嚷著今天和明天將要做什麼。洛薩爾繞著圈，因爲他知道，熏房已散發出熏肉的香味，然後他和巴維爾喊奧琳卡，直到她拿來砧板。洛薩爾早已按捺不住，即使巴維爾提醒他火候還不夠，他已經克制不了，扯出一截香腸，不顧燙傷手指頭，嘗到了香噴噴的第一口熏肉。巴維爾去取啤酒了，他再次駛入前廳。在牆角，牆上貼有十幾張證書和地區摩托車賽獎狀，在巴維爾以前身為摩托賽車手所贏得的、如今已經枯萎的花，與褪色的獎品絲帶下方，他拿了幾瓶冷藏啤酒放入懷裡，再往外衝入燈光裡，雙手使勁轉動輪椅的輪子。為了盡快回到朋友身邊，他用常年掛在鎳製輪椅上的開瓶器打開酒瓶，把上好的窖藏啤酒遞到朋友手裡。

此時奧琳卡從車上取出洛薩爾的行李，沿樓梯送到閣樓房間裡，洛薩爾被安排睡在那裡。奧琳卡靜靜地微笑著。哦，奧琳卡，無論她在做什麼，無論您從哪個角度，在哪條路上看她，她永遠那麼美若天仙，像奧黛麗・赫本那樣，無法用語言描述。

當洛薩爾隨便往肚裡塡食之後，開始灌啤酒。此刻的他和啤酒成為他口中啤酒最鮮明的廣告，任誰看到洛薩爾喝啤酒的樣子，即使不渴，也會馬上產生喝酒的渴望；如果誰不會喝酒，他會遺憾自己竟然從來沒有嘗一下啤酒，因為如此開朗和風趣的人，在我們這裡不存在，除了樂力，他和洛薩爾一樣，不僅快活，而且博學，是各類知識的活辭典。

洛薩爾立即帶來了最新消息。世界各地發生什麼新鮮事，股票是漲還是跌？因為洛薩爾早晨睜開眼，會用一上午時間收聽廣播，閱讀所有的報紙，然後吃午餐，隨後進入他那間小作坊，把收音機調到薩爾州頻道，那個電臺播放音樂、給駕駛和收音機前的每一位聽衆提供交通消息。洛薩爾邊聽邊動手製作好看的鐵器，幫鄰居們修理他們拿來的東西；洛薩爾自己有電焊設備，有所有型號的鑽頭，還有一座小型車床。

有一次巴維爾從洛薩爾的作坊回來後感嘆說，這樣的工廠，連他所在的那家摩托賽車生產企業都沒有。洛薩爾在作坊裡駛來駛去，哼著歌，慢慢呷著啤酒。這陣子他偏好喝赫佰仕啤酒，坐在輪椅上來回忙個不停。就跟他的汽車設備一樣，作坊裡的所有東西都觸手可及，只需一抬手，工具就在手邊。透過巨大的窗戶可以望見花園，他的母親在花園裡忙碌。洛薩爾從不多愁善感，有時思念之情也會湧現，但他不給自己時間去惆悵或詛咒命運，一旦發生了，他也甘心認命。當洛薩爾下決心不自殺時，他把一切都投入了平凡的生活，他每到一處，都帶來一片歡樂，洛薩爾傳遞來自不同管道的消息和知識給大家，從書籍、廣播、電視和聊談，加上他自己的樂觀見解。只要是好的一切，那必定是好的，包括他的輪椅和他斷裂的脊柱，也是好的，因爲那已經發生，除了接受它，你別無選擇。

洛薩爾會說捷克語，他怎麼可能不會呢，畢竟五年前他還代表霍穆托夫城參加舉重比賽。他曾是一名焊工，捷克斯洛伐克公民，但出身德裔。他有家庭，有一個兒子，然而天有不測風雲，一天他和朋友一起在礦場六公尺高的操作臺上焊接，結果操作臺的架子坍塌，他的朋友掉進了煤堆，洛薩爾則仰面摔倒在一個大煤塊上，斷了脊椎。半年後他成為永久癱瘓者被抬進養老院，每天以淚洗面和琢磨如何了結殘缺的生命，隨後妻子提出離婚並拋棄了他。後來，洛薩爾想起在德國施佩薩特飯店當糕點師的妹妹，想起他多年前就移居德國的母親，他提筆寫了封信給她們，去德國投奔了母親和妹妹，從此每月領到兩千馬克養老金。他重新開始了生活，堅強起來，開始一趟趟去克爾斯找巴維爾，他們倆在海德堡奧運會上，參加在輪椅上投擲標槍的比賽時相識。

關於巴維爾，我們只知道，他像什佳斯特尼先生[47]那樣實現了夢想，參加公路摩托車賽，贏得了地區和州摩托車賽亞軍，前廳牆上那些證書可見一斑。但有一次，在他贏得比賽後，一個朋友來把他從床上拉起，一起去薩札瓦找女孩玩。他們騎上那輛贏得賽事的摩托車，途中車子打滑，巴維爾跌落黑暗中，昏迷不醒。同行的那位朋友，錯誤地

47 弗蘭基謝克・什佳斯特尼（1927~2000），捷克公路摩托車賽傳奇選手。

把他從公路中央拖到路邊排水溝裡，後來巴維爾說，當伊拉塞克教授幫他手術時，他突然感覺自己的雙腿離開了他的軀體，身體躺在那裡，可兩條腿一直在走啊走，他看到自己的腿像褲子那樣在行走，看到它們離去，走過遙遠的地平線，當他哭喊起來時，他的雙腿已永遠消失在地平線之後了。

痊癒後，巴維爾坐上了輪椅，他的汽車裡需要使用腿操作的一切，都轉成手控操作。同樣的，當他早上醒來，盯著天花板思考時，他無法相信現實，彷彿做了一個夢。但是當他坐起來，想邁開雙腿時，無法動彈。於是他迅速坐到輪椅上，迅速搭電梯下去，迅速翻滾進自己的車裡，費力摺疊好背後的輪椅，驅車無目的地閒逛起來。他不停地開，日復一日駕駛汽車，直到半年後輪胎爆了，他才冷靜下來，放鬆了心情，說服自己必須面對現實，必須生活下去，必須相信命運的安排。他的臉上第一次出現了笑容，笑了很久，直到笑不出聲來。他發現，沒有了腿照樣可以活在世界上，也許可以比那些行動自如的人發現更多生活的意義。

兩個朋友有他們各自的道理，他們成爲道德的楷模，所有那些認識洛薩爾和巴維爾的人，當他們出現一點氣餒和彷徨，懷疑是否值得繼續活下去時，那麼每一個人，也包括我，在那一刻就會想到巴維爾和洛薩爾。與他們倆的價值觀相比，大家會羞愧難當。

巴維爾的未婚妻奧琳卡是一位天使，您可以去找她，用掃帚撣去她的翅膀上的羽毛。她當看護時認識了巴維爾，兩人因此相愛。如果您要尋找一對戀人，不必去看羅密歐與朱麗葉，也無需去看特洛伊羅斯與克瑞西達[48]，或者拉多斯與瑪呼萊娜[49]，只需看奧琳卡推著輪椅上的巴維爾，順著臺階，六級臺階，用力拉起巴維爾的輪椅，然後進入哈宴卡餐廳的門，只需看一下這對情侶、未婚夫婦，他們秉承了地球的遺產，以愛情和道德的力量呈現生動的例子，為所有那些沮喪頹廢之人，或者那些想從外界和生活裡獲取更多他們不應得到的，所以為此懊惱，把腦袋縮到角落裡的人。

四月中旬的某一天，洛薩爾來到克爾斯，突然出現但卻神采飛揚，他告訴巴維爾和奧琳卡說，他在股市賺錢了，要買一輛賓士車，使用柴油的白色賓士。巴維爾告訴洛薩爾，如果他買下白色賓士，那麼奧琳卡就去購置白色的婚紗，在同一天，當洛薩爾開回白色賓士時，巴維爾同時將白色的新娘娶回家。

48 莎士比亞名劇《特洛伊羅斯與克瑞西達》中的主角。
49 德弗札克《幽默曲》中的主角。

想不到在四月天降下了白色的雪花，兩位朋友開心極了，因爲開心喝掉了儲存的所有啤酒，巨大的喜悅令他們感到越發乾渴，於是決定外出去哈宴卡餐廳喝啤酒，之後再捎回幾瓶準備夜間喝的酒。萬一夜間渴了呢？即使夜間不渴，清晨也會口渴呀。於是，兩人坐上輪椅衝入黑暗，那裝飾了飄落郵票般大小的白色雪片的黑暗。奧琳卡推著巴維爾，洛薩爾用戴了手套的雙手使勁拍擊著輪椅的輪子，迎著亂舞的風雪往前走，每個人都用牙齒叼著耀眼的手電筒，走過顛簸的土路和春天的泥濘，從側蔭道趕往公路，然後只得低垂腦袋，用羊皮帽頂開稠密的暴雪，走了很久，直到前面出現粉紅色的光源，從餐廳酒吧的窗戶射出的光的隧道，斜斜的隧道裡飄灑著陽春白雪，密集而濕潤。

距餐廳越來越近，兩位朋友歡呼起來，聲音裡有快樂，有渴望，有對餐廳舒適環境的想像，爐子裡散發出暖暖的熱量，滿懷憧憬的他們加快了動作，如同在海德堡奧運會上朝最終目標衝刺。然後在粉紅色的光影裡，他們搖落身上厚厚的雪毯，擦了擦臉，猛地一甩頭，抖去羊皮帽上的積雪……

奧琳卡先把九十公斤重的洛薩爾推過堆滿白雪的六個臺階，推上露臺，然後回身去推巴維爾，很少有人知道如何上第一級臺階，先轉身，向後使勁挺舉，再一級接一級拉住坐在輪椅裡的人，直到上露臺，然後徑直駛入大門裡。

當時我坐在酒吧裡，店主諾瓦克先生依然情緒不佳，他裝作第一次見到我們這三位客人的樣子。我坐在那裡悶不吭聲，喝著啤酒，因爲羞慚而覺得入口的酒苦澀。弗蘭塔·沃利切克坐在火爐邊，靜靜地在夢想他那位美麗的匈牙利女郎，幾年前她在老威斯德茨村的斯達特酒吧爲他梳理過頭髮；那位匈牙利女郎第一次見到弗蘭塔，他也一樣；但她突然爲他梳理起頭髮，然後對他說，她要用自己的汽車把他綁架到布達佩斯，弗蘭塔爲這句話活著，他坐在那裡，夢想著那個美麗的，到布達佩斯的綁架。至於普羅哈斯卡先生，則四肢舒展，睡得沉沉的，若在午夜。他一如往常，香甜的睡眠在九點整襲來，這有益於健康，鼻翼邊的汗滴在他紅彤彤的臉上一閃一閃。

這時餐廳的門猛然開了，一陣白雪撲進來，濕潤的四月雪，諾瓦克先生手握酒注，困惑地望過去，和我一樣。奧琳卡推著巴維爾出現在門口，然後拐向餐桌，巴維爾擦拭著濕漉漉的冰涼額頭。奧琳卡又返身出去，推著洛薩爾走進來，洛薩爾臉上洋溢著熱情和希望。兩位朋友搓著手，要了啤酒。

但諾瓦克先生面無表情地說：「啤酒剛賣完。」兩位朋友直視前方，笑容僵硬在滿懷希望的臉上。巴維爾說：「那我們要瓶裝啤酒，能帶走的瓶裝啤酒。」諾瓦克先生盯住一個角落，酒吧裡看不到的某個地方，冷淡地回覆：「瓶裝啤酒也沒了，送貨的沒來……」

巴維爾又說：「我們要一瓶葡萄酒。」諾瓦克先生走到門邊說：「我們關門了。」說著拿起一串鑰匙，嘩啦啦搖晃了幾下，宛如最後的鐘聲。說完他拉開大門。

奧琳卡的臉刷地一下紅了，她再次推起輪椅，先是洛薩爾，然後是巴維爾，把兩人推到露臺上。白色的雪花比之前下得更加稠密，郵票般大小的雪花瘋狂地掃向前院；穿堂風，幽怨的穿堂風怒氣沖沖地撞上了酒吧的門。弗蘭塔在火爐旁甜蜜地嘆了口氣，繼續沉湎於美麗的匈牙利女郎為他梳頭的夢裡，普羅哈斯卡先生繼續他健康的睡眠，好積攢力氣，過一會兒蹬著自行車穿過樹林回家。他的住房就在林子後面的村子裡。

店主諾瓦克先生回到吧臺的酒注前，幫我打了一杯啤酒，我在內心裡挺身而起，大聲喝斥道：「你真無恥，下流鬼！如此惡劣地戲弄可憐的客人。我不會再登門了！請你記住，你這個無賴，你甭想在餐廳再看到我，除非哪天你滾蛋了，因為沒有人會做出如此下流的事情來，除了你，你，你……」我在內心裡語無倫次，這時諾瓦克先生把啤酒放到我面前，我大聲喊道：「結帳！」

我一口氣將啤酒灌下肚，站起身，穿上皮外套，把帽子拉向前額。店主諾瓦克先生跟我道別：「您明天來嗎？」我說：「我來?!」說罷一頭衝進暴風雪，在公路上狂奔起來，一直到新草甸，我才趕上那兩部輪椅。他們依然用手電筒照著前面的雪道，手電筒在巴維爾和洛薩爾的口中叼著。我上前主動提出，我到前面幫他們照亮。我拿起一支手電筒，走到輪椅前面，打出一束光。我想罵人，想狠狠地咒罵店主。

此時洛薩爾那歡快、明亮的嗓音響起：「帕夫利克[50]，太好了！你要去義大利旅遊，就來找我吧，咱們一起去慕尼黑喝啤酒。時間你自己選擇，最好秋天去，到時慕尼黑會搭起帳篷，嘿，看得你眼花繚亂。帕夫利克，」洛薩爾激動起來，「那可是能容納四千人的帳篷，有獅王啤酒公司的帳篷，馬特烏斯啤酒公司的帳篷，普朔爾啤酒公司的帳篷和奧古斯丁啤酒公司的帳篷，到處是音樂，人山人海，有香腸、烤肉和烤豬腳，爲了肉皮酥脆，他們用毛刷幫肉皮塗抹上啤酒！我帶你去那裡。或者你夏天來，我們就去花園酒吧，所有慕尼黑的啤酒館都有容納數千人的花園，僅奧古斯丁啤酒公司的花園就能容納兩千人！或者，帕夫利克，我帶你去十字架山啤酒廠？要知道，那是一家多明尼加修道院，釀造頂級的貯藏啤酒！我帶你去那裡，在裡面可以唱歌，當客人們在花園裡

50 巴維爾的暱稱。

唱得太響亮時，就會出現身穿白袍的修士，亮出牌子說：『僧人們在祈禱，請不要大聲唱！』我帶你去那裡吧……」

巴維爾興高采烈地舞動雙手，幸福得聲音發顫，「好，好，好，就去那裡，我已經期待了，但明天我帶你到咱們的比爾森酒館去，那個酒館沒幾步臺階，很方便輪椅上下？也方便我們上廁所。」

洛薩爾打斷了巴維爾的話，「我們不必上廁所，我有一樣東西，也幫你帶來了，你只要把它像保險套那樣套在生殖器上，導尿管連著腳下的小罐，儘管可以喝幾個小時酒，然後去廁所把尿倒出去就行了。那是英國專利，在我車上放著呢！可是，明天我們去哪裡呢？」巴維爾在暴風雪中沉思，我邁步走著，瞇起眼睛，背後是愉快的歡呼聲，似春天的雲雀在鳴唱……

「去松鴉酒館最好，那裡就一級臺階，比爾森酒館有三級臺階……對啊，我們也可以去雙貓酒館，就一級小臺階。要玩得開心，我帶你去平卡斯猶太會館，那裡一級臺階也沒有，裡面的服務生跟我很熟。就這樣安排妥了！你的慕尼黑酒館，我這一週的布拉格酒館。你剛才說的那個多明尼加修道院，啤酒有那麼美味嗎？」

「它位於巴伐利亞，在慕尼黑城外的山岩上，叫十字架山……」洛薩爾歡快地解釋。「你去義大利的話，要去拜訪畢畢嗎？」洛薩爾問。巴維爾歡呼：「要去啊。自從我們在克拉德魯本復健醫院結識之後，每次我都會去他家拜訪。你知道嗎？他也娶了一位護士，幫他上下輪椅。我要在那裡停留，在米蘭，他媽媽總做一堆美食請我吃，準備各式各樣的肉，例如六種魚蝦的馬賽海鮮湯，誰也做不出來，番茄義大利肉醬，他媽媽也會做。可是洛薩爾，你經常去義大利度假，我家裡有一張地圖，我們煮壺茶，加入肯塔基威士忌，你指點我一下，你眼中義大利最美的地方，嗯，只要我的輪椅也能到達，行嗎？」

洛薩爾喊道：「哎，帕夫利克，咱們設計一下你的蜜月旅行吧，挑選一條美麗的路線，避開熱門景點，去那些小鎮，到處有美酒佳餚，蜜月旅行兼商業路線……」

我邁步在暴風雪裡，意識到可以側過臉去躲開撲面而來的大風雪，於是我看到了路邊的小巷裡停了一輛伏爾加車，渾身是雪的警長倚車站在那裡；他神出鬼沒，這個時分出現，沒人預料到。他又打開手電筒，沒有對著胸章，胸章被他的毛皮大衣罩住了，他照著自己的額頭，自己的皮帽，皮帽上的紅星閃閃發光。他悄悄走過來，悄聲發令：「先生們，檢查身分證。」他用手電筒示意，要我們跟隨他到伏爾加車前，然後他一張張接過身分證，翻開。他把身分證伸進伏爾加轎車打開的窗口，那裡背風，雪花吹不進去。

「謝謝。」他說，把護照還給洛薩爾，又問，「您的捷克語怎麼說得這麼流利？」

洛薩爾說：「流利？因爲我上的是捷克學校，我是前捷克斯洛伐克公民，但是是德國國籍，我曾經代表霍穆托夫城參賽……」

「好，」警長說，又重複道：「您的捷克語棒極了！」

洛薩爾低沉的聲音之外，能聽到雪花輕輕落到樹枝上的沙沙聲，也悄然飄落在公路的雪層上，直至腳踝。洛薩爾輕聲說道：「我從小跟捷克人一起長大，跟他們一起上學。嗯，我們可以走了嗎？」

警長把手放到洛薩爾的肩膀上，輕聲說道：「可以，一切正常。但我始終不解，您的捷克語那麼出色。那輛歐寶是您的嗎？」

洛薩爾已經轉動了輪椅，他回身說：「是我的，我要把它賣掉，賣掉。」

我用手電筒照著路，背後能聽到輪椅的輪子軋在雪地上的聲響。這條路還沒有人走過，我們走在一條潔淨的公路上，沒有任何腳印、任何輪胎的痕跡，我們品嘗到首次踏入和駛入雪道的神祕，這條道路尚沒有人涉足，沒有車駛過……

遠處傳來警長的聲音：「那您要買什麼車？」洛薩爾把雙手放到嘴邊，大聲喊道：

「白色賓士，像雪花那樣潔白的賓士……」我們側耳傾聽，但警長只是一聲嘆息。然後，我們都陷入了沉默，或許我們在回味那位警長說的話。此時他正倚靠伏爾加車，靜靜看著漫天恣意飛揚的雪花，在値守時靜靜品味雪花飄落的魔力，如同在夏季品味綿延在新草甸的夜的氣息，看晚月慢慢升起……

在十字路口我們分手道別，朋友們因寒冷身體瑟瑟發抖，盼望回到家裡，圍著暖融融的火爐，在桌上攤開那幅義大利圖冊，描繪和標記巴維爾和奧琳卡的白色蜜月旅行，等洛薩爾買下白色的賓士。

我久久駐足，望著燈火閃爍的白宮，我看到，通往樓上房間和閣樓的樓梯上，燈亮了；我看到洛薩爾從輪椅上消失了，然後我看到他像士兵們向敵人陣地匍匐前行那般，張開有力的臂膀，一級臺階接著一級臺階，拖曳著背後無助的雙腿……在他背後是巴維爾，用肘關節支撐。我看到，兩人不得不在樓梯中央停下來喘口氣，彷彿那條前往餐廳的路令他們不堪重負，無能爲力，然而這十二級臺階，他們有能力攻克，必須一步接一步積蓄力量，慢慢上升。

當白宮的燈光全部亮起來，一片燈火通明時，兩位朋友一定在討論白色的蜜月計畫，在敘說世界上所有美麗的釀酒廠和啤酒館，敘說白色的賓士，而奧琳卡呢，此時她早已躺下，睡著了，疲勞讓她進入了夢鄉，讓她夢見白色的婚紗禮服、婚禮花束和盛大的婚宴。

樂力

樂力是個重義氣的哥兒們，爲了朋友的事情顧不得找老婆成家，他眞是個好朋友。要說克爾斯林區沒有什麼慶典吧，卻幾乎每個星期天都有喜慶活動，譬如年輕，年輕本身便是一場值得慶賀的盛宴，任何慶典自然都少不了樂力。尤其是有人要以開啓啤酒桶的形式慶賀，那是何等特殊的慶典。當我們之中有人要娶妻，或者家裡添丁時，就得舉起啤酒杯，在鄉間別墅和林蔭道上喝個盡興，婚禮或洗禮都在那裡舉辦。在這種場合，樂力會作爲發起人和技術顧問出現。他無所不知，如同一本厚厚的實用技術手冊，他飽覽群書，涉獵廣泛。當然，哪個地方出了意外或者發生什麼，他都信手拈來，可以做一場演講。

有一次準備開啓啤酒桶慶祝，男人們用馬車馱來圓滾滾的啤酒木桶，把它卸到老橡樹底下的篝火堆前，低垂的橡樹枝葉輕輕拂掃過酒桶，現場卻沒有人膽敢把龍頭砸入木桶裡。直到樂力神祕地出現，他迫不及待發問：「什麼事你們不明白？搞不定？」

有人告訴他，大家不敢下手往啤酒桶上砸龍頭。樂力喝道：「拿圍裙來。」他鄭重地套上圍裙，而且戴上了手套，並解釋何謂龍頭及其原理，然後把龍頭插上木桶，擰鬆了螺絲，使勁一錘向龍頭砸去。

那幾個用馬車拉來啤酒桶的傢伙，不敢下手是有道理的。

只見龍頭似飛矛般射向空中，啤酒隨之噴洩而出，像洶湧的間歇泉嘩嘩沖向橡樹枝葉，樂力佇立在啤酒噴泉裡，渾身被澆透。等桶裡的啤酒噴射殆盡，他才像落湯雞似的從樹葉間轉身，回到長凳上，回到大夥之間。他擺出手勢表示：技術性失誤而已，幫我拿臉盆和毛巾來。他解下圍裙，面對技術性失誤面無愧色地洗淨雙手。我們喝掉木桶裡所剩不多的啤酒，然後提著罐子，開車出去又拖回幾箱山羊牌啤酒。大家坐在長椅上，唱歌、彈吉他，娛樂到天亮。頭頂上的橡樹葉間，啤酒往下滴落個不停，每個人身上都沾滿啤酒，渾身散發酒氣。大家依然樂呵呵，因為我們年輕。是呀，正如我所說，樂力是個重義氣的朋友。他繼續跋涉在克爾斯林區，誰有疑惑，樂力都會停下來替他解答，給出建議，或者親力親為……

斯沃博達先生想粉刷廚房，遲遲不敢動手。樂力問：「您有什麼弄不懂，哪個地方出問題了？」斯沃博達先生說，他有點擔心，因爲他想把廚房漆成藍色。樂力猛誇斯沃博達先生運氣好，正好他經過這裡，說罷馬上往小桶裡準備漆料，並掏出一個隨身帶來的特殊小瓶子，朝漆料滴了幾滴油狀物調合顏色。斯沃博達先生刷完廚房，晚上躺下休息了，可是午夜時分，他被黑魆魆的廚房裡傳來的聲音驚醒，那聲音好比有人在甜蜜地親吻。他打開燈，朝天花板望去，天花板上密密麻麻布滿小鼓包，隨著此起彼伏的劈啪響聲，鼓包逐個破滅，在地板上撒下一層藍色粉末。

樂力得知此一消息後，解釋說是油漆出了問題。他面不改色地繼續啓程。路上看到庫哈什先生在自己的小車旁修理雨刷，於是走過去，注視片刻，然後說：「好吧，幸好我在這裡，可以讓我來修嗎？」沒等庫哈什先生有所反應，樂力便開始演講，把所有的汽車零配件包括螺絲都講到了，然後要庫哈什先生遞給他一把螺絲起子，動手修理起來。在擰緊最後一顆螺絲時，雨刷斷了，樂力振振有詞地說：「這個技術性失誤源自材料。」說完把斷成兩截的雨刷遞給庫哈什先生，揚長而去。第二天庫哈什先生開車去烏斯基城，天下起了雨，他只得一手握住方向盤，另一隻手從打開的車窗伸出去，代替雨刷擦拭雨水。他罵了一整路：「他媽的，樂力那個王八蛋，讓他見鬼去。」他甚至用家鄉話咒罵，因爲他是摩拉維亞人。是啊，樂力是個講義氣的朋友。

樂力在自己的鄉間別墅布置了一個美觀的工作室，在那個作坊裡有一長排衣架，掛滿各式禮服和工作服，這取決於樂力在做什麼，要去哪裡。假如他在使用鋼鋸切割東西，那他會穿一身工作服，頭戴美國工人帽，帶大帽檐的那種。他幹活時專心致志，萬一有人上門來，連他的父親都不敢打攪他。有一次我費力說服了他父親，於是他父親前去告訴他說：「樂力，你的好朋友來了。」然而樂力用虎鉗夾著鐵皮繼續鋸著，都沒有抬頭看我們一眼，甚至傲慢地說：「爸爸，我告訴你多少次了，我在工作時，不希望被人打擾！」他說得沒錯，他就是這樣的人，莊重而正經，當他身穿工作服幹活時，總是很有風範。樂力騎自行車外出的話，則會換上自行車車褲，水壺裡裝牛奶或礦泉水，一路騎出去，儼然去參加自行車和平賽似的。所以樂力是個時尚又帥氣之人。

如果樂力去樹林裡或野外觀察動物，他會換上草綠色獵裝，戴上獵人帽，胸前不忘掛一副望遠鏡，大家打老遠就看出來，樂力狩獵去了；到了晚上大家便會得知一切，樂力看到了哪些動物，隨後便是他洋洋灑灑的一場演講。因此我們作爲樂力的好朋友，從他那裡學到很多，他就是我們的大學。如果有人邀請樂力去易北河乘船遊覽，他會像船長那樣穿上藍白相間的水手服，還從朋友那裡借來海軍帽；那位朋友曾在遠洋輪船上待過，航海環遊過世界，總是半年在海上漂，半年跟我們泡在一起，我們稱他爲水手。樂力頭戴海軍帽，坐在一艘普通的船上，舉起望遠鏡，嚴肅而機警地觀察四周，什麼船迎面而來，交錯而過了，他會很有見地地講解各種類型的海運船、商貿船以及軍艦。樂力是軍艦迷，他能滔滔不絕描述幾個小時，在沙盤裡他不僅能描繪不同類型的船隻，還有從特拉法加[51]海戰到納爾維克[52]戰役的大海戰計畫。

夏天，當樹林後邊的公園著了火，所有人都急急忙忙地趕去滅火，只有我們在等，等待樂力出現。此刻消防隊員都被召集在一起，甚至動用了消防水炮，最後大家撲滅了大火，從現場返回。樂力朝我們迎面走來，身穿石棉制服，肩上扛一鐵耙，抬頭挺胸，器宇軒昂，大老遠就讓人精神爲之一振。他馬上把我們召集起來開始上課。他講解說在苔蘚地上發生的森林火災，最好不要用水炮，連水槍也不用。一旦出現火情，尤其火苗剛剛燃起，最好使用鐵耙，必須使用鐵耙把著火的地段徹底翻挖一遍。因爲這樣的森林火災，他已經經歷過四次，所以他胸有成竹，知道用耙子挖開來隔離火情，他甚至演示

51 特拉法加（Trafalgar），位於西班牙，一八〇五年十月英法海軍艦隊在那裡交戰。
52 納爾維克（Narvik），挪威港口，戰役發生在一九四〇年四月九日。

給我們看：這裡，你們看到沒有，這一塊在暗燃，三天之後火苗會再次復燃，因爲帶火星的苔蘚和泥炭很隱蔽……

結果消防巡邏隊把樂力從火災現場趕走了，就像他是在開玩笑，或者是無理挑釁。樂力只得再次把耙子扛在肩上，身穿像小熊維尼似的石棉裝回家去了，僅完成一場森林火災正確滅火法的講座。他轉過身，指著林子裡煙霧瀰漫的地方，說：「你們瞧著吧，星期四火勢會捲土重來……」果不其然，四天之後，如樂力所預測的一樣，就在老地方林子又起火了，苔蘚和泥炭死灰復燃。是啊，樂力，他是一個重義氣的朋友，他心裡裝著我們，處處爲大家著想，他跟大家生活在一起，我們尊敬他。

樂力著迷於汽車賽，不僅一場不漏地關注一級方程式賽車的大賽事，還鉅細靡遺地從外國雜誌上搜集賽車手埃默森·菲蒂帕爾迪[53]的生活瑣事及其家庭生活。如果我們恰好湊在一起，閒聊在報紙上讀到的一級方程式賽車賽事，樂力會接過話頭，語氣沉靜地詳細介紹每一位賽車手的情況、他們的肖像、他們的思慮。樂力也有一輛車，東德產的特拉貝特。他開車時，除了不戴頭盔，向來都會穿上一身賽車服。

在啓動特拉貝特時，他會慢慢伸展他的手套——曼弗雷德·馮·布勞希奇常戴的那種——手腕上有扣帶，手背上飾有杏仁和眼淚形狀的孔眼。汽車一旦駛出去，便開足馬力，像是去比拚似的。反正就那樣，只要菲蒂帕爾迪是風馳電掣的風格，那麼樂力也是；只是樂力腦子裡還牽掛著朋友，這讓他幾次惹出麻煩來。

村民常邀請樂力父子去村裡赴殺豬宴，他們很希望樂力去，因爲樂力一到村裡，第一件事就是開有關殺豬宴的講座。假如那頭待宰的豬能聽懂他的話，一定會覺得片刻後被宰乃是榮幸之事。有一次，樂力在殺豬宴上幫忙拉扯繩子，爲了展示如何在正確的時刻下手宰殺，不料屠夫突然手一軟，這下使勁拉著繩子的樂力，毫無防備向後倒去，一頭栽進農家糞池裡。只見他的白色圍裙，那條胸前繡有他名字首字母的圍裙，慢慢浸入了糞便裡，所有在場的人都嚇傻了，以爲屠夫沒有殺成豬，反而傷到了樂力。好在屠夫只是割斷樂力手拉的繩子，樂力舉起沾滿糞液的繩子，解釋了掉進糞坑的原因，說自己無大礙，然後大家在院子的一個角落裡把豬宰殺了。

樂力洗過澡，換上潔淨的衣服，又開始談笑風生；確實好笑，大家笑得前仰後合。事實上樂力很少開懷大笑，他幾乎從沒大笑過，在他臉上時常是似笑非笑，他的眼神很

53 埃默森・菲蒂帕爾迪（Emerson Fittipaldi, 1946~），巴西賽車手，曾經贏得兩屆F1世界冠軍。

單純，喜氣洋洋的，驚訝於新的發現，或者爲他人無私解惑後的驚喜。只要他去了殺豬宴，大家就會期待，在啤酒館裡等他，因爲樂力每次都會帶回滿滿一罐肉湯和血腸，始終幫我們這些朋友準備。那一次，我們盼啊盼，樂力沒有出現，後來有人來報信說，樂力滑進了森林邊緣的排水溝裡。於是我們繞過泉眼和運動場，抄近道一路狂奔過去，在林中池塘的邊上四處張望，沒發現蹤影，突然間我們看到，樂力的車直接躺在排水溝裡，車傾翻了。我們跑到車前，看到樂力還在車裡，於是大家齊力把特拉貝特車翻轉過來，車裡立刻流淌出湯和穀粒，我們一拉開車門，香腸也滾落下來，我們問樂力到底是怎麼回事？

樂力拿起一把小梳子，先梳掉頭髮裡的穀粒、乾掉的血和馬鬱蘭葉，認眞地說：「都是他媽的因爲朋友產生的反射動作！汽車拐彎時罐子傾斜了，眼看就要倒下，那一刻我想起朋友們在翹首以盼呢，於是伸手去扶罐子，結果我的車一下子就滑進了排水溝，不僅罐子翻倒，我的車也翻了。」大家圍住特拉貝特車，齊聲喊：「嘿咻……」共同使力，汽車便像玩具般被抬起來，連同車裡的樂力一起挪移到公路上。樂力走下車來，說：「你們可以裝作特拉貝特車重得抬不起來啊！」說罷分發香腸和血腸給大家，還嘟囔了一句：「可惜，肉湯全灑在車裡了……」

一個星期後樂力告訴我們：「跟你們說吧，連續三天我的頭髮裡還能梳出穀粒來呢！」是呀，正如我所說，樂力是個重義氣的朋友，一心為朋友著想，雖然我們也處處想著他，然而比不上樂力對我們的牽掛，今天大家都有目共睹，每個人都會認同。等春天一到，我們可以打賭，樂力定會送一籃從村民那裡買的新鮮雞蛋來給大家，他自己用不到雞蛋，他做這一切都是為了我們，為了朋友，尤其為那些有孩童的家庭。過後他會跟我們收錢，但誰能有這樣的朋友，把自己的特拉貝特車變成移動店鋪，運送奶油、雞蛋？

又有一次大家等樂力，他開車出去為我們採購兩百五十顆雞蛋，給孩子們吃的新鮮雞蛋，然而遲遲不見他出現。突然有人來傳話說，樂力又掉進上次的那個排水溝裡了，要我們趕緊去解救。大家奮力跑去，狀況跟上次殺豬宴灑掉罐裡的肉湯一樣，樂力陷在溝裡。雖然之前他踩了煞車，汽車還是幾個翻滾，滾進溝裡。然而車上沒有樂力的身影，整個特拉貝特車裡全是碎了的雞蛋，如同水泥攪拌機在往汽車上塗抹水泥似的，汽車不停地轉動，為了攪拌出剛剛好的液體水泥。我們打開車門，樂力仍然端坐在車裡，手握方向盤，身體整個被包裹在蛋液裡，就像待煎的維也納牛排，先蘸滿蛋液，再裹上麵包粉。樂力央求我們幫他擦拭被糊住的眼睛，他什麼都看不見了。我們照辦後，樂力開口：「俗話講，吃一塹長一智。但跟上次扶湯罐一樣，當副駕駛座上裝雞蛋的紙箱失衡時，我沒能忍住撒手不管，心想爲朋友挽救哪怕十顆、二十顆雞蛋呢！哎，最後弄得雞飛蛋打……」

我們花了一整天時間，甚至第二天都在清潔特拉貝特車，最後我們用細線把快乾了的蛋液從縫隙裡濾出來。春陽炙烤著我們，雞蛋散發出陣陣臭味，我們只得重新用汽油，把車清洗和清理一遍。兩個月之後樂力依然抱怨，說他的特拉貝特車裡總有二氧化硫的氣味，像波傑布拉迪礦泉水，所以他的車除了死黨不載任何人，因爲任何一個陌生人都會覺得噁心，以爲樂力把屎拉在車上了……嗯，樂力就是這麼一個講義氣的人，一心只爲朋友，爲我們大家著想，處處想到我們。

而我們呢，更關心自己的女朋友和妻兒。如果在瓦倫卡或赫拉迪斯科舉辦市集，每次也只有樂力幫孩子們從市集那裡運來各種吹管和小鼓，然後買滿滿一托盤的甜點。有一次他開車運紙箱，眞讓人揪心，萬一紙箱裡的蛋糕和奶油捲掉出來，車毯就無法收拾了。重點是，他並非專程帶給我們，而是像甜點店的員工那樣把一個紙箱送到啤酒館的露臺上，像服務生那樣優雅地托著裝滿食物的托盤，於是汽車再次滑進排水溝裡，樂力再次安然無恙，只是那個紙箱，汽車側倒進溝裡時，樂力像美國喜劇裡的人物那樣，一頭栽進五十個蛋糕塊和奶油捲裡，奶油糊了滿臉滿手，全是鮮奶油呀，雖然樂力從來不碰甜品，也不愛吃甜食。如果別人送甜點給他，他的表情是，只要一瞥見甜點，就會作嘔和窒息……

是的，這個傢伙就是樂力，心裡裝著朋友和朋友的家人，就好像他是一位總統，而我們卻沒有好好珍惜。當除夕來臨時，樂力總要在我們當中的某個人家裡舉辦除夕晚會，之前兩個星期大家會在哈宴卡餐廳碰頭，樂力主持聚會。他先神祕地對餐廳服務生說：「嗨，夥計，送六杯貝赫爾酒來我們這桌，都記在我帳上。」他每次都這樣充滿親和力地開始我們的會議：「先生們，朋友們，我召集這次委員會會議，旨在莊重地辭舊迎新，所以我覺得，新年宴會應該這樣安排：烤肉，四公斤，整條火腿……」他一一報出菜單，我們表示同意或提出改善建議，最後是樂力的工作，他親手燉製八升牛肚湯，而且一大早就要燉好……

會議休息時樂力去找餐廳負責人，壓低嗓音吩咐：「老闆，六杯貝赫爾酒，送到我們這桌，記在我帳上。」樂力就是如此大度的一個人。

除夕終於來了，樂力圍著長長的白色廚用圍裙，胸前繡有藍紅色他姓名首字母的字樣，從下午起他就在準備烤肉，男人們已經開始喝酒了，邊上還擺了一個啤酒桶和一堆啤酒瓶。樂力一如既往，作爲一名好屠夫，呷著白咖啡，配著大理石蛋糕，等一切安排妥當，才端起貝赫爾酒，這是他的最愛。後來樂力在對我們講解時提到，這次的烤肉同樣非比尋常，他認識塔特拉盧姆尼查大飯店[54]的主廚，總統先生曾派直升機把他帶到總統官邸，只爲了享用道地的烤肉。「你們知道，」樂力收住話題，「我是在依樣畫葫蘆，但我跟主廚一樣做得認眞而投入，烹飪最重要的是事前準備……」

他開始轉動烤架上的烤肉。樂力討厭像查尼先生那樣用燃煤烤肉，我們只得在屋外用木柴生火，樂力像查尼先生那樣用火鉗把紅紅的煤炭從木柴裡夾走。當肉在燒烤時，樂力解下圍裙，說需要開車出去一趟，去取他誘人的牛肚湯，那湯一大早就會讓大家恢復活力，喝下更多的酒。樂力燉的牛肚湯美味至極，沒有人能企及，因爲樂力有獨特的祕笈，就如同那個流亡總統帶走了貝赫爾酒的配方，祕方還基於一個事實——所有的香料都來自神聖的救世主，這沒有幾個人辦得到，而樂力之所以有，是因爲他跟藥師成了好友，共同研製出那種香料。然後樂力開始大談特談我們聞所未聞的香料。

當樂力坐進特拉貝特車裡時，突然想起那盛肉湯的罐子，想起那盒雞蛋和滿滿一紙箱甜點，那些他始終只爲我們運送的美食。想到此，他從車上下來，走向摩托車，騎摩托車去，他似乎更加自信。後來我們得知，他騎摩托車回到家，換上了燕尾服，把幾瓶酒塞進雙肩背包，一大鍋牛肚湯裝進一個大提袋。爲保險起見，他把提袋放在車前，喜氣洋洋地出發了，爲我們送來他親手燉煮的牛肚湯。他曾告訴我們，湯熬好後，需要不停地攪拌，直到它涼下來。如果讓湯冷卻了，脂肪和油脂會凝結，牛肚湯就搞砸了，不如拿去餵豬。攪拌良久是前提。

我們的好哥兒們樂力，跨上摩托車緩緩往回騎行，爲了幫我們送那鍋牛肚湯。突然車前方躥出一隻母鹿，樂力猝不及防，爲了不傷著鹿，爲了湯不灑出來，他趕緊閃避。摩托車在雪道上打滑了，樂力，那個曾用摩托車輕鬆搭載過所有朋友和酒醉的人，重重地滾倒在地。我們嚇呆了，他會站起來嗎？帶著折斷了的手臂，還是不再醒來？他從來都是從地上一躍而起的，拍去身上的沙粒。

爲了那一鍋牛肚湯，樂力時刻揪著心，他熟練地一腳踹開突突咆哮的摩托車，完全把自己置之度外，一心想著那鍋湯，他雙手緊緊抱住湯鍋，不讓湯灑出來。他滾倒在地，後腦勺撞到路邊石之前，及時地將那鍋湯放到了地上……

---

54 位於斯洛伐克境內的飯店，座落在塔特拉山的滑雪勝地，建於一九〇五年。

樂力遲遲不來，於是我們沿公路去迎候他。我們發現，他仰面躺在地上，兩眼望著滿天繁星，生命已經垂危，那速度堪比年輕的羅斯邁爾衝向達姆施塔特[55]終點。當鮑勃抬起樂力的腦袋，頃刻間滿手是血，樂力說：「小心點，別弄翻了牛肚湯……」

一個小時後，樂力死了，他爲了自己的朋友，爲了他們護住了那鍋牛肚湯。正如我所說，樂力是個重義氣的朋友，是個大度的朋友。現在誰來款待我們呢？

露倩卡和巴芙琳娜

跟我一樣，小餐廳的老闆諾瓦克先生是個性情乖僻的人。有時候他春風滿面地迎接客人，和每個人握手。客人們也常帶些小禮物來送他的妻子：幾支鮮花、一小筐蘑菇，冬季帶來肝香腸、殺豬的雜拌湯或醃製的臘肉之類，這純粹是因爲這家餐廳出售的啤酒味道純正。遇到諾瓦克先生心情好，他會向客人討幾隻野兔或幾塊鹿肉，烹調美味的菜餚款待大家。總之，只要他心境歡愉，他是一位難能可貴的好老闆。他的妻子做麵包片，他會吩咐她把廚房的窗戶關上，免得麵包片被風吹涼。每週一次肉送來時，他把肉

55 達姆施塔特（Darmstadt），位於德國黑森邦南部的中型城市。一九三七年，賽車手伯恩德・羅斯邁爾駕駛奧迪在法蘭克福至達姆施塔特的高速公路上突破了四百公里的時速極限。

分門別類掛在粗大的木桿上，臉上帶著喜悅的神情，一塊塊仔細翻看、鑑賞，心裡已在盤算哪塊在哪種場合使用。遇上心情特別好的時候，他還會馬上從豬腿上割下肉片，不一會兒工夫，已經爲客人端來奶油煎豬排，上面還淋一層檸檬汁。在這種美好的日子，他晚上會供應洋芋片和維也納煎牛排佐韃靼醬，然後過來和我們坐在一起，一隻手搭在我們的肩上，望著我們的眼睛，約定下次聚會的日期。他那位漂亮的太太，晚上也會繫著小圍裙來與我們同坐。我們大夥兒興高采烈，暗自慶幸終於遇到這麼一位令人滿意的餐廳老闆。

諾瓦克夫婦有兩個孩子，兒子弗拉嘉五歲，喜歡坐在客人的膝上，像隻迷途小貓般偎依著你，另一個是十歲的女兒米爾卡。小女孩儘管身體長得圓滾滾，卻一心想當舞蹈演員，因此成天在花園或店裡跳舞，有時臉上戴一方面紗，有時不戴。當你乘車駛近哈宴卡餐廳時，離得老遠就會看見這位圓滾滾的舞蹈家在跳舞。她一味自顧擺著、舞著，沉迷在僵硬的體操動作和笨拙的芭蕾舞姿之中。

當聖誕節臨近的時候，光顧這家餐廳可謂賞心樂事，然而是這樣的！伏利切克家的弗朗達扛來一棵雲杉放在廚房，隨後又弄一棵松樹來放在大廳。聖誕夜的前一天，整個餐廳裡的顧客都參與裝飾聖誕樹的工作了。這時諾瓦克先生會端白蘭地和櫻桃酒請大家喝，還有他那味道絕佳的啤酒，老闆娘則招待大家她烘烤的聖誕點心。客人們也幾乎個個帶了一包自己家裡做的甜點來作爲酬謝。就這樣，大家誰也不願意離開餐廳，直待到打烊時間。然而更叫人高興的事還在後頭，諾瓦克先生說現在他當東道主，我們全部都是他請的客人。他關起大門，歡樂的節日慶典便在他閉了門的店裡舉行。聖誕夜過後，在聖誕日和聖史傑潘日，客人們在他的店裡各自坐在座位上。弗拉嘉搬出玩具火車，在啤酒杯中間架起小軌道，小火車便在擠攏的桌上穿行，咯噔咯噔地響著。聖誕樹上彩燈通明，弗拉嘉和米爾卡坐在客人的膝上，一位一位輪番坐過來，親熱地依偎在他們的下巴底下。我們大夥兒都像在天堂裡似的，因爲這樣的餐廳老闆很長一段時間沒有遇到了。

不過，我之所以喜歡諾瓦克先生，卻始終只是因爲他喜歡貓——兩隻烏黑的小貓，露倩卡和巴芙琳卡[56]。兩隻貓總是跟在諾瓦克先生背後，只跟在他背後，不管他做什麼，牠們都陪伴他。諾瓦克先生沿著一條小路穿過林子去採購，露倩卡和巴芙琳卡跟他

56 巴芙琳娜的暱稱。

一起去。午飯後，餐廳下午兩點關店休息，小貓陪伴他去採蘑菇。他進地窖取酒，露倩卡和巴芙琳卡也尾隨在後。諾瓦克先生上床睡覺，小貓與他一起入睡。他切菜片肉，在廚房裡烹調，兩隻小貓就坐在窗臺上深情地注視著他。諾瓦克先生也知道小貓在注視他，因此每隔一會兒，便提著刀、繫著白圍裙走到窗口，俯身與牠們碰碰頭，就如同晚上他和客人爲健康而乾杯一樣。

於是，這兩隻貓，露倩卡和巴芙琳卡也像他的兩個孩子那樣，開始在客人當中走來走去，並且像弗拉嘉和米拉[57]一樣，也喜歡坐在客人膝上，享受客人的撫摩，直到客人站起身，或是牠們厭倦了人手的撫摩，跳下地去躺在菲拉克牌火爐後面，把身體蜷成一團，甜蜜地睡著了。牠們在睡夢中嘆著氣，伸開四肢，露出黑裡摻著火紅毛色的小肚皮，彷彿整個餐廳是牠們的母親。牠們把前爪富有彈性地舉到空中，拍打著空氣，吮吸空氣裡甘美的乳汁，也就是餐廳裡瀰漫的煙霧和漸趨沉寂的談話聲。這裡有小天使飛過，也不時飛出一聲喊叫，幾句罵人的話和詛咒，偶爾還有含糊不清的囈語和歌唱。可是露倩卡和巴芙琳卡明白，所有的這一切都沒有惡意，是餐廳交響曲的一部分，而這個餐廳是牠們的家。因此露倩卡和巴芙琳卡只要在椅子腿周圍散步，喵喵地叫喚幾聲，便有客人過去幫牠們開店門。牠們走進美好的夏日天氣裡，坐在露臺的矮牆上，最後躍上一把紅色靠背椅，在那裡呆望陽光或雨水，等有人推門進餐廳時跟著進去。大家會迎接牠們，幫牠們擦乾身上的雨水，或者只是用親切的目光看著牠們。在這樣的目光中，牠們親熱地靠在客人身上，幾乎每一位顧客都會摸摸牠們，或者對牠們說幾句話。露倩卡和巴芙琳卡儼然已成爲哈宴卡餐廳的一份活資產，牠們隨意走進店裡，也隨意走到外面去撒腿跑一陣，或是鑽進橡樹林。

不過，也有這樣的日子：諾瓦克先生忽然變了，一切都翻了個樣，他像一匹咬人的馬，耳朵豎在後面。他不幫客人端啤酒，即使端來，嘴裡也會叨叨唸唸。他不供應吃的，若供應也是冰涼的。在這種貧瘠、火藥味十足的日子，他不與客人同坐，卻倚在啤酒櫃臺邊，用滿含敵意的眼神瞪著我們，並且突然一下子對所有客人都一律以「您」相稱了，儘管平時他是稱「你」的。遇到這種日子，當我們聚集在餐廳門前的水泥地上時，會發現玻璃門上掛一塊牌子：今日停業，大掃除。儘管前一晚諾瓦克先生還心情很好，與我們以「你」相稱、坐在一起來著。現在他將店門緊閉，牌子上方甚至露出他的

57 米爾卡的暱稱。

臉，獰笑著，做了個怪表情，隨後這張臉便消失在簾子後面了。就這樣我們被關在門外，其他顧客還陸續抵達，於是我們異口同聲地罵了起來，大聲叫喊、詛咒，責問他爲什麼昨天不告訴我們……

另外也有這樣的日子：我們興沖沖地走來，很開心，因爲當我們從各個小徑和公路朝這裡走來時，我們都滿有把握，確信有燒旺的爐火在等待我們，因爲離得老遠就瞧見這裡燈火輝煌，明亮得像座燈塔，像一盞枝形大吊燈。誰知走到跟前扳動門把時，卻怎麼也打不開；我們每個人都試了，這才發現門是鎖著的。我們敲門，沒有人應聲，便趴在啤酒櫃臺的小窗洞上朝裡張望——這個小窗洞是老闆在夏季時供應啤酒給露天酒座的顧客所設置的——我們看見店裡的桌子已拼在一起，上面舖著雪白的桌布，諾瓦克先生臉上帶著夢幻般的神情，正在擺餐具。他依次把湯匙和叉子放在碟子旁邊，碟子和碟子之間用天門冬的翠枝銜接著。我們高聲叫喊：「拉奇奧，讓我們進來吧，我們保證像小老鼠一樣只待在火爐邊。」我們用「你」稱呼他，因爲就在昨天，諾瓦克先生還用「你」來稱呼我們的。但諾瓦克先生完全進入自己的世界，他退後幾步，站在門畔，如癡如醉地審視他爲明天某人預訂的結婚宴席所布置的桌面，火爐齜牙咧嘴地笑著，煤塊燒得緋紅，可是外面很冷。後來，諾瓦克先生總算給了點面子，他往上推開窗戶，臉朝濛濛細雨問道：「你們要做什麼？今天只開露天酒座，你們難道沒看見！」他怒氣沖沖。於是，我們只得留在外面，冒雨坐在花園裡那些久已無人光顧的椅子上喝啤酒，被這位老闆情緒的突然變化弄得不知所措。而諾瓦克先生又著了魔般繼續擺弄他的杯盤，按照明天飲酒的順序在大玻璃杯的旁邊放一個小玻璃杯，高腳杯旁邊放另一個高腳杯……而我們卻舉著空杯。

我們朝他叫嚷，他卻一味忙他的，把那顆腦袋瓜歪過來側過去，從各個角度鑑賞他為明天婚宴布置的桌面。後來，他好不容易肯理我們了，帶著滿臉不耐煩的厭惡神情幫我們倒啤酒。當工程師胡勃卡先生親自跑過去，請求他再給一份留著備用時，卻不料諾瓦克先生走到窗洞前，猛地拔掉掛鉤，啪一下把窗戶給放下。要不是胡勃卡先生閃躲得快，他那幾根手指頭恐怕不保。這下子連我也被惹惱了，氣得發抖，當場像其他客人一樣，發誓再也不到這家餐廳來，發誓這是最後一次，然後暗自盤算用什麼方法懲治這個店老闆。

不過，當我透過窗戶朝燈火通明的店裡瞥了一眼時，我跟大夥兒一樣不得不承認諾瓦克先生倘若心情好，他是世界上最可愛的人，也是最可愛的餐廳老闆。他確實以非常高雅的審美觀在布置這喜筵席面。我還看見露倩卡和巴芙琳卡怎樣坐在椅子上，兩個小腦袋隨諾瓦克先生所在的方向轉動。諾瓦克先生每隔一會兒，就忍不住俯下身去，依次在露倩卡和巴芙琳卡的額頭上親一下，也許這是特意做給我們看的，表明在他眼裡，他的貓比我們這些站在門外的客人可愛。他親一下貓，接著又去擺弄花束和仙客來，把天門冬的枝條彎成環狀，使大主桌顯得更加賞心悅目——這個主桌是用店裡所有的桌子拼成的，上面鋪了一塊極大的桌布。

當我看到諾瓦克先生依次抱起露倩卡和巴芙琳卡，那兩隻貓也彷彿在等他來抱似的伸長了身體撲向他的懷裡；當我看到諾瓦克先生將牠們一一寵愛地摟在臂彎裡，這時我的心軟下來了……而我們這些常客呢？我們忘了自己的尊嚴，一個個冒著濛濛細雨站在門外，敲他的窗戶，舉著空啤酒杯央求他行行好，想想過去那些美好的日子，那些殺豬宴，想一想我們在一起度過的假日，一起去史瓦爾奈——董采和巨松苑散步的情景……可是諾瓦克先生卻一扭開關熄了燈，看我們低三下四央求他的面孔取樂，而我們在這些臉孔上呈現最溫馴的目光，表現出最熱切的渴望、無以復加的謙恭和一副可憐相。

但諾瓦克先生在遇到什麼煩惱、心裡不痛快、發怒的時候，所有的顧客在他眼裡，就都變得面目可憎了；他不僅不願見到客人，且還想辦法加以凌辱，而他選擇的日子，恰恰都是任何人也意想不到的……儘管這樣，我仍喜歡諾瓦克先生，因為我自己也正是這麼個脾性，也是這樣變幻不定，今天想擁抱全人類，明天卻又恨不能給人類製造一場滅頂之災。

我喜歡諾瓦克先生還因爲他愛露倩卡和巴芙琳卡。當他熄了燈，讓我們在外面淋著冷雨，他則胡亂猜著我們將想出什麼最可怕的招數來把他從這世界上消滅掉的時候，我知道他已回到自己的屋裡，仰臥在床上側耳諦聽，而露倩卡和巴芙琳卡躺在他的胸脯上，讓他撫摩牠們，愛牠們。誠如我說的，諾瓦克先生像我一樣，當時是——現在也許依舊是——一個性情乖僻的人。後來，出現的情況是，這種陰暗的日子持續得越來越長久，待到他臉色開朗，展現笑容時，我們已盡釋前嫌，把他對待我們的種種無禮舉動統統拋諸腦後了，因爲我們很高興又能在餐廳裡歡聚。事實上，克爾斯及其附近林區，黃昏六點以後，每一個規矩男人的腦袋瓜裡別無所思，唯一想的便是愉快地去餐廳，喝啤酒，聽那裡妙趣橫生的高談闊論、閒聊、爭吵、開荒唐的玩笑，讓人從日常生活的煩惱中擺脫出來。

但不久之後，這一天來到了，諾瓦克先生說他後天要搬家——這事我們已早有所聞——因此他邀請我們隔天來餐廳，他將設宴招待，就當作是朋友話別。於是發生了這樣的事：那天晚上我們在家裡只吃一點東西，全都期待著那頓告別晚餐。誰知走進餐廳，諾瓦克先生卻像個陌生人似的，沒有生爐火，椅子四腳朝天倒扣在桌上，他和妻子只管收拾東西、打包裝箱。他最後端出來的啤酒沒有泡沫，活像有一回我裝在啤酒杯裡送去讓一位神醫猜我得什麼病的那杯尿液。我們裹著大氅坐在那裡的景象也是夠悲慘的，一個個驚得發呆，流露出失望和受騙的神色，兩眼直愣愣地盯著店門，目睹後到的人如何神采奕奕、臉上洋溢著喜悅和期待的光彩走來，如何一進門像挨了棍子似的呆住、洩氣，只是臉上點亮的喜悅之光一時無法熄滅。

最後大家落了座，諾瓦克先生一聲不吭送來沒有泡沫的啤酒……當弗朗茨先生議論說啤酒沒有泡沫時，大夥兒不由得驚恐地一齊扭頭看向他，暗想他怎敢如此大膽……諾瓦克先生於是走進廚房拿來一根攪拌棒，活像把細麵粉攪進白醬裡一樣在啤酒裡攪了一通，然後隨手把攪拌棒往爐灰桶上一擱。攪起的泡沫噗噗地輕微響了幾下便沒有聲息。這樣的奇恥大辱把我們一個個氣得癱軟在椅子上，誰也無力站起來憤然離去；對一個愛好啤酒的人來說，最大的羞辱莫過於給他喝沒有泡沫、走了味的啤酒……

露倩卡和巴芙琳卡像我們一樣，絲毫沒料到等待牠們的將是什麼樣的命運，牠們在大大小小的箱簏間穿來穿去，幫忙收拾廚房用品，整套整套的刀具——這是諾瓦克先生心情愉快時用來切肉的，在這種日子，他菜單上供應的主菜起碼有六種之多，而在他情緒不佳時，連香腸和塗抹奶油的麵包也一概全無。就在這時，諾瓦克先生叉開兩腿，雙臂抱在胸前，準備對我們講一番可怕的話了。這些話必定滿含敵意，是他過去有、現在有，今後也將帶到別處餐廳去的一種敵意，因爲他的仇恨不是針對我們和我們的姓名，而是針對所有顧客來的。他豎起一根手指，我們瞪大眼睛望著他，有幾位甚至緊張得站了起來，不過大家的目光卻不約而同地投向諾瓦克先生的這根手指，恰如自行車車輪上的輻條一根根都集結到軸心似的。但諾瓦克先生的手指卻縮回了，他揮了一下手，彷彿對我們說什麼告別的話已屬多餘，他用這個手勢詛咒了我們，就像《最後審判》那幅畫上耶穌詛咒那些背棄信仰的罪人，讓他們萬劫不復一樣……

諾瓦克先生的小兒子弗拉嘉這時推門進來了，他天眞爛漫、一臉稚氣地偎依著我們。諾瓦克先生的小女兒米拉也跳著舞進了門。她現在已戴眼鏡，臉上垂著一方面紗，兩隻手臂高高地舉在空中，一心想飛身騰躍卻做不到。她舞得那樣專注，讓店裡原本就緊張的氣氛顯得更爲緊張了。小姑娘在一張張桌子中間舞著，彷彿在向我們告別，一雙晶亮的眼睛閃著光，面頰緋紅，爲我們做最後一次表演。她舞著舞著又出了門，舞進了黑暗。小弗拉嘉跟在她的背後，砰的一聲關上了店門，用力這樣猛，震得所有的小牌子都叮叮噹噹地響起來。我們於是一個接一個離開了餐廳，分手後各自抄最近的路走回家，心裡又委屈又沮喪，而且飢腸轆轆，急於到家吃幾口剩菜，或者啃幾片塗奶油的麵包，而剛才出門赴宴之前，卻是連家裡的烤肉都不屑一顧。

第二天，諾瓦克先生搬家了，當最後的箱篋裝上卡車之後，諾瓦克先生從小屋裡抬出一個小筐，裡面有六隻小貓崽。露倩卡和巴芙琳卡在等待主人把小筐和牠們自己一起抬上卡車。不料諾瓦克先生鎖了店門，卻逕自走去坐進卡車，撇下了露倩卡和巴芙琳卡。牠們坐在平臺的矮圍牆上，小貓崽從筐裡爬了出來，笨拙地鑽到露倩卡的肚皮下面。卡車漸漸駛遠，露倩卡和巴芙琳卡孤零零地留在那裡，呆望著搖搖晃晃的卡車顛簸遠去的方向。牠們依舊深信這只是暫時的，主人僅僅是到什麼地方度假去了，早晚要回來，也許稍稍遲些日子，但一定會回來。然而諾瓦克先生已經不再回來。

天開始下雨了，露倩卡和巴芙琳卡把小貓崽拖到餐廳的牆邊，穿過柱腳旁的一個窟窿眼，拖進地板下面陰暗、低矮的洞穴，之後牠們便坐在公路邊緣，一動不動地望著主人該回來的那個方向。可是主人沒有回來。來了幾名陌生人，過一會兒又走了。其後又來了另外幾個。當他們打開店門時，露倩卡和巴芙琳卡跑了進去，匍匐在火爐旁，但陌生人把牠們攆出門外，大聲呵斥，還朝牠們跺腳。露倩卡和巴芙琳卡又一次靠近。以前不是人人都那麼寵愛牠們嗎？牠們已習慣了愛撫，然而現在這些人卻對牠們跺腳。露倩卡和巴芙琳卡只得鑽進爐柵。可是當牠們稍稍探出小腦袋，雖然這並不妨礙什麼人，卻馬上被趕了出來，攆進樹林。之後有一陣子靜悄悄的，沒什麼動靜。露倩卡和巴芙琳卡已學會到排水溝去找水喝。

有一天，一輛卡車駛來，它跟諾瓦克先生坐著離去的那輛一模一樣，車上跳下兩個人，他們打開店門，把箱篋什物搬進廚房和那幾間居室。隨後兩人開始打水洗地板，洗廚房用具，一面洗一面嘴裡罵罵咧咧，因為諾瓦克先生留下的餐具正是餐桌上撤下來的那個樣，杯子裡殘存著咖啡渣，到處又髒又亂。這是餐廳易主的慣例，好讓新來的業主領教一下開餐廳不易。

第二天，我們這些顧客都聞風而至，大家高興萬分，因為又將有稱心的餐廳了。業主是兩兄弟，他們立刻向客人們亮出了經營宏圖：菜單上列出的主菜將有七大樣，啤酒有可能弄到比爾森產品，起碼也是波波維采的。我們於是再度興高采烈，又要了一份肉雜燴和牛肚湯。兩位年輕人精神抖擻，手腳很麻利，說是想掙錢買汽車，說他們的店天天營業，杯盤的叮噹聲將從早響到深夜，中午也不休息。兩人還指著地板要我們看洗刷得多麼乾淨，說這就是他們的商譽……說得大夥兒心裡熱呼呼，只有我卻不以為然。因為當巴芙琳卡和露倩卡跑進店裡，跳到我們膝上或在菲拉克牌火爐旁臥下時，新店主馬上把牠們提在手裡扔出門外，還對牠們大聲叫嚷，說講究衛生和養貓勢不兩立。

就這樣，巴芙琳卡和露倩卡再也不能走進飯館了，牠們驚惶地瑟縮在平臺的矮牆上。雨季開始後，小貓崽一隻隻相繼死去。又過了些日子下雪了，巴芙琳卡和露倩卡完全陷入絕境，牠們又習慣性地跑進餐廳裡，僅僅希望能允許牠們在那裡稍微暖一暖身體。可是店主用笤帚驅趕牠們，或把牠們踢出門外……後來有過多少次我伸手想撫摸牠們，但巴芙琳卡和露倩卡對人類已失去信任。因而當小飯館裡留聲機樂聲震耳，爐火燒得紅旺旺時，露倩卡和巴芙琳卡一見有人走近便拔腿逃竄，躲避每一個人，等店門關上後卻又踅回來，靜靜地坐在門畔，眼睛呆望著門把：會不會有一天牠們的好主人諾瓦克先生回來幫牠們打開這扇門呢？

但諾瓦克先生沒有回來。於是露倩卡和巴芙琳卡，雖然還只是兩歲的小貓，卻衰老了，頭上的毛像老聖伯納犬一樣耷拉在腦門上，餓成皮包骨。由於無處可以容身，牠們只得蜷縮在餐廳的地板下面，那是從緊挨公路的一個通風口鑽進去的。在這裡，牠們看著汽車怎樣駛近，看著過路行人怎樣走來解開褲襠對著通風口小便；牠們蜷縮著睡在這裡，頭頂響著跺腳聲、靴子聲、椅子拖動聲和人的腳步聲。可是牠們沒有從洞穴裡出來，即使出來也只在黑夜，出來啃幾口人們扔掉的冰冷的、有時凍得硬梆梆的殘餚剩菜。在滴水成冰的隆冬時節，露倩卡和巴芙琳卡在地板下面只得緊緊依偎在一起，彼此吸取一點對方身上的熱氣。

儘管如此，每天夜晚，餐廳裡顧客盈門，喧鬧的樂聲中夾雜著醉漢的歌唱，露倩卡和巴芙琳卡這時仍會跑到平臺，跳上一個裝著泥土的小木箱，那裡面種植的天竺葵已經乾枯、凍壞。露倩卡和巴芙琳卡並排坐在上面，一動不動地透過一扇窗戶凝視著燈光明亮的餐廳，望著燒得旺旺的菲拉克牌火爐。也許牠們在夢想或回憶著那樣的時光，牠們安逸地躺在火爐旁，時而把身體蜷成一團，時而舒開四肢，時而翻身仰臥，讓身上的各個部位都烤得暖暖和和。每一次，當我看見牠們這樣坐在那裡，便不由得把腳步放輕。我看到了牠們那兩雙好奇、熱情的眼睛。牠們似乎在餐廳裡望見了什麼東西，一種叫作希望的東西，是對昔日美好時光的回憶。我看到，對露倩卡和巴芙琳卡來說，望一望餐廳裡的這個景象，就足以讓牠們生活在希望之中，相信那一天會到來：諾瓦克先生會回來，那位寵愛牠們，牠們也熱愛的諾瓦克先生。

牠們就這樣長時間地凝望著窗戶，直至寒冰開始在窗玻璃上繪出花朵，不是希望的花朵，是美麗的冰花。當飛雪和冰霜鐫刻的畫面遮擋了一切，露倩卡和巴芙琳卡什麼也望不見了時，牠們便悄悄跳下木箱，鑽進那個因小便而結冰的洞口，在地板下面艱難地曲曲折折爬到煙道與菲拉克牌火爐相銜接的地方。在那裡牠們把身體蜷成團，這個搭在那個的身上，睡在塵土裡，腦袋相互埋在爪子和頸脖下面，噴著鼻息，嘆著氣，睡著了，思念那些美好的時光，相信這樣的時光有一天會回來，因爲這家餐廳是牠們主人的，因而也是牠們的。

後來，每天我在走進餐廳時，我的手按在門把上總不免猶豫片刻，心裡自問：進去呢，還是不應該進去？然而，我是個意志薄弱的人，我進去了，由衷地向兩位新店主瓦茨拉夫和盧勃什問好。這兩位店主雖然廚房收拾得很乾淨，雖然備有菜單，雖然帶來了其大無比的留聲機讓大部分顧客興奮若狂，但是在菲拉克牌火爐旁烤得暖烘烘的是兩把小鏟——一把鏟垃圾，一把鏟煤塊，而那地方本該躺著露倩卡和巴芙琳卡……現在這兩隻貓卻坐在種花用的小木箱上，彷彿窺伺老鼠出洞似的舉著一隻前爪，眼睛則專注地凝視著溫暖的餐廳，那神態活像兩個踅到飯館窗口來，站在這裡看出了神的老太婆，窗戶裡面消防隊員的盛大舞會正在進行。今晚寒風格外凜冽，窗玻璃上冰花織成一張窗幔，遮掩了裡面的世界，一個對露倩卡和巴芙琳卡來說如此珍貴的世界……

最美麗的眼睛

小時候，我沒有名字，但我很幸福，因爲我跟媽媽和弟弟在一起。我們生活在樹林裡，在林間空地上嬉戲撒野。晚上我們去草坡吃草，但我們最喜歡去田野。站在麥田裡，看媽媽的臉色我們就知道這個地方最棒了，因爲只需稍微抬起頭，在田野中央媽媽就能眼觀六路，再根據翻滾的麥浪判斷出危險自哪個方向在接近我們。她發出溫柔的呼喚，我們便朝媽媽奔去，跟在她背後跑起來。無論媽媽跑向哪裡，我們都一路跟隨。然而那一刻到來了，媽媽不再照管我們，經常自己跑開。我看到，或許爸爸在等她；我看到，她循著爸爸的聲音跑去。爸爸非常英俊，看上去甚至比媽媽還要美，因爲他的腦袋上長有小松樹枝，很好看。

媽媽一次又一次跑去找爸爸。爸爸長得跟我很像，只是個頭更高大，麥穗僅夠到他的脖頸。那景象特別美：當爸爸的脖子和飾有小樹枝的美麗頭顱在麥田裡起伏奔跑，媽媽緊隨其後，帶著同樣強烈的渴望、同樣的力量，就如同我跟在她背後奔跑那樣。媽媽在離開之前，總會輕聲吩咐我們說，不管發生什麼事，我們必須待在媽媽爲我們鋪設的巢穴裡。於是我和弟弟並排躺著，緊緊依偎在一起；陽光照在我們身上，麥子隨微風在我們頭上時開時合，發出颯颯的響聲。我們靜靜地躺著，怕別人發現我們的蹤跡，這是媽媽叮囑我們的話。

但是有一天，媽媽離開我們去找那隻美麗的角鹿之後，突然傳來奇怪、可怕的聲響，轟隆隆似風暴來臨；太陽不見了，我們渾身發冷，之前給予我們溫暖的天空，此刻逼近而來的是那種轟鳴聲，雖然暖和的陽光又照到我們身上，我們依然凍得瑟瑟發抖。轟響聲越大，我和弟弟就依偎得越緊，回想媽媽溫柔的嗓音也不管用了，媽媽說過，要我們別害怕，別到處亂跑，她很快就回來。

我們眼前突然漆黑一片，轟響和噪音那麼恐怖，嚇得我忍不住跳起來，忘記了媽媽囑咐我要待在窩裡睡覺。弟弟也跳了起來。有一個巨大的、像穀倉的機器，它張開血盆大口，吞吃了我們的小麥，一步步逼近。我感覺它要吞噬我們，於是我跳到一旁，拚命逃跑。我聽到弟弟在號哭，然後朝我跑來，那個穀倉從我們身邊慢慢駛去，在背後留下一堆烏雲，等烏雲沉靜下來，我發現自己完全裸露了，我們之前生活的田野也變得光禿禿。那個大傢伙走遠了，還在吞吃我們的麥田。

現在我看清楚了，弟弟走路一瘸一拐，少了一條腿，腰部在流血。那條腿，我們躺在一起時曾依偎倚靠，曾跟隨著媽媽一起去吃草，此刻那條腿僅連一層薄皮，弟弟費力地拖著它，然後躺倒在地。我看到，弟弟的臉色煞白，那個遠離我們的可怕大傢伙，它調頭又逼近過來。就在我們以爲將再一次被它吞掉時，媽媽的呼喊聲自另一頭傳來，我開心地跑過去，可是弟弟跑不了，他只能爬，那條傷腿在他背後拖曳。媽媽的呼喊聲那麼有力，像一條繩子把我和弟弟拖拽了過去。媽媽低下頭來，舔去弟弟腿上流淌的血跡，慢慢把我們從小麥田帶進小樹叢，藏在樹枝間；那些樹枝看起來很像爸爸頭上的鹿角。然後媽媽把我們安置到樹蔭裡，舔遍了弟弟的傷腿。她俯下身體，當她抬起世上最美麗的頭顱時，我看到，淚水從她那雙世上最美麗的眼睛裡潸然而下。弟弟的傷腿留在小麥田，他用三條腿一瘸一拐地跟在媽媽後面，那條傷腿則留在青苔上。媽媽領我們到森林深處，到僻靜的禁獵區。

不久之後，我已經覺察不到弟弟只有三條腿，而是跟以前一樣，只是我們的田野光禿了，從四面八方都能瞧見我們。媽媽寧願跟我們一起睡在樹林邊，躺在小樹下，那些小樹的年齡似乎跟我們一般大。晚上我們出去覓食時，媽媽用身體的一側托扶住弟弟，弟弟在吃草時，她會緊緊靠著他，以此來替代他那條失去的腿。我們不再隨風奔跑，而是小步急走，因爲媽媽必須停下來等弟弟，三條腿的弟弟跑起來比我們慢多了。在寒冷的夜晚，氣溫一天比一天低，而我們一如從前依偎在媽媽身旁，始終吮吸著她甘甜的乳汁，睡得平靜安寧，而媽媽卻不睡，抬起頭保持警戒，留意那個龐然大物是否會再次出現；之前它吞食了所有的莊稼，吞掉鹿崽、弟弟的小腿，以及擋在路上的一切。

這段時間裡，這時光啊，我最愛凝視媽媽的眼睛，看得越多，我就越發希望可以永遠看到這雙眼睛；它從中折射出深情、無憂和信任，它注入我的身體，直接投入我的眼睛，讓我希望一直可以延續……和媽媽眼睛很相像的，是我那只有三條腿的弟弟，母子倆的眼睛幾乎一模一樣，但媽媽的眼睛稍微大一點。每次媽媽的眼睛望著我時，我都深陷其中，彷彿在小溪裡游泳，或者在森林池塘中洗澡。每當我看著媽媽的眼睛時，我能看到弟弟也在注視這雙眼睛，這下我們倆一同在媽媽的眼睛中游弋。媽媽就是擁有如此的力量，把我們攝入她的雙眸，就像把我們喝下去，以她溫暖芬芳的軀體遮擋我們，因爲媽媽的身體如同她的眼睛一樣，散發出溫馨和安詳。

當我們靜靜地躺在媽媽的懷裡，靠在她的肚子上，我們能聽到媽媽心臟的跳動，跟我們的一樣，只有當媽媽掃視到令她不安的動靜，當她深吸一口空氣，確定空氣裡有可能出現對我們產生威脅的異樣時，她的心跳會變得激越，我馬上感覺自己的心跳也隨之加快，就如同我也遭受跟媽媽一樣的驚嚇。然而當危險離去，媽媽平靜下來，我的心跳也隨之平和，重新把腦袋倚靠在媽媽的懷抱裡，慢慢睡去，媽媽會優雅地蜷縮起身子，把我們倆擁進懷抱。

當在媽媽的懷抱裡感到燥熱時，我會把一條腿從媽媽的腿間伸出去，頭則伸到媽媽的頸下，弟弟的腦袋也靠在那裡，我們倆在媽媽的頷下呼吸著，而媽媽呼出的氣息輕撫我們的脊背，這一刻，我們，至少我，別無他求，只要能夠一直這樣和媽媽在一起，什麼也不需要，什麼也不奢望，什麼都不考慮，因爲我們這兩隻幼鹿，專屬於這隻世上最美的雌鹿。媽媽她是我們遇過的最美的紅鹿。

然而那一刻來了，媽媽變得焦慮不安。當夜晚降臨，每時每刻從森林裡傳出槍響，我看到，隨著槍聲，我們的同類在拚命奔逃，然後出現讓媽媽膽戰心驚的煙霧。我突然看到，跟我們一起奔跑的還有其他小鹿的媽媽，跑著跑著慢下來，然後栽倒在地，腰部流出鮮血，血染紅了她美麗的紅色皮毛。樹林中跑出幾個人類來，穿綠色外套，手裡舉著槍，就是那種鐵器，能發出響聲，冒起縷縷煙霧。那一行人趕到被擊倒的紅鹿旁邊，其中一人掏出一個白光閃爍的東西，彎下身，用那個明晃晃的東西在那個陌生媽媽的脖子上一抹，鮮血再次湧出，就像那次從我弟弟的斷腿中流出的一樣，只是更加洶湧。

我們也撒腿狂奔，但媽媽不得不停下來，扶住缺了一條腿的弟弟。媽媽一停，我也只得停下來，心裡有一種不祥的預感，因爲我知道，那些穿綠衣服的人，不像我們那樣四肢著地，他們直立，卻用後腿穩穩地跑，倏忽間，其中一個趕到我們面前。弟弟跑不了了，媽媽站著沒動，爲了攙扶住弟弟，隨後便是一聲巨響，我僵立在那裡，驚恐得說不出話來。我看到媽媽摔倒在地，又艱難地往前跑了幾步，然後再度倒下，鮮紅的血從她腰間汩汩湧出來，玷污了她最珍視的那身華貴的皮毛。多少個寒風凜冽的夜晚，我們躲藏在那皮毛裡，依偎著取暖。我和弟弟聞聲朝側翻在地的媽媽跑去，用鼻子嗅著，呼喊：「媽媽，快跑！這次我們倆來攙扶您。您起來，跑吧！我們趕緊離開這裡，跑到小樹林的空地去，那掩映在灌木叢和樹林裡的空地，到了那裡我們給您療傷。我們像以前那樣重新在一起；如果您覺得痛，我們給您暖和身子，現在由我們來看護您，因爲過不了多久我們就長大了，長得跟您一般大……」

然而媽媽臉色慘白，直挺挺躺著。我們從未見過她那樣子，身子側翻，瑟瑟發抖。我聽到了媽媽的心跳聲，我夜夜倚靠的胸膛裡那顆心臟的搏動。當我們沐浴在陽光下，這顆心跳得舒緩。此刻它的跳動更加緩慢，微弱得如同露珠從灌木枝頭滴落。當我望進那雙世界上最美麗的眼睛時，我看到大滴的淚珠自媽媽的眼角緩緩滑落。她發出一聲哀嘆，裡面包含一種指令，要我們趕緊跑，往各個方向逃，逃離這致命的災難。而那些給她帶來苦難的穿綠衣服的男人們，正慢慢逼近。

正當我們想依照媽媽的囑咐，準備四散逃開時，又一聲巨響傳來。我看到弟弟一躍而起，就像平日我們倆嬉鬧時那樣，跳起來用兩個腦袋相撞。弟弟向上躍起，被什麼東西一撲——那個可怕的東西曾擊倒媽媽——而後側倒在地，腳爪不停地刨著泥土，鮮血隨之湧出，染紅大片……

我不再逃跑，返身回到媽媽身邊，望著她的眼睛。我看到，媽媽此刻的目光已經異樣，那曾經溫暖我、給予我力量和快樂的眼神已經飄散，彷彿媽媽的靈魂游離了，留在這裡的僅是一身皮毛和一具心臟不再搏動的軀體。她直直地躺著，全身僵硬，我也從她的眼睛裡消失了……

隨後兩個穿綠制服、綠大衣和膠皮靴的男人走來，他們將一根樹枝塞入媽嗎和弟弟口中，就像我們當初在草坡啃齧雲杉樹的嫩枝那樣。那兩人摘下頭上的帽子，站了一會兒，其中一人把一根白色的小棒子塞進嘴裡，而後吐出白色的煙霧，跟媽媽在清冷的早晨口中飄出的霧氣一樣……

然後他們瞥見我，驅趕我走。但我自小跟媽媽在一起，這裡躺著的是我的媽媽，我的兄弟，我怎麼捨得離開。這時，一部小穀倉樣的機器朝我開過來，在田野裡駛來駛去的那種，發出轟鳴，穿四隻橡膠靴子，如同那些穿綠色制服的人一樣。那些人把媽媽和弟弟的後腿分別捆綁起來，機器再次轟響，媽媽和弟弟被拖到了田野裡，他們無法站起來了。我緊緊跟隨那機器，走上前嗅了嗅媽媽，一路小跑緊跟在那些人後面。然而那些兇惡的綠衣人不停地把我往外轟，於是我佇立在原地，眼睜睜地看著他們把媽媽和弟弟丟上一輛車，那輛車裡還躺著其他的媽媽和幼崽們……

車啓動了，那些綠衣人開心慶祝狩獵成功。我看到了他們的幸災樂禍，把死去的媽媽和弟弟從我的身邊奪走，他們非常開心。我跟在車後追著跑，希望那些綠衣人像對待媽媽和弟弟那樣也來給我一槍，讓我也被那個穿橡膠靴的機器拖走，躺在媽媽和弟弟身邊，在車上跟他們團聚。失去了媽媽和我那缺了一條腿的弟弟，我該怎麼辦？今後誰會在夜裡給我溫暖，餵我香甜的乳汁？誰又會保護我免受那些狂吠猛獸的侵擾？而我在夜裡驚醒時，誰來安慰我？最根本的是，當世界上那雙最美麗的眼睛在我眼前闔上，被丟入滿是泥濘的車廂拖走時，爲何我還待在這處田野，留在這片林子裡呢？

此刻的媽媽全身沾滿污泥，之前的媽媽向來光彩照人，皮毛潔淨柔滑，她還教我們怎樣清洗自己。我常常模仿媽媽的樣子，花一個小時梳洗自己的毛髮。我朝那些綠衣服的人跑去，希望他們也結束我的生命，既然這個世界已沒有媽媽和弟弟。然而那些綠衣人只是一直將我往外趕，抬腳踢我。當我被他們的橡膠靴踢了兩次之後，我停下了腳步，呆立原地。自此我常常站著，吃足了草就久久佇立草地上，放眼四周，看到身邊污泥一片，因爲那雙世界上最美麗的眼睛從我身邊消失了，那些人用那滿是污泥的車拖走了我死去的媽媽。媽媽，你在哪裡？

我成爲形單影隻的孤兒。夜幕低垂，濕寒沁骨，失去了媽媽的我茫然無依，迷失了方向。我只得自己扒拉樹葉，刨出一個小窩，不得不獨自去吃樹枝和青草，自己在灌木叢中穿梭找路，去林中小溪或是路旁水溝尋找水源，因爲媽媽不再出現在我身邊。我倍感孤寂的是，沒有了媽媽的體溫，沒有了那溫暖的、我曾吮吸甘甜乳汁的乳房，寒風夜雨穿透我的皮毛，冰冷刺骨。

我站起來，回到從前和媽媽一起待過的地方。頭幾天我不停地呼喚，低聲啜泣並側耳傾聽，期待我望眼欲穿的媽媽有回應，然而四下一片寂靜，闃然無聲，我驀然意識到自己眞的成了孤兒。如果媽媽在身邊，有那雙世上最美麗的眼睛陪伴，當她用溫柔的眼神凝望我時，我會以不同的心情面對眼前的一切，感覺自己長大了，然而現在我是個弱小單薄、蕭索寒天裡顧影自憐的孤兒，靈魂和內心充滿了哀傷。

有一天，我看到有個人走過來，背後拉一輛載有雲杉和松樹幼苗的拖車走入樹林。我曾在那些樹苗下的乾草堆上睡過覺。我看見那個人秀麗的臉龐，一雙眼睛尤爲引人注目。我跟在她背後，看到她從車上搬下那些幼苗，把它們栽種到地裡，再用一把銀色的鐵鏟幫它們鬆土。我目不轉睛地望著她，暗自希望她回過頭看我一眼，是否她也擁有一雙美麗的眼睛？而後我鼓起勇氣，朝她的車走去。那人回過身來，看著我，我下意識地想逃走，但沒有逃，而是立在原地害怕得渾身發抖，不知是否又會響起那可怕的槍聲和槍響過後的那縷白煙。

然而她只是望著我，看進了我的眼裡。我看到，她的眼睛跟我媽媽的眼睛何其相似啊——我那長有四條腿的媽媽——雖然她只有兩條腿，雙手正拿起樹苗把它們栽入泥土裡，周邊是林中空地，其後是一片松林。樹林靜謐無聲，鳥兒在枝頭婉轉啼鳴，有鳥鳴的地方就是天堂，幽靜並且沒有危險。我看見，那個人繼續望著我，柔情脈脈，突然她叫了一聲，那聲音很輕柔，就像媽媽幫我舔皮毛時那般溫和。我壯了壯膽，朝她跑近幾步，停在她面前，我的身體再次發顫，因爲我知道：現在不嘗試，就永遠沒有了機會……

那個人對我輕言細語起來，她的眼睛跟媽媽的一樣大，我整個裝進了她的眼眸，被她的目光包圍。我看得出，她並未覺得我有惡意，她喜歡我。她彎下身子，從提袋裡掏出一塊麵包遞給我，我伸了伸脖子。我和她之間始終保持一段距離，腦子裡總回想著槍殺和逃離的場景。在林中欣賞那雙眼睛，我想靠她近一些，然而身體不聽使喚，我渾身顫抖個不停。然後那個人上前幾步，把那塊麵包遞給我，我接過來，狼吞虎嚥吃起來，因為麵包散發出那雙美麗眼睛的芳香，那麼溫馨的味道。然後那人的膽子大起來，不似我那般膽怯，她走近我，伸出手撫摸我，我閉上了眼睛，腦袋緊貼那隻溫暖的手，它跟我媽媽的手一樣，散發出力量，注入我的體內。我暗自期盼她能一直這麼愛撫我，不由得伸長了脖子。

她拍了我一下，說：「樂桑，我以後就叫你樂桑了。」樂桑，樂桑，她反覆呼喚這個詞，那嗓音和她的手一樣散發出香味。現在那個人坐下來了，我站在她身旁，我們四目相視。她知道我沒有媽媽，是一個孤兒。她笑了笑，這笑聲讓我開心起來，不覺發出一聲歡呼，用前爪刨了幾下地。隨後那人把樹苗都栽入泥土裡，推起空車對我說：「樂桑，我要回家了，我還會再來的，嗯？」說罷，她拉起拖車，我跟在她後面，看見她走進樹林中的一棟房子，看見房屋牆面上釘著鹿角，那巨大的樹杈，跟爸爸頭上長的一樣；我以爲，這是像我一樣的小鹿的住所，因爲這個人親撫過我，還給我麵包吃。

整個上午我都守在灌木叢裡，等待那個人影再次出現；我望見她走出來，拉起滿滿一車樹苗，再次往我們第一次相遇的地方走去。我急忙朝她跑去，她呼喊我：「樂桑！」我跑到她面前，不禁又害怕起來；如此近距離靠近她的手，讓我全身顫抖。然而她打消了我的恐懼，走近來，撫摸了我一下，然後從包裡拿出一塊麵包來遞給我。我津津有味地吃下了她的掌心、她的眼睛發出的氣味，然後把腦袋埋入她的雙手，要她親撫我。她馬上明白我的意圖，開始撫摸我。我快活地圍在她身邊跑來跑去，突然像是在媽媽身邊那般快樂起來，我又跳又蹦，發出開心的叫聲，等我們走到那片林中空地，她又種起小樹苗，我站在一旁，注視著她。

中午時分，我嚇了一跳，一個身穿金鈕扣綠衣服的身影出現，肩上還扛著一根可怕的鐵棒，我倉皇地逃走了，以爲自己將遭遇跟媽媽和弟弟一樣的下場。然後我從遠處打量，那個身穿綠衣的身影緊挨我第二個媽媽身邊站著，悄聲和她聊天，我的第二個媽媽指了指我，那個綠衣人笑起來，點了點頭，第二個媽媽便朝我喊：「樂桑，樂桑！」我害怕得渾身散了架，連膝蓋都發出格格響聲。於是出現了這樣一幕，當我陪「新媽媽」到大門口時，從門裡走出一個跟我一般大的小男孩；新媽媽摸了摸我的脖頸，雙手遮住我的眼睛，我渾身瑟瑟發抖。後來感覺一雙陌生的手在撫摸我，手掌小小的，但是那手掌跟我新媽媽的氣味一樣。我睜開眼睛，看到那個和我差不多高的小男孩正摟著我的脖子，他的眼睛和我平視。這個男孩像我弟弟那樣偎依著我。我鼓起勇氣也挨近他。我看見他慢慢貼緊我的身體，我睜開眼睛，正好跟這個小弟弟對視，他像我的親弟弟那樣親了我一下，我也斗膽舔了舔他的臉。男孩咯咯笑起來。現在我知道了，他的媽媽正是那個人，她也是我的媽媽，這下我不僅重新有了媽媽，還有了弟弟；我舔了舔他伸出的手，男孩對準我的耳朵喊：「樂桑，樂桑！」我幸福極了，一下子回到了以前。

樹林裡很冷，當護林員小屋亮起了燈，我躡手躡腳走到窗戶底下，透過窗子往裡看。我看到小男孩正趴在桌子上寫字，男主人在傍晚時分已不再穿那件綠衣服，換上了白襯衫。當他身穿白襯衫時，我就不害怕了。新媽媽坐在桌旁讀書，突然一陣寒氣襲來，我不覺思念新媽媽的眼睛，按捺不住走過去，勇敢地用頭拱大門，把鼻子貼到門上。我聽見屋裡穿白襯衫的男主人驚悸地發問：「這麼晚了，是什麼東西？見鬼，誰來家裡了？」我媽媽喊起來：「一定是樂桑。」說著她拉開了門。我站在門口，注視著她的眼睛，她伸手摸了我一下，用雙手示意我進屋裡。「我沒猜錯吧。」她說。白襯衫男主人擺了擺手，說：「樂桑，既然你來了，那就坐在這裡吧。」

我蜷縮在角落裡，那裡眞暖和，身上的雪花瓣瞬間融化成水滴，我的皮毛開始冒出水氣。我把目光轉向了衆人注視的地方，看到方櫃裡的畫面在移動，畫面中的人們坐在機器上，那東西發出聲響和嘈雜的噪音。我還注意到，人們在暴風雪中奔跑，叫嚷著，開槍，然後摔倒在地。看著看著我害怕起來：他們互相對射的時候，也會掃到我呀，可他們爲什麼不能像槍擊媽媽和弟弟那樣也對我開槍呢？

我把目光轉向小男孩，看到他還活著，穿白襯衫的男主人也活著，我的第二個媽媽正觀看射擊的場面、惶恐的人們和那些機器，可她也活著呢，她坐在那裡，爲從方櫃畫面上看到的一切而心滿意足。男孩站起來，又坐下，眼睛一直盯著畫面沒有挪移。他抱住我，輕聲對我說：「別怕，樂桑，沒有人會打你，只有人才會互相射擊。你知道嗎？這是電影，在電影裡倒下的是人，你明白嗎？」我什麼也不明白，但我感覺自己是安全的，就像透過窗戶看窗外風雪狂舞，窗戶這邊的屋子裡溫暖宛如在火爐旁。我看到，第二個媽媽的手放在桌子上，撫摸著身穿白襯衫的男主人的手，他的手也撫摸著新媽媽的手；我看懂了，當新媽媽撫摸某一個人的時候，這個人一定是個好人，跟我一樣善良，只不過僅在他身穿白襯衫的時候，因爲一旦穿上金鈕扣綠外套時，他就會有一雙金色的眼睛，變成那隻金睛白牙攻擊我的黑狗。我站起來，膝蓋再一次顫抖。我走到桌旁，把腦袋放到白襯衫男人的雙膝間，閉上了眼睛。「樂桑，」白衣男人說：「你來找我啦？」他撫摸著我，頃刻間，我被一股暖流包圍。小男孩也跑了過來，把腦袋挨近我的腦袋，貼著我的耳朵對我說：「樂桑，樂桑，我不會把你送給任何人的。」我的第二個媽媽也站起身，跪下來看著我的眼睛，用雙手捧住我的頭，凝視著我，我淚流滿面……

同時，我背後的方櫃裡再次槍炮聲和機器聲大作，人們為了獲勝，一直掃射不停。只是我看不懂，我就害怕那射擊和喊叫聲，所有人都在叫嚷，互相對著喊，不停地跑，活人身邊躺了一堆死屍。然而那些活著的人，因為活著，繼續在奔跑；不停地射擊，為了不久之後也死去，為了那些剩餘的活人在臨死前能一直掃射。

於是每天晚上我都去護林員小屋看電視，男主人為了我脫下身上的綠制服，拿掉金色眼鏡，換上白襯衫，同時他的眼神幾乎與他兒子和妻子一模一樣。在下雪的日子裡，我從村裡帶走兩個袋子，裡面裝了兩塊麵包。我已明白，這是我應得的腳力費，我驕傲地徑直走進店舖，小男孩在我背上扔下這兩個裝有麵包的袋子。其他時候，他在我胸前套上繩索，我輕鬆地拉起雪耙犁。但是我最喜歡去迎接新媽媽，她打老遠就用美麗澄澈的眼睛望著我，於是我狂奔起來，為了盡早跑到她身邊。好一會兒我們倆都不說話，但我清晰地感覺到，從我的身上正湧出一股暖流，我的媽媽身上也是；我們彼此互相需要，如果沒有她，我在這世界上難以生存，或許早已不在世，因爲除了她，在這世上我沒有任何親人。我已經不再去草地吃草，因爲我得到了食物：馬鈴薯、麵包、甜菜和白菜，而且我住在柴棚裡，躺在乾草堆上。只要有空，我就圍繞房子巡視，像個守衛，除了自家人，不讓任何人進屋裡。我時刻處於戒備狀態，腦袋低垂，一看到那雙金色的眼睛馬上衝出去，準備襲擊，就像從前對付那隻金眼睛的黑狗那樣。

我喜歡就這樣拉著雪橇，載著小男孩，穿梭在林間小道，我知道該走哪條路而不讓雪橇傾翻。我們盡情玩耍，甚至在陽光照耀的日子裡，我和男孩一起在暖融融的乾草堆上睡著了，或者緊緊依偎在火爐旁，身上烤得比那火爐還暖和。到了晚上，大家一起看電視，雖然我不是什麼都懂，但只要女主人的眼睛盯著電視，我也會朝螢幕上滾動的畫面看去，因爲女主人和她孩子做的事不會是壞事，所以不管他們做什麼，我都喜歡。還有她的丈夫，當他脫下金鈕扣綠外套，穿上綠毛衣時，我就不再緊張，到最後我連金鈕扣都不怕了，因爲他一見到我，就會招呼我，摸摸我的腦袋，從口袋裡掏出糖來餵我。但他似乎是怯懦的，他的眼睛低垂，不跟我的眼睛對視，我也一樣，只要他看著我，我接過糖，馬上垂下眼瞼，任由他親撫我，內心很享受。但他離去時，我對他有點依依不捨，大概他也是喜歡我的，但我的眼裡只有他的妻子，我迷戀她那雙眼睛，就如同陷入了林中冰湖那薄薄的冰層。

這時節，雨水開始灑向地面的積雪。我的第二位媽媽已經不像以前那樣去樹林裡栽樹，而是騎著空車出門，腳蹬橡膠靴在雪地裡跋涉。她砍下許多小樹苗放進車裡，捆綁好，拉到護林員的小屋前。女主人把松樹和雲杉卸下來，穿綠制服的先生囑咐我守護好那些樹苗。隨後人們陸陸續續前來，有的開車，有的騎自行車，或者步行前來，他們把樹苗攤開，挑選一番，尋找自己中意的，那位穿綠衣服的先生在一旁開單子，那些人付完錢就帶著樹苗離開了。

有一次我陪女主人回家，在屋外站著時，透過窗戶看見一頭稻草般金髮的男孩在寫作業。我想要他跟我一起出去玩。女主人進屋後，透過窗戶我看出來了，她大概說：「你出去玩吧，樂桑在等你。」男孩抬頭往窗戶外望，揮了揮手。他走出來，把手搭在我的脖頸上，我真想和他一起玩，可是男孩告訴我，今天他們要回家去，裝扮聖誕樹。我沒聽明白，但隨後我懂了，怪不得人們拉走那些樹苗。

男孩挑了一棵，其中最好看的一棵樹，帶回家，然後把小樹立在房間中央，抱來幾個盒子，打開，逐一拿出閃閃發亮的小物件，掛到樹上。他告訴我：「這是煙花，這是蠟燭，你知道嗎？」他點亮幾根小蠟燭，真是溫馨美麗啊，而窗外天色陰沉。

我驚訝地欣賞著聖誕樹上五花八門的裝飾，男孩又抽出銀色的枝葉跟我說：「這是天使的頭髮，你知道嗎？明天晚上就是耶穌誕生的日子，天空中會有銀色小鹿拉著繫鈴鐺的雪橇飛過，雪橇會拉來聖誕老人和禮物，你知道嗎？」然後小男孩在我脖子上繫了一條紅絲帶，紅絲帶上掛了一個銀色鈴鐺。屋子裡的聖誕樹一閃一爍，每一根枝杈上都掛有玻璃鈴鐺，還有包裹在金紙和銀紙裡的巧克力。男孩給我嘗了一塊巧克力，美味極了。然後男孩爬上椅子，在聖誕樹的樹尖上插一顆大大的閃閃發光的星星，那顆星往四面八方散發出光芒。

我們往外走入院子，進了儲藏室，男孩在裡邊精心挑選蘋果，花費很長的時間。他挑選那些小巧而鮮豔的蘋果，在聖誕樹的每條樹枝上掛一顆，然後說：「這是童貞果，就跟你一樣。」這時，穿金鈕扣綠制服的先生走進來了，他的眼睛因怒火而冒出金光，一如那些金色的鈕扣。他一進屋，就氣呼呼地甩下身上的外套，穿著白襯衫站在那裡。我的女主人跑過去，合掌問道：「天哪，出了什麼事？」穿白襯衫的先生一拳捶到桌上，嚇得我蜷縮到角落裡。先生吼起來：「我剛去學校，你知道我們這位少爺怎麼跟女老師說話的嗎？老師要他把作業帶到學校去，而這搗蛋鬼卻說：『你是貓頭鷹，你自己去取好了！』老師絞著雙手，感嘆道：『孩子在偏僻的林區太孤單了，導致行為有點怪異，他還在成長，會變好的！』」

然而我看出穿白襯衫的先生並不認同老師的話，他圍著聖誕樹來回踱步，吼道：「不會變好了，我必須懲罰這小子，簡直無法無天！以後不准再跟樂桑瘋鬧，不准出去滑雪橇，必須跪下向我保證，下不為例！」可男孩說：「爸爸，我沒這麼說，那是我身體裡的聲音說的。」先生怒吼道：「跪下，馬上去學校道歉！」男孩說：「我不道歉。」先生怒吼：「你必須道歉！」男孩說：「我不……」

白衣先生金色的眼睛怒不可遏，咆哮道：「造反了你！這都怪那個樂桑！叫他從屋子裡滾出去！」男孩子一把摟住我，喊道：「爸爸，我什麼都認了，就這件事不行！」然而白衣先生喊道：「叫樂桑從家裡出去，愛幹嘛就幹嘛，叫牠找自己的同伴去，馬上就走。你，給我跪下，不然我斃了你！」白衣先生大喊著，拉開了衣櫃，我看見他拿出那個可怕的會吐出白煙的死亡鐵棒。我撒腿就跑，猛一跺腳飛躍而起，驚恐之下用頭頂開窗戶，撞碎了玻璃，玻璃碎片飛濺。我飛出窗戶，跳到花園的雪地上，越過圍欄，跑入了樹林。我跑啊跑，一直跑到林間空地。我不停地跑，迎面的野兔也驚慌失措跑過去，但我對牠們視而不見，我實在嚇傻了。

我沒有再去那裡取麵包，也不會再得到麵包片了。我不會再有機會跟小男孩一起裝扮聖誕樹，也不會有人摟住我的脖子，在我的背上搭上濕漉漉的泳衣；我不會再去看護聖誕樹苗，也不會到護林員小屋去看女主人那美麗的眼睛了。我不顧一切跑著，野兔們慌不擇路，跑得後腿快甩到耳朵上邊。有幾隻兔子摔倒在地，有幾隻兔子慘叫起來，摔斷了腿，還有幾隻兔子在原地繞圈跑，因爲已經瞎眼。

等我停下腳步，我看見在遠處，四面八方圍上來一群穿金鈕扣綠制服的男人，帽子底下金色的眼睛燃燒著火焰。他們手裡都端著槍，那種在電影裡給人還有野兔帶來傷亡的工具，每隔一會兒他們把槍扛到肩上，隨著槍響，三隻兔子在奔逃中應聲倒地。我們被金鈕扣和金色眼睛的男人們團團圍住，我想猛衝出去，衝出一條路逃回去，突然腹下一陣劇痛，我知道那個槍彈終於找上我了。巨大的疼痛讓我收緊腹部，我以最快的速度飛奔著，爲了盡早跑到我的女主人身邊。奔逃過程中我似乎望見了護林員的小屋，看見我的女主人從屋裡跑出來，她邊跑邊大聲呼喊：「樂桑，樂桑！」然而我跟那些兔子一樣，一個筋斗栽倒在地，側身而臥，鮮血從我身上淌出，我看到自己的腰部露出跟媽媽和弟弟一樣的傷口。我踢了踢蹄子，無法動彈，我蹬了蹬腿，已經走不了路。我翻過身去，舒展開身體，我只會呼氣，好像背上馱了一百個裸麥麵包，好像拉了一輛載滿森林圓木的雪橇，沉得連腿都抬不起來，費力翻身的動作和費力的呼吸幾乎耗盡了我的體力。

然後，我看見我的女主人躍過田野的斜坡跑來。我的腦袋枕在雪地上，她不停地呼喚：「樂桑！樂桑！」她越來越近，我的眼睛已經支撐不住，快閉上了。女主人終於跑到我身邊，跪下來，雙手合十朝天舉起，她對那些逼近的金扣綠衣的男人們喊道：「你們都做了什麼呀！這是我的樂桑。」其中一名金眼男子說：「這可是聖誕慶典准許的獎品。」

我的女主人朝我俯下身來，她凝視著我的眼睛，我看到這雙世界上最美麗的眼睛俯向我。這樣的眼睛，我的媽媽曾有，現在我的第二位媽媽也有，這雙美麗的眼睛裝進了整個世界，包括我……

媽媽，你在哪裡？

盛宴

你們從來沒有見過，也沒有機會見證到我們親歷的事情。那天我們在收割飼料用玉米，揚內切克突然大喊：「這裡有一頭野豬，巨大的野豬，快把我的槍拿來！」於是我飛奔而去，幫他取獵槍。

我們的曳引機已經在農地裡繞圈收割一個星期了，玉米田僅剩中央那一塊，像個小島，野豬就躲藏其間。於是大家小心翼翼地在玉米田裡弄出聲響，一頭笨重的野豬猛地撞出來，嚇我們一大跳。你們從來沒見過這樣的事，也沒有機會再見到了。揚內切克，那個瘸腿獵人，把獵槍抵在肩膀上，射出了子彈，但野豬繼續逃竄，跟揚內切克一樣一瘸一拐，雙方的速度都慢了下來。我們跟在他們背後追趕，不為別的，野豬肉在我們眼裡是無與倫比的美味。因此，我們追啊追，時常不得不停下來等瘸腿的揚內切克趕上。我們越過田野，沿一片小樹林朝國道跑去。

唯一讓野豬放緩速度的，嗯，這你們從來沒有見過，當野豬一竄上柏油路，恰巧迎面駛來一輛特拉貝特轎車，輪胎擦過野豬的腦袋，隨後車子滾進路邊壕溝裡，野豬則一頭栽倒在地。

我們衝上前。誰都知道，野豬的生命力極其頑強。果然這傢伙站了起來，跑進壕溝，從我們的地界所在直接衝進普薩爾策樹林，亦即進入普熱羅夫所屬的土地。好在一個女人騎自行車過來，於是我們一把拉她下車，搶過那輛淑女車，但揚內切克不會騎，我們只得把他扶上車坐好，在後面推著自行車跑，只爲盡快追上那頭受傷的野豬。野豬受了兩次傷，一定會在什麼地方停下來。

那個女人也在我們背後追趕，不依不饒地喊：「強盜，偷走了我的自行車，抓賊啊！」我們跑得渾身冒汗，每個人扶住自行車把的一頭，推著揚內切克猛跑，已經上了縣道。有揚內切克在，我們就有勇氣和力量。大汗淋漓中，我們看到野豬衝進村莊，便跟著跑進村裡。此時是上午，那頭絕望的野豬在做最後的掙扎，拖著一條傷腿，背後的鮮紅色血道恰爲我們指路；你們從沒見過，今後也無法再見到，牠竟直接衝進了學校。此時揚內切克從自行車跳下來，一瘸一拐跟在瘸腿的野豬後面，進了四年級教室，女老師恰好在上自然課，正在講解家豬如何由野豬演化而來。

老師剛講解完畢，教鞭指向豬的掛圖時，教室門砰地被撞開了，一頭野豬一瘸一拐地衝進來，在課桌之間竄行，最後跑上講臺，身上的鮮血淌了一地，緊接著瘸腿的揚內切克衝進來——這個爲狩獵不惜性命的獵人和農夫。老師驚呆了，孩子們鴉雀無聲。揚內切克提著槍一瘸一拐走向講臺，瞄準，野豬縱身而起想反撲，揚內切克對準野豬那張開的嘴巴扣動了扳機。野豬飛起來，揚內切克後退一步，一瘸一拐到窗戶邊。不等他開第二槍迎擊野豬發動的第二次反攻，野豬突然撲通一聲倒地，四腿僵直，嘴裡流出鮮血，癱倒在教室地板上。我們跑過去祝賀揚內切克，並感謝他，隨後大夥兒準備把野豬抬回村子，在家裡扒去野豬的皮，並按照狩獵規定，把內臟和肝用洗衣鍋燉出一大鍋辣椒燉肉來。

女老師回過神來，舉著教鞭走向倒臥在地的野豬，說：「孩子們，你們親眼目睹了一個非比尋常的場面。現在往這裡看，這個地方，就是人們所說的獵人槍口，這是牠的獠牙，看到了嗎？」

「看來，我們得等老師解釋完野豬所有的部位，她了解的和不了解的。」揚內切克發話。然後我們用借來的繩子綁住野豬的腿，把牠抬到學校大門口，公諸於世。揚內切克央求我看在上帝的份上，去找位攝影師來，他希望留下一張腳踩野豬腦袋、手提獵槍的紀念照。我找來一位藥師，也是個獵人，他拉下藥局的鐵捲門，提著相機直奔學校。

然而，在這期間當地的狩獵協會主席也跑來了。他嗅了嗅野豬，鬥雞眼裡流露出嫉妒，因爲如此大隻的野豬，在這個地區實屬罕見。揚內切克擺出一個成功的姿勢，一隻腳踏在豬耳朵上，我們兩個雖然身穿工作服，也面對面躺在野豬的兩側留影。狩獵協會主席踱來踱去，滿臉焦慮的樣子。藥師幫我們拍了兩次，確保萬無一失。

這時狩獵協會的祕書長出現了，手提獵槍跑來，好像很有必要帶槍似的，野豬不早已經死了麼？他東拉西扯了一番，稱讚直射入口的高超槍法，然後悄聲與當地狩獵協會主席商議起什麼。我們沒往別處想，因爲對方一直等我們再次提起繩子，準備把野豬拖上國道，然後我去把曳引機開來，準備載野豬走。突然主席發話了：「哎，把豬留在這裡，牠不歸你們。」

揚內切克說：「是誰把牠擊斃的？應該不是你吧？」祕書長接口說：「不是。但野豬是在我們這裡倒斃的，野獸倒斃在哪，就歸哪裡的狩獵區所有。」說著他笑起來，搓了搓雙手。主席也笑了。然而揚內切克拽住野豬的兩隻耳朵，我們緊挨野豬並肩而立，朝揚內切克望去，他帶著哭腔威懾道：「這頭野豬是我的，是我射殺的，我只是一路追蹤到這裡，在此地結果了牠。」

然而狩獵協會祕書長和主席都笑起來：「是呀，根據狩獵規定……」沒等他說完，先前騎自行車的女人從主幹道上追來了，指著我們大聲喊道：「自行車竊賊！他們偷了我的自行車！」

揚內切克說：「您拿走吧，我們及時處理了這個，您明白嗎？」說著用獵槍戳了戳野豬耳朵。女人一把奪過自行車，慨嘆道：「神經病，把我從自行車上推下，不顧我死活！」

揚內切克說：「好吧，女士，我補償您一隻兔子。我叫揚內切克，住在瓦倫卡村。但是！這頭野豬我誰也不能給！牠是我的！」

我們翹首遠望，公路上駛來了我們的曳引機，一個人跳下車，直奔野豬，跪下來。他不是別人，正是我們的狩獵協會主席哈瑪切克。哈瑪切克抬起頭，先祝賀獵人，然後說：「這將是一場盛宴！」

當地的狩獵協會主席說：「沒錯，將是一場盛宴。但盛宴得在我們這裡舉辦，因爲野豬是在這裡閉眼的。在你們那裡被擊中，在我們這裡倒斃，所以野豬是我們的。」

我們的目光一齊轉向獵人揚內切克和我們的主席。主席說：「野豬是我們的。」於是我們把野豬拖往曳引機上。在我們彎下腰，抓住野豬往曳引機上抬的時候，當地狩獵協會的成員們趕來了，他們奪下野豬，重新放到公路上。我們再一次抬起，當地獵人們再一次從我們手裡奪回……

這時揚內切克拿起槍，拉開扳機，大吼一聲：「如果你們不給我們野豬，我們就開槍了！」當地主席、祕書長和藥師也一齊喊：「如果你們把野豬裝上車，我們就開槍！」

揚內切克呵斥：「把你們的手拿開，不許碰野豬，別怪我不客氣！」說著舉起獵槍。祕書長同時舉起了步槍，嚷道：「你們敢動一下野豬，我就開槍！」

此時更多人跑來了，有狩獵協會的其他成員，甚至普通村民，因爲我們兩個村之間向來老死不相往來，甚至只要村裡的甜菜田和他們村子毗鄰，就會有一場好戲。當兩個村的婦女衛隊步步逼近，間隔一把鋤頭的距離，手裡的鋤頭照樣揚起，最後傷到對方的頭，不得不叫救護車來。更何況眼下在自己村子裡，哪能眼睜睜讓別人把全村人垂涎欲滴的野豬拉走！

誰知道會如何收場呢？雙方已經吵得不可開交，有人撕爛了我的襯衣，而鄰居被我們扯掉袖子，揚內切克舉起了步槍。這時學校裡所有的窗戶都次第打開了，撥動窗戶插栓的聲音此起彼伏，窗口擠滿孩子們的腦袋。女老師喊道：「親愛的孩子們，請你們看，我們正好有公民教育課，在這裡你們可以看到如何處理國際事件，在這裡你們可以看到什麼是分裂的朝鮮，什麼是分裂的德國，分裂的柏林。鄉親們，」女老師朝我們呼籲：「你們理智一點好不好，那位勇敢的獵人在教室裡保護了全班師生，擊斃了那頭龐大且令人恐怖的野獸。你們還是握手言和吧，找一個中間地帶舉辦共同的盛宴，共享野豬肉，我看宴席就擺在老威斯德茨村那個斯達特酒館餐廳裡好了。」

好一會兒，全場鴉雀無聲。從揚聲器裡傳來下課鈴聲，然後依然沉默，針鋒相對的獵槍閃著光，像邁森瓷器的商標[58]。我揪著老固茨的衣領，而他的爪子裡攥著我撕裂的衣袖。兩位主席上前一步。我們的主席說：「我覺得女老師的話有一定的道理。」當地的主席頷首附和說：「沒錯，把野豬裝上車，送到斯達特酒館去吧。我們商議一下，什麼時候舉辦共同的盛宴。」

女老師和孩子們歡呼起來，像面對攝影師似的繃緊的表情鬆弛了。女老師動情地說道：「孩子們，我們見證了非比尋常的事件，在這裡你們象徵性地看到了，應該如何解決國際衝突，像誇美紐斯那樣……」孩子們的小臉蛋退出了窗口，窗戶一扇扇關上了。然後，大家齊心協力，八個人抬起野豬，輕鬆放到曳引機上。孩子們成群結隊湧出校門，叫嚷著，帽子和襯衫的顏色五彩繽紛；他們一路打鬧，揮動拳頭砸向後背，甚至用書包相互還擊，歡天喜地享受走出教室、放學回家的自由。而我們覺得，孩子們在開心地問候我們，向我們表示敬意。揚內切克手扶獵槍，向他們鞠躬表示感謝。淘氣的孩子們誇張地吼叫著，彩色的隊伍嘰嘰喳喳朝池塘那邊一路遠去了，漣漪的水波把他們的喧嘩和尖叫聲送往村莊的每一條小路，往上傳到天幕上。

跟追殺野豬的過程一樣，野味盛宴的舉辦也是波瀾起伏。因爲我們比普熱羅夫的獵人更饞，主席當下決定，用野豬內臟和後腿肉做獵人燉菜，里脊肉用來做野味烤肉，淋上野玫瑰醬汁。我們又去買來十公斤的豬肉，跟其餘部位的野豬肉一起攪拌，準備幫每一位獵人製作香腸。而普熱羅夫那邊提出，後腿肉和里脊肉要跟傳統豬肉的做法那樣，配上餐包和酸白菜。

雙方的主席和祕書長再次針鋒相對，互不相讓，威脅用武力決定宴會的舉辦權。後來校長發話說：「這個地區的麻煩已經夠多了，我們始終生活在普熱米斯爾朝代的邊界紛爭之地，自古以來衝突不斷，由此導致族滅的教訓還不夠多嗎？」於是大家選擇了折

---

58 邁森瓷器（Meissen），著名德國瓷器品牌，其商標為藍色交叉雙劍。

衷方案，用里脊肉做野味，淋上野玫瑰醬汁，後腿肉則按照傳統豬肉的方法烹製。已經發生了野豬流血事件，在野味尚未下肚之前，還是避免出現群體槍戰的慘劇吧。

當晚，獵人們趕到老威斯德茨村，兩個協會同時以參加狩獵為由，隨身攜帶獵槍，腰間則佩著犬齒獵刀和刀具。兩位主席入座之前，一一觀察了廁所和院子，看好撤退的後路——萬一需要逃生呢？然後大家紛紛落座，不是間隔相坐，而是每個狩獵協會各自占據一張長桌。事先我們花了一下午時間用帶來的雲杉樹枝裝飾了吊燈和牆壁，營造氣氛，像在舉辦狩獵後的慶功宴。

音樂響起，來自維卡涅村的庫切拉先生拉起了手風琴，一名鼓手替他伴奏，用打擊樂取代低音提琴，因為庫切拉不擅長低音提琴。可是，他的歌喉無與倫比！歌聲如此動人，我們忍不住也跟著唱了起來。唱歌告一段落後，獵人燉肉端上來了，滿滿地盛在深盤子裡，大家就著啤酒，布蘭尼克啤酒，還有烈酒、朗姆酒。然而每個獵人背後的衣架上，掛著自己的步槍，如果某個獵人去上廁所，他會隨身帶槍，因為每個獵人都銘記斯拉夫尼克族以及沃爾紹維策族的慘痛教訓，早在學校裡就學到這段歷史，大夥兒都熟記普熱米斯爾人在宴會上對沃爾紹維策人說的那番話：「放下你們的刺刀，放下你們的劍，好讓自己大快朵頤，在我們這裡平安無事。」沃爾紹維策人聽信了，結果在享用野豬宴的過程中，普熱米斯爾人突然撲向手無寸鐵的沃爾紹維策人，並大肆砍殺，一個不留，防止日後復仇。

好在這次我們請來了藝術家雅羅施卡先生。他以前在布拉格經營古玩店和雕刻店，但在我們的林區已經生活多年，在化裝舞會上製造各種妙趣橫生的特技和笑話，都是手工製作。他一分鐘能用黏土捏出男性生殖器或者女性私處，在索科爾狂歡節上他甚至捏了一個裸體女人，綁在自己的皮鞋上與她共舞。他還雕刻出幾個擬眞的舞蹈模特兒，其中一個女的跟眞人一樣，他把她放到曳引機上運來了，一方面爲了讓我們開心，另一方面也讓普熱羅夫人看到我們的能耐；我們這裡都有些什麼神人。這樣的事情不可能在整個州張揚，更不用說在村裡。然而在這裡可以，他剛和那個裸體女人上桌跳起舞，我們所有人都狂熱地開始起鬨，普熱羅夫的獵人們則臉色發白，嫉妒極了；他們的眼睛望向別處或者帶槍去廁所裡待著，直到雅羅施卡跳完……

這時送來了野味烤肉，我們淋上美味的野玫瑰醬汁，就著麵包片大快朵頤，麵包片的邊上還有一小杓蔓越莓醬。普熱羅夫的獵人們看到這個，馬上做出噁心和反胃狀，他們的主席甚至故意嘔吐，以表示他對我們所選菜餚的反感。

然後雅羅施卡再次在桌子上跳舞，我們紛紛舉起酒杯，舉到那個假人乳房的高度。

雅羅施卡緊摟假人，擠壓她的胸脯，乳房裡流出紅葡萄酒來。我們舉杯用葡萄酒敬賀獵人揚內切克，至於普熱羅夫的獵人們，則大聲咀嚼，沒話找話地高聲稱讚酸白菜、烤肉和麵包片。

雅羅施卡先生如此這般逗樂大家後，音樂演奏起來了。應我們的要求，來自維卡涅村的戈普日瓦先生唱了一首歌。因爲他偏向我們，所以普熱羅夫狩獵協會主席故意胡編歌曲，但戈普日瓦總能配合，跟上音樂，主席最後只好訕訕的，埋頭喝起了大杯朗姆酒。

雅羅施卡繼續跳舞，假人的胸口不再淌出葡萄酒。接著雅羅施卡又按了假人的其他身體部位，而我們拚命喝酒。時鐘敲響了十次，那個假人一邁開步，從她的肚子和陰部就淌出白葡萄酒，勃艮第或摩拉維亞白葡萄酒。這次我們沒有伸出酒杯和玻璃杯，而是直接湊上嘴去喝，很有技巧，只有零星的酒滴灑到獵裝的內衣和外套上。

普熱羅夫協會主席見此怒不可遏。他站起來，搖搖晃晃坐到雅羅施卡旁邊的位子上，渾濁的眼睛憂傷地掃過桌面，他看到了什麼？菸袋邊上有個孩童玩的哨子，小哨子，我們小時候經常玩的：吹吧，哨子，吹起來吧。主席對著哨子笑了，哨子也笑對這個獵人。主席忍不住拿起哨子，剛吹兩下，便驟然站起，整個大廳霎時靜下來，我們這一桌爆發出哄堂大笑，因爲哨子裡飛出的煙灰，弄得主席滿臉滿手烏黑。他氣得一把抓過牆上的步槍，咆哮道：「這種恥辱，我必須血洗雅羅施卡。」我們也抄起獵槍，普熱羅夫的其他獵人則抓起他們的毛瑟槍和步槍，唯有雅羅施卡先生仍然在桌上，摟著那個一絲不掛、陰部流著勃艮第和南摩拉維亞葡萄酒的假人，看不到一隻手，一個酒杯，一張嘴巴去接住流淌而下的葡萄酒。雅羅施卡先生坦然說：「我有要您吹哨嗎？您不該關注那個哨子的……」

全場靜默。所有人心知肚明，主席確實不該在意那個哨子，也沒有人指定要他吹。主席只得把步槍掛回衣架，戈普日瓦先生再次拉起手風琴，鼓和鈸完美地取代了低音提琴，但現場的歡樂氣氛始終只有一半，兩條長桌涇渭分明。腦袋不會越界，以自己的餐桌爲中心；大家都笑著，但只爲自己餐桌上的笑話而發出笑聲。每個桌子都只認同自己桌上的逗趣。

又是雅羅施卡先生。摟著乳房淌紅酒、下身淌勃艮第白酒的裸體模特兒跳舞，已經讓他厭倦，他把兩支短號和一支低音號放在桌上，獵人們立刻搶奪起來，甚至兩個人抓住同一銅管樂器不放手。我們馬上興致來了，坐到舞臺上，刹那間，全新的音樂在大廳裡飄起，歡快的旋律融入每個人的身體，我們站了起來，像獵人那般肩並肩站著，放聲歌唱，群情激昂，因為我們這一方的獵人擅長演奏樂器。普熱羅夫獵人的臉色更加蒼白，霜打似地低頭盯著地面，有兩個人開始哽咽，聲音越來越大。他們知道自己永遠無法與我們平起平坐，唯有像普熱米斯爾人對待斯拉夫尼克族和沃爾紹維策族人那樣，在宴會上把所有人斬盡殺絕，一個不留。我們展現出多少優勢，他們對我們就有多憎恨，我們自己也不清楚，我們是否往熊熊烈焰中添油加柴。反正，這次失敗讓他們永遠一蹶不振，也將永遠不會饒恕我們。我喜不自勝，當我看著那些可憐的普熱羅夫獵人，那些普熱羅夫村民……

普熱羅夫的主席突然精神振奮；他得意地一笑，心生一計。他要我們再演奏五首曲子，然後跟手下商量起來。這位主席曾是這一帶最出色的小號手，不可小覷。一番商量之後他拋出王牌，要我們讓位給他的樂隊。我們知道這些人都是半桶水，但承認他們的管樂隊曾經是最棒的。這次他們要演奏室內樂和《我的太陽》，而我們這幫滿腦子花椰菜的粗人對此不懂得欣賞。

雅羅施卡先生從我們困惑的吹奏者手裡拿走了樂器，把銅管樂器逐個轉交給普熱羅夫人。那些人上臺了，在舞臺上叉開兩腿，綠樹枝裝飾的大廳裡眞的響起了《我的太陽》，連廚師也跑來，身穿圍裙，一臉如癡如醉。最終我們承認，普熱羅夫人至少在這首曲子上和我們打成平手。現在出現了平局，偉大的平局，因爲即使我們能吹奏《我的太陽》，也背不起來……

突然號手們的周圍噴出黑霧，吹得越起勁，噴出的黑灰就越多，但他們不想被這些詭計嚇跑，繼續吹。然而，隨著第一個號手逃離舞臺，其他號手也紛紛作罷，全都黑頭灰臉。我們見狀瘋狂大笑，笑得肚子抽筋。這對普熱羅夫人來說可謂奇恥大辱，是對聖餐的褻瀆，是一件我們沒有及時制止和不顧後果的可怕事件，是雅羅施卡先生一手策畫的，先是哨子，然後是這些銅管；他在我們中間播撒了紛爭，就像歷史上在普熱米斯爾人和沃爾紹維策人之間，在布拉格和利比采之間的世仇一樣……

普熱羅夫的獵人們從牆上取下步槍，服務生和廚師連忙躲進廚房，我們也緊握步槍，雙方毫不妥協地互相對峙，端著槍，保險桿都拉開了，只需一個錯誤的舉動，它將以大規模的斯拉夫槍擊事件告終。這時門悄悄推開了，一隻手摸到開關，瞬間熄滅了燈……

有人走了過來，我們突然看到胸前掛滿的熠熠閃光的獎章。我們被這現象嚇住了。那些獎章走到大廳中央，始終亮晶晶的，金光閃爍得像某種預言、某個意涵。一隻手，在牆上書寫的那隻手……突然那些獎章退回到牆邊，牆上有光，我看到那個身影轉過來。站在那裡的是警長，服飾齊整，手電筒自下而上照著他胸前的獎章，國家授予他的勳章。他微微一笑，說：「都坐下吧，朋友們，宴席繼續，加上我！」他像往常那樣出現，及時出現了……

警長坐下，示意廚房端吃的來給他；他在廚房裡爲自己藏好一份吃的，不僅爲自己，還爲手下、整個小隊。他選了兩道菜，坐到普熱羅夫人那一桌，明確表示，贏家將是普熱羅夫人。他們的協會主席，滿臉黑灰，馬上喊道：「警長，是你救了我們，我不知道該如何收場，假如你的勳章沒有出現的話。你爲我們帶來了秩序、安寧、和平。可是你，」他指著雅羅施卡，「你這個藝術家，終有一天會自食其果，因爲你的精心策畫，讓我們蒙受恥辱和屈辱！」

就在這時，誰也沒料到，自鳴得意的警長面帶微笑，自信地拿起桌上的哨子吹了一下，結果大量的黑灰頃刻間從哨子裡飛出，不僅玷污了警長的臉，還有他的制服，尤其胸前那些勳章……「你看看！」普熱羅夫主席喊道：「你們再看看我！你們不僅羞辱了我們，還羞辱了警長！」

警長叫人把前廳牆上的鏡子取來，對著鏡子把塗了香噴噴髮蠟的頭髮梳整齊，然後沉下臉說：「我自找的，是我自己吹的哨！」他津津有味地吃起玫瑰醬佐野味，然後要求來一份野豬肉酸白菜和豬肉；在他眼裡，這道菜是飯前開胃菜。

音樂響起來了，來自維卡涅村的戈普日瓦先生唱起歌來，鼓和鈸代替低音提琴。因爲警長坐在我們中間，我們便將桌子合併。一小時後，我們已經調整了座位，相互間隔坐在一起，所有人都放開喉嚨，唱我們喜愛的歌曲。我們和黑臉的警長一起唱，是他爲我們指明了和平之路，展示了他高明的外交手腕，所以我們稱他爲克爾斯州長。

就如我所言，你們從來沒有見過，甚至也沒有機會看到我的見聞，我們的見聞，以及在那之後發生的一切。自從在我們那裡，在瓦倫卡，在普熱羅夫學校槍殺了一頭野豬，是的，野豬，當這場歡慶的盛宴被女老師得知後，那頭野豬衝進課堂時正在講課的女老師，我們的獵人揚內切克就在她的講臺前打死了那頭野豬。女老師得以用教鞭指著野豬，一一描述野豬身體的每一部分及其名稱給孩子們聽。令女老師遺憾的是，她無法帶孩子們到酒館的窗外，親眼見證這場盛宴，哪怕一下下呢。她將在現場用教鞭指著那些人，生動地解釋給孩子們聽，什麼是捷克問題，它在我們這個地區已經延續了差不多上千年……

雍德克先生

窗戶敞開著，我坐在窗邊陷入沉思，找不到一個理由說服自己做什麼或者思考什麼，就這麼靜靜地坐著，透過窗戶看著外面的風景，因空虛而惘然和麻痹。此時兩匹黑馬從公路的主幹道上拐出來，背後拖拉一輛板車。一名男子站立在車座上，雙腿叉開，頭戴一頂白色寬邊軟呢氈帽，表演特技般拽著韁繩。隨著他放鬆韁繩，兩匹馬頂起馬轡，撒歡似地沿著林間小道飛奔。當我發現這兩匹牲畜不是隨意蹓躂，而是直衝我而來時，我愣住了。果然，馬車的轅桿穿過敞開的大門，徑直疾飛到我的窗前，驚得我身體直向後縮。這時，那個男人猛地一把扯住韁繩，制住了馬匹；兩個黑傢伙停下了，但馬腦袋和轅桿已經伸進我的房間。

車伕側身跳下車，拍了拍馬的屁股，黑馬彷彿受到獎賞，乖乖地嚼起天竺葵，隨後雍德克先生走進門裡。我和他在啤酒館有過一面之交，當時他牽著其中一匹騸馬來到酒館，舉起自己的半升啤酒杯讓馬兒痛飲，隨即又牽牠離去。我經常看到他頭戴那頂白色的軟呢氈帽，在黃昏的村莊裡踉蹌走著；看到他白色的牛仔帽出現在田野的菜園裡，雍德克先生來回擰動長長的膠皮水管。他在幫菜園澆水。他的膚色總被曬得黝黑黝黑，夏天只穿著一條寬鬆的工作褲，而他白色的帽子像一艘小船，航行在花椰菜、成熟的包心白和芥藍菜園裡。

我對他說：「什麼風把您吹來了？我眞不敢相信自己的眼睛。」

他坐了下來，摘下頭上那頂白色帽子，幾綹亂糟糟的頭髮垂落到曬黑的前額。他告訴我，說他在垃圾堆裡發現一塊美麗的石階，他把它運來了，要作爲禮物送給我。他說：「我啊，一向對作家很有好感，因爲我每一次寫信，總是寫不完。寫作會讓我頭昏腦脹，疲乏不堪，我必須一杯接一杯地灌烈酒，最後依然寫不出來，乾脆把筆一扔作罷。」我遞給他一個酒杯，把一瓶酒放到他面前，雍德克先生開始喝起來。他那架勢根本不像在喝酒，更像喝礦泉水解渴。他說：「我戴著這頂厚厚的氈帽，總覺得渾身燥熱，必須大口大口喝啤酒、烈酒或其他飲料。因爲身上出汗不止，總是口乾舌燥。」我說：「雍德克先生，您眞了不起！您儘管喝！但我要這塊石階做什麼呢？」他摸了摸馬鼻子——兩匹馬正在吃我的兩頂帽子，大聲咀嚼著，就像雍德克先生狂灌烈酒那樣津津有味——然後回答說：「拿石階做什麼用？一塊這樣的石階，對作家而言就是踏上通往其他路途的階梯；當我在報紙上讀到訃聞時，我始終有種預感，覺得那個亡者就是您。所以這個臺階在您這裡有某種徵兆預示，一種不祥的徵兆……」

他站起來，戴上帽子，出門時步履一踉蹌，差點把我的門框拽下來。然後他跳上門外的板車，用鐵鉤子三兩下將那塊石階撬到了地上。那石階也許來自某座教堂，我已經很久沒見過這樣的石階了，就算有，它也只在大教堂和主教堂裡才會出現。雍德克先生跳下馬車，手持那根銀色的鉤子，將臺階扒拉到白樺樹下的綠草叢裡。我轉過身去凝視鏡中的自己，想看看我的臉上到底有什麼，讓雍德克先生看到訃聞時聯想到我，還跑來和我說那些話。

果然有，它赫然就在臉上。我看到自己的眼睛裡倒映著死亡的陰影。

雍德克先生汗流浹背地回到屋裡，迫不及待一把抓起酒瓶，直接往嘴裡大口灌起來。他的喉結隨之劇烈地顫動，津津有味地把烈酒吮吸進去，彷彿這樣喝才解渴。然後，他看了我一眼，拍拍我的手背，說：「如果您發生什麼意外，您願意葬在我們那裡的賽米策墓地，還是埋在赫拉迪斯科村呢？」我回答說：「可是死亡對我來說，還是件很遙遠的事啊。」雍德克先生說：「我當然知道，您離自然死亡還很遠，但報紙上登載的那些訃聞，都是突發意外導致的非自然死亡。我想，如果您真的遭遇什麼不測，最好還是葬在我們賽米策的墓地裡。因爲我覺得，身爲作家，應該爲自己的後事做好打算，萬一他哪一天突然就不在了呢？」「這樣說也沒錯啦！」說著我站起身拿裸麥麵包，順便瞥了一眼鏡中的自己，發現自己面無血色，頭髮也變得灰白。我把麵包切成片，依次餵食兩匹黑馬，因爲牠們已經吃掉了我放在窗旁桌子上的三本書和一條毛巾。

雍德克先生心心念念，唸叨說要是有啤酒就好了。我走出門去，從酒窖裡取幾瓶冷藏啤酒，裝入袋子拎進來。雍德克先生拿過一瓶，就著桌角用力磕掉瓶蓋，大口飲起泡沫四溢的啤酒，然後熱情地向我描述道：「嗯，您就葬在我們那裡吧，埋在賽米策墓地。一是墓地位於樹林後面，瀰漫在空氣中的松針和松樹香氣會送到您的墓碑上。最關鍵的是，樹林裡還有一個足球場。你喜歡足球，對吧？」我小聲回答：「嗯，是的。」「您瞧，我什麼都知道。這座墓地跟其他墓地相比，就是與衆不同，您在那裡一定能聽到裁判的哨聲、足球的撞擊聲、球員的吶喊、觀衆們的歡呼和怒吼、噓聲……」雍德克先生真誠地望著我的眼睛，摘下帽子，用粗硬的手指梳理起頭髮來。隨著那把有生命的梳子犁過，頭髮發出簌簌響聲。

我說：「您幫我運來這塊石階，眞是難爲您了！但是葬禮的事我們且等一等，如何？」雍德克先生戴上帽子，同時又感覺渴了，在桌角使勁撬開另一瓶啤酒，一飲而盡，然後反駁說：「不！這塊石階擺在這裡就如同良心的譴責。因爲我還會在葬禮上念悼詞。假如有一天您去世了，或者在某個地方自殺或被殺了，由我來爲您宣讀悼詞，那再適合不過啦。不過這些事以後再跟您細聊，現在繼續說那個足球場邊上的墓地。對了，你去過停屍間嗎？」

我先回答說：「馬兒們已經吃完麵包了。」於是我又給每匹馬一條手帕，並看著牠們津津有味地慢慢咀嚼，然後回答說：「沒去過。」「那麼下次踢足球的時候，我們就在停屍間碰頭，因爲足球賽的裁判在停屍間更衣，跟足球場就一牆之隔。您也知道，球場上常發生衝突，大打出手，尤其是裁判不吹罰點球的話，大家會撲上去暴打他一頓。這裡的球迷異常敏感，情緒過激，一旦有不判、錯判或誤判出界或角球的情況，裁判會被滿場追打，甚至攆到球場外。您這下明白將來葬到哪裡了吧？那地方實在太棒了。裁判有一次眞的差點被我們打死，因爲他吹了一個莫須有的持球犯規。我們一路追趕到球場外，他急中生智，爬上一棵伸向墓地的歪脖子松樹。我們吼著要他下來，他哭啼啼地求饒，說害怕下來挨揍。這樣雙方僵持了三分鐘，裁判抵死不肯下來，像隻啄木鳥似的死死扒住松樹的樹冠。我跑去弄來一把帶柄的鋸子，大家鋸斷了那棵松樹，裁判連同樹冠一起栽倒在地，然後他就這麼巧掉進墓地裡。等我們繞過圍牆跑進墓地時，他已經竄到了田野裡，最後在花椰菜田被大家逮住，教訓了一頓。這個故事有意思吧？難道您不期待，萬一將來發生不測的話，叫人把您埋葬在我們那裡？」

我一臉茫然，拿起竹筐，餵襪子給窗邊的兩匹閹馬吃。牠們彷彿從昨天起就沒吃過東西一樣，大口地嚼起襪子來。我腦海中閃過一絲希望，雍德克先生好像要動身回家了。於是我說：「那麼好吧。萬一某天訃聞成爲我的宿命，我就聽命埋葬在足球場邊的那個墓地裡好了……」我在座椅上轉身，爲了看到鏡中的自己，然後用顫抖的聲音說道：「可是我確實離死亡還很遠呢！」

雍德克先生又開了一瓶啤酒，說：「出現在訃聞裡的人，不僅僅是那些沒考慮過死亡的，還包括那些生龍活虎，看上去根本不像要死的人呢，但是突然啪一下子！屋頂上的瓦片墜落，車軸斷裂，爆炸，謀殺，不就一命嗚呼了。我還要告訴您，您有一份來自地獄的幸運，我爲您捎來了這塊石階！因爲訃聞一旦啓動，那麼我們，加上消防隊員，會爲您送葬，就像您曾是一名消防隊員似的。載著您遺體的靈車先從新啤酒館駛出，繞過消防器材庫，到時庫門會敞開，紅色消防車將把梯子伸到半空中，消防車上將站兩名全副裝備的消防隊員。到區委會門前，送葬隊伍會停下來，兩名消防隊員將在消防車旁跪下，舉起斧頭向您致敬。然後送葬隊伍在老啤酒館前第二次停下，就是那家您和我常去的小酒館，閣樓的天窗裡將掛起黑色的旗幟，一輛備用消防車，車旁也有兩名消防隊員跪著。然後我們，消防隊員們，緩緩將您抬起，運送到足球場後的那個墓地。我將爲您致悼詞，願上帝保佑我平安無恙，我將著一身正裝與您告別……」

馬兒們吃下最後一隻襪子，一隻有洞的破襪子，那隻襪子跟其他的襪子一樣亟待縫補。我問：「馬兒們吃毛巾嗎？」雍德克先生說：「毛巾牠們最喜歡了，去年我買完啤酒趕回家之前，牠們在牧場上吃光了我晾曬的所有內衣，連同繩子和夾子都吃掉了。有一次在體育館舉辦自行車天梯速降賽，我贏得了比賽，但在第二場角逐中摔倒在地，腦袋在石子路面上磕得傷痕累累。大家在我頭上貼了不下三十張紗布。可我第二天還有個演講。我很擅長演講，既然我的腿可以正常行走，就照事先安排好的去演講了。我扳開頭上的紗布，不然會妨礙視線，無法看演講稿。我每次都事先準備好書面講稿。然而上臺演講時，呼呼颳起了風，頭上乾了的紗布被吹得沙沙作響，拍打在那些傷口和痛處。」

雍德克先生講述著，當他跟我對視時，突然哭了起來，涕泗橫流。他抹去眼淚，可再次看我時，又忍不住痛哭流涕，淚珠滴落到他的帽子裡。那帽子如同一眼噴泉，把洶湧流淌的淚水重新泵回到淚腺，讓它們復活。我害怕了，全身癱坐在椅子上，並且望向鏡子，四目交錯，忍不住哀嘆，用椅子的前腿撞擊地板，發出劇烈的聲響。「天啊，您爲什麼要如此失聲痛哭？」我問，「是什麼事讓您這麼難過？」他點了點頭，髮絲隨之顫動，說：「嗯，嗯，我是在爲您哭泣啊，所以我把那塊石階給您捎來了。」

他站起來，把那頂白色的氈帽戴到頭上，帽檐往下拉到額頭上，一口氣把一瓶酒灌下肚。此時，太陽從烏雲裡鑽出，耀眼的陽光，其光輝把車轅上的環、鏈、金銀絲照得閃閃發亮。太陽光透過馬的眼角，折射出藍綠色的碎片。馬兒筆直站在那裡。我發現，那是送葬的馬車，每匹馬的頭上都聳立著象徵悲哀的黑羽毛。

雍德克先生步履蹣跚地離去了，頭頂白氈帽走進陽光裡，他把手臂支在窗框上，就那麼站在駕著轅桿的兩匹黑馬中間，黝黑的手掌撫摸轅桿，淚眼模糊地衝著我笑。我一陣心悸，因爲我剛注意到，雍德克先生幾乎沒有牙齒，只有三三兩兩的黑色殘根，只要一打噴嚏，似乎那些鬆動的殘牙就會飛入我的房間，如同灌木叢中乾枯的茉莉花葉，一陣風過，便似夏季狂風裡的雪片，沿公路紛紛揚揚。

雍德克先生跳上馬車，解開韁繩，他叉開兩腿站著，韁繩一抖，拽住馬籠頭，馬兒們立刻帶著驚恐的神色，揚起身子，只有後腿站立，馬蹄鐵踏在沙石路上，鐵鍊條撞擊轅桿發出聲響，馬兒像氣缸活塞那般緊密排列，擠出了大門，然後平板拖車調轉頭。雍德克先生放開韁繩，馬兒們撒腿狂奔起來，在主幹道上疾馳，跑進了樹林。我極目遠望，那頂白色的氈帽在樹叢間穿梭，漸行漸遠。我的目光久久停留在那塊巨大的石階上，它曾經通往某座教堂，某個柱廊大廳，歷經千萬次的踩踏。我不由得坐在窗前，陷入沉思，望著那塊石階，彷彿看到一雙雙男人、女人的皮鞋在石階表面踏下又抬起；人們的雙腳上上下下從它身上踏過，人們的腳踝、腳背和小腿，曾被石階的稜角挫傷，幾百年前就把它帶到了我的花園。

從此我盡量迴避那頂白色的氈帽。但我卻躲不開不期的偶遇，那頂白帽子會神出鬼沒地在我的周圍浮現，我會不期然看見雍德克先生踽踽獨行在公路上，迎面一輛自行車疾駛而來，騎車的是一名健壯的女子，瘋狂踩著腳踏板，彷彿在對路人示威說，她完全可以把腳踏板蹬飛；只要她願意，她強而有力的雙臂也足以抬起車把，讓車懸空。在她車子前方，毫無防備的雍德克先生左躲右閃，最終被撞倒在地，自行車的前閘手柄劃過他的腹部。然而她揚長而去，好像什麼事都沒發生。雍德克先生躺在馬路上，白色氈帽滾落在身旁。他慢慢坐起來，先用手肘輕柔地撣去帽子上的塵土，重新戴到頭上，然後自言自語說：「沒事，沒事。剛才我正好在琢磨您和您的葬禮，我必須爲您的葬禮考處，因爲每天我都興致盎然地讀訃聞，那些都是關於您的故事，只是暫時用了別人的名字罷了……」我驚恐萬分地回到家，在鏡子裡打量自己的面容：雍德克先生到底從哪裡看出，我快要上訃聞了呢？

有一次雍德克先生開車過來，邀請我去他們家參加殺豬宴，隨即把我接走了。他叫人用繩子勒緊豬的下牙床，當豬被拖到屠宰的地方時，他牽動手裡的繩子，豬開始哀號，因爲疼痛不堪而發出悲鳴。雍德克先生卻笑著對我說：「您聽到了嗎？豬也會害怕呢！」宰殺開始了，豬內臟散發出令人暈厥的惡臭，然後是享用肉湯、紅燒豬肉和烈酒。殺豬宴進行到一半，雍德克先生就已酩酊大醉，他一個踉蹌栽倒在裝了切成塊的豬油的木盆裡，扯掉了連著爐灶的煤氣管。他的妻子也對我大叫大嚷，抄起掃帚把來，先把雍德克先生痛打一頓，自然我也未能倖免。但我沒力量逃離那頂白氈帽，它既令我畏懼，又吸引我。

每次我走進小酒館，在巨大的灶臺後面，那個煙霧繚繞的角落裡，白氈帽總坐在那裡。雍德克先生的皮膚曬得黝黑，甚至和晦暗的角落融爲一體。當他起身時，白氈帽、白報紙都隨之而起，雍德克先生總要爲我朗讀報紙上的訃聞，之前他肯定讀過不下十遍了。有一天，我從小酒館回家時已經很晚了，那天雍德克先生沒在酒館出現，因此我惬意舒心地沿墓地的圍牆騎行。突然一頂白氈帽從圍牆上方浮起，沿著那長滿石蓮花的牆垣緩緩挪移，時不時掩映在黑色的十字架之間。我從自行車上跳下來，聽到了雍德克先生的聲音，莊嚴的聲音……

「尊敬的葬禮來賓們，這是何等悲哀的時刻，我們不得不將來自土地的歸還給土地！哎，那些曾在掌心裡掂量的日子，不，如果要我說，也許這是更好的結局。虛無之上是虛無，萬般皆虛無。我們在此埋葬一個人，他的英名被描金字體載入了捷克文學史冊，但請不要哭泣，那個人只是先我們一步而去。如果不存在復活，我們的哭泣也是徒勞。」

思念和悲慟的情緒將我籠罩，我渾身戰慄，這戰慄從腳趾向全身蔓延，痛楚和戰慄遊走到手指尖。我向前走去，白氈帽也沿著牆往前走，同時雍德克先生的聲音還在繼續，又一次在我敞開的墓穴前朗誦起悼詞，儘管我依然生龍活虎地沿著墓園的圍牆邁步行走。我走到了被穿堂風吹得半開的透明柵欄門邊，那裡只殘留帶栓釘的門扇和透明的把手。

雍德克先生站在我面前，頭上的白氈帽在昏暗的暮色裡熠熠發光，一條小狗在他腳邊吧嗒吧嗒奔跑。小狗的一隻耳朵包著白布，雍德克先生的鼻子同樣裹著白布條。白色材料和白色棉布提升了墓地的肅殺氛圍，墓碑前一盞盞微弱昏暗的燈火，慘淡地照著墓地枯萎的花圈上乾巴而閃亮的絲帶。

「眞高興見到您，」雍德克先生高聲喊道，「眞高興您來這裡。」他晃了晃白氈帽，鼻子上好像繫了一條白領帶：「我正在練習唸悼詞。別看我鼻子受傷了，明天我依然能在葬禮上朗聲唸出來。現在您想聽一聽嗎？」我回答說：「雍德克先生，您肯定猜到了，我不想聽，不過我在牆外已經聽到了，就在幾分鐘前。天哪，您的鼻子怎麼啦？」

雍德克先生擺了擺手，在墓碑前坐下，小狗慕菲克馬上跳入他的懷裡。雍德克先生撫摸著小狗，這一刻，纏在小狗頭上的白布和他鼻子上的白布相互映襯。雍德克先生說：「我們玩得好好的，突然，慕菲克莫名其妙朝我鼻子咬了一口，然後飛奔到床底下。我豈能罷休？我也飛快地鑽到床底下，作爲回敬咬傷了牠的耳朵，現在我們倆都成了病號。是吧，慕菲克，是不是！」他親熱地撫摸著小狗，隨後站起來。接下來將對我傾吐的那番話讓他興奮不已。

「嗯，我已經好幾天寢食不安，所以寧願現在就去墓地，這樣我離他們更近些，我也能在現場通盤考慮好一切。關於您的葬禮，我設想最好這樣安排：召集整個州的七十個消防隊進行演習。一支消防隊對您來說，分量太輕了，您的葬禮，理應出現由七十支消防隊組成的龐大隊伍。在合作社的農田裡有很多供水系統的管道和彎管接頭，用來澆灌早熟的蔬菜。演練時可以集中所有的水管，那麼送葬的隊伍抬著您的棺材從新啤酒館出發，穿過小鎮一路抵達墓地。如果消防員將手裡的水槍擺成交叉的消防梯形狀，那麼送葬隊伍就可以在由交叉的水槍、朝天雲梯噴射出的水柱交織而成的天堂裡緩緩行進。每架梯子上各有一名消防隊員，手握水槍噴射器，梯子下方安排六名消防隊員，手持斧頭向您致以最終的敬意。

「葬禮應在墓地裡達到高潮，這個環節我現在還沒有完全考慮好。您有豐富的想像力，不妨設想一下，在您的葬禮上，當儀式結束時，在每個角落架起幾支消防水槍，是否可行？還有，我們將您的靈柩高懸在墓穴上方，水槍的水柱從底下將它托起並將它抬升到每一支水槍能射到的最高點，您覺得如何，那些水流能承受住您嗎？嗯，我是這麼想的，它好比一顆乒乓球，當那顆小球在易北河畔的利薩城堡公園[59]裡漂浮起來，垂直的水流能托住它片刻，那麼您怎麼看？那十股水流能托起您的棺材嗎？然後，在現場消防大隊長的手勢指揮下，所有水柱隨著消防龍頭裡水量的逐漸減少，靈柩從最高點緩緩下降，您不覺得這場面精采絕倫麼？彷彿上帝借助您的靈柩在為我們整個州賜福，同時全區七十支消防隊的同步演習得以實施。」

雍德克先生站在那裡，雙手比畫著，在半明半暗中我把一切盡收眼底，看得一清二楚。我豁然開朗。雍德克先生事實上應當去寫作，他是個作家，區別僅在於，雍德克先生不動手寫，卻把一切看得透澈無誤。我在墓地才第一次意識到：雍德克先生怎麼考慮，我也應該那麼想，我理應那麼想，從那一刻起我應該在訃聞的範疇裡思考問題，跟修道院的修士一樣……

哎，石階，雍德克先生帶給我的那塊石階，是呀，那不可能是別處的石階，它恰好來自早已消失了的、殘破的薩德斯卡[60]修道院，每一座奧古斯丁修道院都會從羅馬帶回一級石階，而這一塊就是那些修道士走過的階梯，修道士們專事編撰訃聞、瘟疫紀事的古籍並描上金……

我滿懷喜悅地說：「雍德克先生，咱們握握手吧，因爲是您啓蒙了我的眼睛，內心

59 利薩城堡公園，位於寧布卡，布拉格以東四十五公里。
60 薩德斯卡，寧布卡地區的小鎮，位於布拉格以東三十七公里。

深處的眼睛，您的那頂白色氈帽讓我明辨一切，現在我才看清了之前不曾留意的事物，而您，早已一目了然……」

雍德克先生站在那裡，被一道光擊中，而我以前沒有察覺，他的那頂帽子，實際上不是普通的牛仔們戴的帽子，而是一道帽子形狀的聖光，那一輪光環在人的頭頂升起，擁有堪比聖靈的力量……是眞實的存在。

數日之後，我啓程前去向雍德克先生再次致謝時，大家告訴我說，他在昨天去世了，毫無徵兆地辭世，突然在三個小時之內就死了。我問：「那麼他的帽子呢？那頂白色的氈帽，那個他睡覺時都要戴著的帽子在哪裡？」他們說：「那頂帽子啊，雍德克先生弄丟了，其實不是他弄丟的，是他在往火車車廂裡裝花椰菜時，順手把帽子掛在最後一節車廂的掛鉤上，那是整列車廂的最後一節。隨後火車啓動了，掛在最後一節車廂鉤子上的帽子也隨之一起走了。當雍德克先生回到馬車邊時，火車已經開走，他的氈帽也不見了。失去帽子的雍德克先生一下子衰老許多，回到家他就躺倒不起，三個小時後沒有緣由地去世了。」

哎，最後那節車廂把雍德克先生的聖光帶到哪裡去了呢？

畢法爾尼克的金髮

我和她僅有過一次奇遇。一看到她，立刻被她吸引，不由得跟上她，她也朝我走來，我們就這樣相互找尋。夜晚，我們倆一前一後騎在自行車上，心潮澎湃，我瞬間意識到，這不僅美妙，而且精采，因為您突然看到了不存在的東西？我眞的看到了，她的自行車鑲有玻璃框架，閃爍著霓虹燈的那種螢光藍，好像這輛車是由一系列蓋斯勒管拼裝而成。我知道，我已經見識了它是如何奇妙地將我眼前的一切改變，所以我告誡自己：小心點，小子，頭腦別再發熱，你已經有過一次支付贍養費的經歷。可我了解自己。某些東西我越想躲避，越不由自主地往裡頭衝。畢竟，誰不想在迷人的月夜跟一個謎一樣的姑娘騎車約會？我天生的利器是擁有一頭飄逸的金髮，像貴族莊園裡的扈從，也像畢法爾尼克[61]。

我和舞動著巧克力色小腿的黑髮姑娘結伴而行，眼前的景致賞心悅目，萬物都迸發出小小的火花，似浪花般飛濺；她的自行車踏板也似鑽石，熠熠生輝。在這萬籟俱寂的夜晚，那女孩告訴我：「跟你說吧，我眞開心，往事都過去了。嗯，我的一個叔叔讓人抓狂，他有一座殷實的農場，卻被他賣掉，換了一棟普通的住房，專跟一群羊住在一起。他把剩餘的錢全部給了我爸，我爸轉眼把那些錢揮霍一空。你不知道，十多年來，因爲我叔叔長年跟羊同眠，身上沾滿了羊膻味，甚至不再開口說話。聖誕節我送蛋糕和甜點去給他，他就哇哇叫嚷幾聲。你知道嗎？最不可思議的是，冬天下大雪，叔叔的房子屋頂有一個大洞，水漏到地板上，他的那群羊圍在他的腦袋邊趴著。叔叔不修邊幅，長長的鬍鬚散發出糞便的氣味。他走到哪裡，羊群跟到哪裡，這種人畜之間的依戀關係，我從來沒見過。叔叔想睡覺了，就往乾草堆裡一躺，房間裡滿地是羊糞，廚房裡、窗臺上到處都是。羊依偎在他身旁，臥在他頭邊，就像一條羊毛被，叔叔還美美地嘆一口氣。我滿心厭惡地轉身離去，又氣又怒，因爲叔叔身上也發出一陣陣的糞便味，讓我忍無可忍，唉。」

「是啊。」我說。我悄聲自語：「誰要聽關於你叔叔的爛事。」然而我環顧四周，發現一個事實：在我們林區我也是第一次跟眼前的女孩同行，她在我前面蹬著自行車踏板，車燈隨之一閃一亮，而透過這個女孩，我如同在直升機上鳥瞰，把克爾斯林區一覽無遺，林區宛若我們身體的軀幹骨架，我們正沿著主脊椎騎行，而那一條條側蔭道好比肋骨架。我回望，看到我們倆的自行車投下紫色的陰影，還鑲嵌一道藍色的邊；那六座彼此間隔四百公尺的路燈，在漆黑的暗夜裡構成六根支柱擎起的長橋，暗綠色的枝葉似河流在底下流淌。天哪，我驚嘆，我怎麼從來不曾有過這樣的想像？只有跟我的哥兒們喝醉了。然而真的，我聯想不到，即使吸了海洛因。眼見我們的車在街燈下駛過，我看到了什麼？我看到自己的影子慢慢退到背後，像足球員射門之後，或者畢法爾尼克先生一腳將球踢飛後，手指舉過頭頂做出剪刀狀。我回頭往背後看，看到了什麼？背後公路的瀝青裡長出紫色的舵，彷彿我是一艘紫色的船……

我沉醉在眼前詩情畫意的景色裡，那女孩又開始絮叨：「嗯，我叔叔在克爾斯森林邊上放牧他那群羊。某天，其中一隻羊在過馬路時被公車撞死了，叔叔一下子癱倒在地。公車司機攔住了過往的車輛，打聽車裡是否有醫生。他自覺責任過大，不僅撞了羊，可能還傷了人。一輛小車上走下來一位女醫師，然而叔叔被羊群團團圍住了，所以先得把羊驅開。女醫師手持聽診器跪下來時，羊群又將她圍了起來，女醫師滿臉厭惡地

61 揚．畢法爾尼克（1947~），捷克斯洛伐克國家足球隊後衛，一九七六年第五屆歐洲杯冠軍隊隊員。

站起身來，沒有人願意動手解開叔叔的外套。最後，一名管道工人用金屬剪鉸開了外套和一層襯衫。

「唉，怎麼說呢，我那個叔叔，春天氣候轉暖時，他也會蛻皮般換下身上的髒襯衫，換上新的。然而一到秋天，天氣變涼，他會一件接一件往身上添加襯衫，到春天時身上往往套了七件襯衫。所以那個管道工人把襯衫逐件剪開時，那衣料像舊油氈，似硬邦邦的金屬板。此時女醫師才把聽診器放到我叔叔的胸口上。她的診斷證實了羊群早就料到的事實，群羊開始顫抖不已：叔叔死了，心肌梗塞，他見不得他心愛的羊出車禍，你知道嗎？後來警察到了，用石灰圈起躺在公路上的羊和排水溝邊的叔叔，殯儀館的人也來了，表情厭惡地將叔叔抬入棺材，闔上蓋子時，叔叔的長鬍鬚還耷拉在外面，如同裸露在岩石上的開花仙人掌。你不知道，當汽車開動時，羊群跟在棺木後面追趕了許久，直至筋疲力盡摔進溝裡。唉，我們把那隻死羊扔在院門後，夜裡就被人偷走了。」

「是嗎？」我問，「是真的嗎？」但我的眼睛盯著她的白色連衣裙。她用力蹬著踏板，幾乎能將車胎蹬爆。這個美麗的女孩住宿生打扮，身穿套裝。我之所以讓她怦然心動，只因我留了一頭好看的、精心修飾過的長髮，像那個金髮球員畢法爾尼克。因爲第一次遇見眼前的女孩，我的心再次起了漣漪。我了解自己，一年裡總會突降機遇，冥冥之中遇見一雙小牛犢般的清純的藍眼睛，令我蠢蠢欲動。我珍視這樣的機會，因為我將走出懵懂和無知，知曉和探究我不曾涉足的事情。我巡視這條林間公路，亮著燈的小屋依然隨處可見，猛然間我也會看到不太像前面那些屋舍的建築，不過我有一種感覺，彷彿看到裡面也有人在躺著就寢。

我突然意識到，那個大聲敘述她叔叔故事的女孩，不只是面對我在講述，而是對著整個林區；不僅僅對整個林區，而是面對整個世界。她以為她的叔叔是個可憐的人，怪異之人，是個奇人中的奇葩。

她騎車的速度緩下來，慢慢踏著，我如同一頭獵犬，眼睛扎進她自行車的車座裡。彷彿她騎的是焦油，是蜂蜜或阿拉伯膠，她的兩腿交替蹬踏，然後拐向一條側蔭道，小道上成行的白樺樹白晃晃的，遠處的白樺林同樣。「您讀過契訶夫嗎？他所有的短篇故事都在這樣一片樹林裡被拍攝成電視劇。」小樹林後的草坪也閃著光，縹緲的薄霧升起來，月亮投下深情的凝視，像個愚蠢的白痴。從新草甸吹來的穿堂風，撥弄得蘆葦沙沙作響，我從不曾注意過這種沙沙聲，然而此刻，在緩慢踏行的自行車上，我真切聽到了這一切。我內心湧起一股豪情，別無他求，只希望一直追隨這位女自行車手，她黑色鞋扣上裝飾的假鑽石，像千百盞小燈灑下一路光芒。我豔羨那輛自行車承載的重量。

女孩不時轉過頭來，當她凝視我的頭髮時，身下的自行車便之字形迂迴前行，她不得不伸手去扶住車把，免得栽倒。我的頭髮蓬鬆亮麗，因爲我隔天就用洗髮精清洗，然後在鏡前用梳子長時間梳理，每時每刻用右掌心把頭髮弄整齊，保持一頭瀟灑的嬉皮髮型，對此我充滿自信。「儘管讓姑娘好好欣賞。」我自語，因爲我看得見自己的茶色頭髮套駛過黯淡的樹林。那個女孩儘管從車上跳下來吧，她的氣質和體型都配得上我。

驀然間我看到，白色的院門出現在我們面前，女孩跳下車，打開院門的鎖，我隨她走進院裡，她把自行車往柵欄上一靠，我把自己的自行車靠在她的車上，車架在沙地上哐噹一聲，緊貼在一起，車把相互糾纏，由此我看到一個充滿希望的跡象。

女孩把打開的院門又鎖上了。白色的柵欄邊擺放長條桌凳，刷了白漆。月亮映照在桌面上，女孩坐到月光下那條白色琺瑯彩的板凳上。我坐她旁邊，她脫下腳上的白皮鞋，也遞給我一雙白涼鞋，我接過來，鞋輕巧如鳥翼，幾欲從我手裡飛起，皺紋紙材料的感覺，穿上後很合腳，像是專門爲我縫製的。我放眼打量四周，確切地預感將有什麼事情會在此發生，因爲整個院子舖設了大理石砂，精心耙平，如同我的一頭金髮，如同燈芯絨。那女孩趿拉著拖鞋在院子裡來回走動，腳下的沙石發出打鼾一般的聲響。在清麗的月光下，我看到了女孩的眞實形象：體型如同紡錘，從中可抽出紗線。我用雙眼把紗線直接纏繞在生殖器上，最刺激我的是，她來回走動時，大腿優雅地抬起，邁出一條美麗的曲線。我知道這個女孩來自土耳其的天堂的第五層，從那裡掉下來的。我看到，這座房屋的牆壁用石灰塗抹，像昨天剛抹的樣子；我看到窗戶像是今天早晨剛打掃擦淨，窗簾是昨天清洗和今天掛上的，以前不是這個樣子，然而一切井然有序。我一個年輕人，同時又是一個老邋遢鬼，注意到這些，有點傷感和心痛。然後我不再大驚小怪，橡樹下停了一輛白色的斯柯達明銳休旅車，白色羊皮座套，車裡備有拖鞋，車體錚亮，宛如剛從美容院保養出來。

我對自己說：「小子，振作精神，現在該你上場了。」因為女孩打開了大門。她進屋後，站著不動，突然轉過身來，緊緊抱住了我。我感覺到她的大腿觸碰到我口袋裡的鑰匙，她迫不及待地把雙手插入我的頭髮，我看得出她很享受我金色稻草般的頭髮。我摟住她的腰，她的十根手指始終在我的鬈髮裡，而我的十根手指在她全身遊移。一共二十根手指，她的十指摩挲不夠我的頭髮，我的十指親撫不盡她的肌膚。我以為她會沉迷其中，然而她又開始了他們家族的傳奇，一臉的神祕。她柔聲述說起來：「你知道，親愛的，我叔叔的葬禮跟他悲涼的生命一樣淒切。他在村子裡沒有一個朋友，因為在那些鄉巴佬眼裡，叔叔是個迷失了自己的無用之人，他只能跟動物親近。嗯，親愛的，在農村，把羊的位置放在人之前，那是一種罪惡，你知道嗎？

「所以我出面埋葬了叔叔，獨自一人。令我震驚的是，羊群在拚命頂撞籬笆門，因爲在墓地我都能聽到羊群的哀號聲，牠們知道叔叔躺在墓地裡。於是掘墓人加快動作葬下棺木，因爲，親愛的，你知道，一旦羊群衝出籬笆，牠們就會撲過來，將墳穴裡的棺材踩個粉碎。農夫去世了，連他的牛都會流淚呢。於是我們把叔叔的羊賣給了屠夫，他們直接在院子架起木板把羊宰殺了。很悲傷的場景，羊一隻接一隻，背朝下被按倒在木板上開膛。你知道嗎，親愛的，我明白了爲什麼羔羊在基督教裡是謙恭和忍耐的象徵。你無法相信，那些屠夫有多麼英俊，濃眉大眼，美如公牛，假如你看過的希臘神話的半神雕像，嗯，假如屠宰場能淘洗世人的罪惡，也像神父。那最後一隻羊，親愛的，牠自己一躍而起，剛把牠按到木板上，一隻小羊羔跟著跑過來，跳上去吸奶。於是屠夫們先宰了母羊，溫情地注視小羊羔吸吮片刻，然後手起刀落，只見一點血流下來，和羊奶摻在一起。唉，親愛的，那幾名屠夫那麼英俊，額頭上一綹深色的捲曲，如果再美一丁點，就像我們家族的人了。親愛的，他們幾乎像你的金髮一樣美……」

女孩對我自顧自地一番傾吐，覺得把那些殺羊景像轉播給我後，她自己可以鬆一口氣了。我的十指從腋下將她緊緊摟住。當我把她抱起來時，她將十指插入了我的頭髮。

我把她抱到窗口的沙發床上，沙發床沐浴在如水的月光裡。我們一起望向院子，白漆的院門半開，聚光燈投射出珐瑯漆的光亮。於是我把姑娘放下，抬起頭，我看見白院門裡走進一個白人，身上套一件白色的針織長衫；那種細線針織的白衫聖瓦茨拉夫最後一次穿過。那名年輕男子光腳走在大理砂石上，徑直走到我們的自行車跟前，叉開腿，注視了很久，然後舉起雙手，幾乎可以晃動天上的星星。男人憤怒至極，兩輛自行車哐噹倒在沙地上，我看到我的腳蹬子撞入後輪的鋼絲裡，那一根根鋼絲成了孔雀的尾巴。

我大吃一驚，因爲車沒有鎖，那個年輕人走向房屋正門，我聽到他悄悄把耳朵貼在門上，聽到他悄悄地、輕輕用一根手指扳下門把，試一下，推開門，隨後又關上，靜默。女孩正用她十個手指摟著我的腦袋，指甲摳進我的頭皮，我聽到她膽怯的心臟在書寫手稿，如何把她的恐懼寫入我的大腦……

然後安靜的腳步聲遠去了，我目送那個人的背影走過院子。那個年輕紳士突然枯萎了，一下子蒼老許多，身體萎縮或者像一把小低音提琴。他直接走進柴棚，我不由得對他心生憐憫，他那件長及膝蓋的針織長衫讓他看上去如此聖潔。他一進去，半扇院門彷彿自動門般在他背後關上了，那耀眼的珐瑯白讓我的眼睛生疼，然後再度萬籟俱寂，只有月亮在哼唱，正如我所說，像一個白痴。我問那個女孩：「那個滿院子走逛的人是誰？」「天哪！」她說，十根手指頭始終在我的頭髮裡，就好像她手握一個稀世花瓶。她回答：「別管他，親愛的，你知道，他曾經是我的情人，可我已經不愛他了，但是他沒有我活不下去，所以我讓他睡在柴棚裡。如果有人來這裡玩，他就會出現……」

我問：「天哪，那他是什麼人？」她回答：「你知道，親愛的，即便他是劊子手的幫兇，我也不會介意，但我和他分手是因爲他的名字。記住，親愛的，我就是這樣一個花心的女人，他是個惡魔小子，而且，他的名字叫小體格。呵呵，小體格，呸！」她怒火中燒，直射我的雙眼，彷彿她的舌頭上有頭髮或毫毛。她仍然用十指抱著我的頭，好像懷抱一顆橄欖球在達陣。我鼓起勇氣說：「那，告訴我，你是誰，美人？」她回答：「我讀完了美學，那是一門關於美的學科。我剛找到工作，對我來說，是我喜歡的工作。」我問：「親愛的，那麼你喜歡什麼呢？」她坐了起來，幫我把漂亮的藍襯衫扣上鈕扣，那是我支付贍養費的前任送我的。她扣好鈕扣後，彎下腰來，從一摞皺紋紙做的紙皮鞋、紙涼鞋和紙拖鞋中拿一隻遞給我，然後對我說：「我是殯儀和入殮妝容師。」

沒等我回過神來，她把濕漉漉的嘴壓到了我顫抖的牙齒上，這一刻我發現，女孩那雙美麗的大眼睛跟那兩名屠夫一樣，她的眼睛跟我的金髮一樣美，那柔順如麵條的美麗長髮，像畢法爾尼克。

伴娘

「親愛的，我告誡自己，別人在聊天時你不必再去插嘴啦，省得別人趴在你的肩頭，向你訴說自己的煩惱。」我說。「我已經不想讓人撫慰自己的傷痛。你在他人眼裡找到自己判斷草率的共同性。你不要去尋找自己親人的共同特徵，寧願被自己的孩子當成啞巴，或你已經聽不見；寧願在洶湧而來的話語包圍中，傾聽逝去的青春的內心獨白；寧願傾聽同樣的祕密，你潛入的寂寞孤獨，不會將你嚇倒；寧願默默地躲到人們聊談的幕後，與沉默無語的鏡子面對面。親愛的，在喧囂中你走入虛無的寂靜，在那裡你將再次與冥冥中的一切連結，如同你第一次在母親的子宮裡，暖氣包裹著的，透過臍帶與無窮的開端聯結……」

從有軌電車的前車廂裡，一位金髮女郎饒有興趣地已經注視我良久，當我定睛細看，哎呀，那是在青春時期撩撥我心弦的美人，她曾答應會給我愛情最美麗的證明。我伸出手去，她跨過搖曳的電車朝我走來，當我們倆的手歷經歲月再次握在一起時，我興奮地哼了一聲，卻不料從鼻腔流出可恨的鼻涕來，麵條狀像幼童嘴邊常掛的那種。激情的火焰霎時從我美人的眼中熄滅，厭惡凝結在她的綠色眼睛裡。我全身上下摸索，可恨的是，就是找不到那個平常裝著一方手帕的口袋，就那樣我站在電車中央，滿臉羞赧，無地自容，幾名剛才還羨慕我的乘客，現在一臉幸災樂禍。而我青春年代的紅顏知己擠向車門的踏板，抓住黃銅扶手，然後一腳跨出去，隨著前後兩聲皮鞋鞋跟著地的響聲，她慌亂跑到了人行道上，憤怒的眼睛橫掃一下，嘴裡嘟囔了一句罵人的話，以此來平衡我給她造成的尷尬。我不知所措，無奈中只有進啤酒館喝酒。

白獅啤酒館裡一片喧鬧景象。參加婚禮的一干人搖搖晃晃走向計程車，新娘返回來取婚禮花束。當她重新擇路往外走時，居然去牆上尋找門把。新郎很帥氣，燕尾服的衣襟上沾滿白菜，婚宴上的菜餚殘留在他的西服上，就像應徵入伍的新兵身上閃光的緞帶。醉酒的他牽著新娘的手，迷迷糊糊走進了廚房。等服務生們把新婚夫婦送出門去，男廁所邊的座位上站起一名眼鏡客，廁所門上的兩個圈在他背後浮升起來，像雙重的光環。那客人鼓掌喊道：「再來一次！棒極了！」

計程車啓動了，服務生們閉上眼睛，誇張地舒了口氣。

然而，醉醺醺的伴娘返回酒吧了，她意猶未盡地端起喝剩的甘布利努斯，那金燦燦的皮爾森啤酒[62]，一飲而盡，液體順著她粉紅色的嘴角流到粉紅色的胸花，從粉紅色的胸花再淌到粉紅色的連衣裙上，被啤酒溽濕的裙子緊貼在粉色的膝蓋上。當她把婚宴上最後一杯剩餘的酒灌進肚裡，便不敢彎腰了，因爲啤酒往上溢，到了她口腔裡。

我手裡把玩著紙杯墊，拚命不去回想剛才在電車上發生的尷尬場面。所以我寧願打量鄰桌那隻滿是汗毛的男性手臂，它正摟抱和揉捏著一條豐滿的女性大腿。水晶吊燈下，一個臉色蒼白的男人站起來，身上的制服看不出款式，他搖晃著去了廁所。當雙圈門停止晃動，傳來膠木板的聲響，然後是漫長而低沉的哀號，類似蠑螈吹貝殼，召喚流浪的若蟲。伴娘兩眼飛魚般轉動，最後目光停留在那隻毛茸茸的陽剛手臂上。

「您這麼做有經過許可嗎？沒有是吧！」她高聲嚷道。

所有人都扭頭盯著那隻男人的手，他顯然沒有在這種公共場合表現親昵的許可，因爲它停止了對珍貴肉體的揉捏享受。

62 甘布利努斯（Gambrinus）是捷克最受歡迎的啤酒，由皮爾森啤酒廠（Plzeňský Prazdroj）生產。

臉色蒼白的男人從廁所返回了，頭髮上閃爍著新鮮的水滴。伴娘不斷打量著水滴的光暈，興奮地喊起來：「剛才您吐啦！」

制服款式模糊的男人點點頭，癱坐到椅子上，動了動下顎。我繼續玩我的紙杯墊，繼續看著在手指間盤旋的圓紙環，粉紅色的影子落到我身邊，伴娘粉色的雙手支在桌布上，粉紅色的軀幹俯向我。我無法動彈。這時從粉紅色的喉嚨裡，宛如從粉紅色的噴泉和粉紅色瓦罐，開始向我傾倒啤酒。伴娘同時對我噴出的話，更加讓我震驚。

「老大爺，」她說，「您買念珠了嗎？」

我繼續玩著光環。伴娘看著我，她的年紀不會超過十八歲，圓滾滾的粉紅色手臂，粉紅色的脖頸，身上的肉無不閃爍著金色啤酒的光彩，簡直像一隻粉嘟嘟的小豬崽，爲了烤成脆皮外殼，所以用麵包刷刷了一層啤酒。我把自己最人性的眼神，因對視而如小狗般愧疚不已的眼神投向她，我以那樣的眼神央求伴娘收回那噴吐我滿身的東西。一對年齡稍長的情人結完帳，現在站在門口，令我再次面對之前不愉快的事件。但粉紅色伴娘伸出手指指著我，大聲嚷道：「老大爺，作家和豬都是在死後才成名的！」

喝醉了的眼鏡客在廁所門邊站起來，鼓掌喊道：「說得好！再來一次！棒極了！」

此時一個女人衝進酒吧，沒等大家回過神來，她揮拳朝客人的眼鏡打去，鏡片飛起，清脆地撞到黃銅架上。那個女人揪住客人，輕鬆地將他拖到門口，彷彿拖著的是一件大衣。她一邊拖，一邊忍不住把他淌著血的臉往牆上按，牆上淌下長長的血痕。然後她戴上草帽，拉著醉酒的客人走到人行道上。客人似乎陶醉其中，大聲嚷著：「幹得好！再來一次！」那一對年長的情人倉皇離去，好像他們剛剛目睹的一幕，可能會成爲他們未來的命運。

粉紅色伴娘扭著舞姿出了白獅啤酒館，我喝下一杯又一杯甘布利努斯，那甜絲絲的啤酒，讓我回想起三十年前的那個金髮女郎。當時她坐在小船上，打一把紅色的遮陽傘，我來不及脫下身上的衣服就走入河中，問她是否願意由我來爲她划船？她說好呀。水深齊腰，我一跨腿上了船，划起船槳，身上的水往下滴。待遠遠出了城，我又跳入水裡，把小船拉到沙灘上，然後握住她一隻手，扶她下船。我們倆躺在曬熱的沙灘上，她求我脫下衣服晾曬，反正四周沒有人。當我脫下衣服，她冷靜下來，躺到我身邊，閉上了眼睛。我斗膽悄悄地把她身上的衣服也脫了下來，可是當她赤身裸體時，我呆住了，如此美麗潔白的胴體躺在郊外的柳樹林裡，我除了欣賞，做不了別的。後來我們倆再會面時，都是穿著衣服，我也再沒有被她的美貌如此打動，讓我和衣走入河裡，並忘記脫下衣服晾曬。就這樣，三十年來我始終是那個青春少年，直到去年走在拉札爾大街上，一位女士迎面問我：「大叔，法院在這條街上嗎？」我說：「什麼？」她又問：「大叔，附近有法院嗎？」從那一刻起我成了大叔，直到今年在電車上一位女大生讓座給我，說：「請坐，老爹，坐下吧。」

現在我坐在白獅酒館裡，喝著粉色的甘布利奴斯啤酒，整個大廳都是粉色的，粉色的窗簾，把桌布也映襯成粉色。我坐在粉紅色的孤獨中，沉入粉色的寂靜和虛無，兩個懸浮的零在小便池門上，那是屬我的粉色會徽。「我的粉紅胸罩啊，」我悄聲說，「你曾經如此富有的企業將宣布破產，你必須與所有的債權人清算，但願你不辜負一切，那些元素成就了你的寫作。」粉色的胸罩，我承認破產，並開始明白，有效的懺悔和贖罪可以開啓無限和永恆的銀行新帳戶。那兩個零，兩個打著虛無哈欠的空洞的喉嚨，兩個紋章似的鐫刻在所有男廁所門上的零……我坐在白獅酒館裡，慢慢喝下最後一杯啤酒，服務生將黃色的飛鏢盤掛上牆，飾有彩色尾翼的鋒利飛鏢將擲向那裡，尖銳而有分量的飛鏢如扁平的圓盤。每個玩此遊戲的人，從三百點開始，誰第一個歸零就是贏家。我也玩過這遊戲，我贏了，我是第一個清零的玩家。

結完帳，我走到門外清新的空氣中。「親愛的，」我說，「從這一刻起只需打開報紙，每一則訃聞通告都是你的訃告；每一個黑色紀事中致命的傷勢都是你的傷勢；每一輛頂上裝有淒厲警報器的救護車都爲你呼嘯而來。親愛的，」我自語，「一切爲你的恰在此而非別處，返回到起始是你前行的方向，關於美女的夢是一個老朽的內心獨白。親愛的，」我說，「在聊談中你尋找所有對話的弦外之音和潛臺詞，然而現在你發現天使飛過之際令人尷尬的停頓而非幽默。親愛的，你只能視之爲慈悲，在這個夜晚將盡之時出現一顆晨星，即使你知道，夜店和起床號由同一支小號吹響。因此，親愛的，你唯一的歸處是某座墳墓，從墓中你始終仰視夜空，天幕上，兩隻隱形的手臂用從亙古到永恆的無形織線在編織裝飾星辰的寶藍色毛衣……」

在冥想中我走到了帕爾莫夫卡[63]，鵝卵石塊鋪就的主幹道鋪展花紋地毯圖案，收容所紫色的燈光發出慈愛的呼喚，河面吹拂而來的涼風把軌道擦拭一亮，電線一閃一閃似熱戀的男人口中垂下的唾液。遠處燈光下，一個粉紅的身影閃過，我嗅到了淡啤酒的氣味。在那裡，鐵軌上懸掛一盞亮晶晶的紅燈籠，鈴鐺叮噹作響，燈籠慢慢升起來。我不無苦澀地說：「我怎麼成了大叔？老爹？老大爺？」說完我重新像年輕小夥子那樣衝向

63 帕爾莫夫卡（Palmovka），位於布拉格第八區。

比賽的終點線，我一貓腰鑽過鐵道欄杆，腦袋前伸，跑上了鐵軌，像田徑選手那樣穿過終點線。在那一刻，粉紅色的霧在我眼前浮現，我倒下了，重重地摔倒在地，螢火蟲在我眼前蜂擁而起。當粉紅色的霧漸漸消散，粉紅色的伴娘坐在我面前的鐵軌上，她和我一樣額頭受了傷。女調度員跑過來，把我們倆拖離鐵軌。隨後一列蒸汽火車隆隆駛來，混合了煙油的水氣噴了我一臉，熱熱的蒸汽還噴射到我褲子上。調度員拉起大大小小的欄杆，紅燈籠歡快地在筆直的桅桿上眨眼。

「喂，赫拉霍維納！」女調度員呼喊，「你急急忙忙要去哪裡？」

「去對面。」我說。

「你呢？女牧童，匆匆忙忙要去哪？」她朝伴娘喊。

「我急著去追他。」粉紅色的伴娘說著，四肢著地朝我爬過來。她掏出一個小圓鏡，伸到我的面前，我看到鮮血正從我額頭的裂口往下滴。調度員轉身離去了，沒有忍住，在黑暗中甩過一句話來：「可能的話，老頭，最好買串念珠戴！」

我憤怒了，想撲過去。

但伴娘安撫我說：「隨她去吧，愛神，你的時間有限。至少在這一刻待人友善點，不然沒人來參加你的葬禮啦。」

她拿走小圓鏡，照了照自己的額頭，那裡流出一條血道。我在街燈的光線下辨認鏡子背面的文字：ＥＧＯ牌巧克力，美味至極。

然後粉紅色伴娘幫我擦拭額頭，她的氣息呼到我的臉頰上。我掉轉頭，思忖，這是怎麼回事，我作爲醉漢唯獨能忍受的只有我自己；這是怎麼回事，直至現在我才明白，爲什麼我的妻子棄我而去，當我在夜晚對她呼出滿嘴的酒氣，甩出一句話：「假如我眞的愛自己的妻子，就像我愛ＥＧＯ牌巧克力那樣，那我寧可喝啤酒，或者我寧願戒酒。」

我拿過那面廣告小圓鏡，對自己呑吐令自己反感的氣息，不禁生出厭惡感。我馬上吻了伴娘粉嫩的臉頰，以此感謝與她相識。想不到她緊緊依偎過來，愛的電流從她的身體傳過來，血黏在我們乾枯的額頭上，她熱烈的呼吸緊挨我的唇邊：「雅林納，我的愛人，快來親我吧，來親我吧……」

她的氣息突然那麼甜蜜，她對我輕聲低語：「你的氣味眞好聞。」我也柔聲說：「你也香氣襲人。」於是我們彼此成爲玫瑰花束，接吻，品嘗對方的唾液和氣息，我們越吻越覺得彼此的氣息香甜，越發享受其中，難分難捨，感覺我們正遨遊在一萬公升容量的出口啤酒桶裡，在一輛芬芳四溢的啤酒花和大麥芽啤酒大罐車裡洗澡。

「瑪妮奇卡[64]，」我說，「你眞美啊。」

「我知道。」她老練地回答。

「還有，夏娃，你知道嗎？」我喋喋不休。

「伊瑞，我什麼都知道。」她吐了口氣。

我們在納日特瓦街上停下腳步，煤氣街燈叮噹作響，往人行道上滴落了一地髒油。新藝術風格公寓的門廊上，黑色合金裝飾一字延伸開去，像棺木上的紙飾品。伴娘遞給我一把鑰匙。

「法尼奇克，」她說，「悄悄把門打開，我爸爸睡眠很淺，知道了嗎？」

「瑪妮奇卡，明白。」我回答，雙手卻在顫抖。

「法尼奇克，等一下。」她做了個決定，從我手裡拿走鑰匙，用膝蓋抵一下門，門自己開了，走廊裡的氣味像是一面灑上啤酒的旗幟。黃色的煤氣燈放在第一級臺階上。我掏出廣告鏡子，綠色的牆壁反射出一隻不眨的眼睛。

「伊瑞，」她溫柔地說，「這面鏡子你留下，算是我送給你的紀念，它很適合你，知道嗎？」

「我知道。」我回答。

「你什麼也不知道，」她輕聲說，「我母親去世之前，最後一次照過這面鏡子，你知道嗎？」

「我知道。」我點了點頭。

她關上門，沒等小圓鏡的反光折射到牆上，在牆上我似乎看到了波特萊爾[65]，他正走過人行道，雙手前伸，徒勞地追逐光環，那光環一失足飛入了泥淖。走廊上穿堂而過的風拂動了無力的翅膀。

64 瑪妮奇卡，捷克童話人物。

65 波特萊爾（Charles Pierre Baudelaire, 1821~1867），法國象徵派詩歌的先驅，現代派詩歌的鼻祖。

風乾香腸

「唉，以前在這裡的生活，在我們年輕的時候，那才叫日子啊！我們手裡有錢。我曾經賺過一百萬，是個百萬富翁呢。」卡列爾先生對我說。陽光照在他大得出奇的肚皮上，胸部好似哺乳期的奶媽，兩坨肉垂掛胸前。卡列爾先生此刻躺在花園裡，他的花園緊挨樹林，一條小溪蜿蜒從林邊流過，溪畔有低矮的柳樹，成排的黑醋栗和醋栗，還有一座廢棄了的養蜂場。他側身躺著，巨大的肚腩像個木桶，甩在他的旁邊，他一隻手枕在腦袋下，另一隻手在揪混雜在歐芹壟中的苗圃裡的雜草。

卡列爾先生捕捉到了我滯留在他胸口的目光，說：「這可不是脂肪，是膠原蛋白，野豬身上長的都是這東西。野豬，您知道吧。以前的日子呀，都從那扇柴門溜走了。」他指了指殘破的籬笆柴門，籬笆被茂密的榛樹叢和黑丁香環繞，又說：「從這扇小門裡慢慢流逝的不僅僅是我沒完沒了的勞作生活，還有我視美食如命的癖好。我向來講究美味，而且吃不夠！」他心滿意足地敘說，拔草的手並沒有停下來，滿臉愉悅的表情。待拔完一壟，他捧起巨大的肚子往邊上挪一挪，身體隨之躺下，肥胖的手指繼續揪起雜草，彷彿在自言自語：「當時的我們年輕氣盛，手裡有錢，青春不就意味著歡樂嘛。嗯，說得我都餓了，飢腸轆轆。以前在殺豬宴，我每次能一口氣吃下十八根香腸、三盤燉肉，血腸就懶得去計數了，那時我的體重達一百三十公斤。

「有一次，西洛索瓦男爵夫人邀請我們去她的莊園做客。我的那些朋友只顧欣賞莊園裡陳列的狩獵戰利品，而我自始至終坐在餐桌旁沒有挪身。男爵夫人在樓梯上拾級而下，她的背後跟著一群我的朋友，他們正對男爵夫人展示的西洛索瓦家族的稀世珍品頻頻致謝。在樓梯口，男爵夫人停下腳步說：『現在請接受我的一點小心意，請大家享用茶點。』然而餐桌上的食物已被我掃蕩一空，我正忙不迭地把最後一盤三明治塞入口中，每個盤子裡起碼放有五十個三明治，我一口一個，全部消滅。因爲我當時年輕力壯，而且也不是潦倒之輩，所以男爵夫人把此舉看作一個玩笑。但狩獵城堡沒有預備更多的茶點，最後只好匆匆把裸麥麵包切片抹上豬油招待我那些朋友。哎呀，說著說著，我又餓了。

「天哪，我今天眞餓了，這樣的好胃口，我能吃下一整根香腸，我掛在廁所排風扇裡風乾的香腸。那香腸，我向來等不及它風乾好，總是在買回家的當晚，還沒送去風乾，就把它吃下肚了。我僅有一次吃到風乾完成的香腸，那是在二戰時的保護國時期，我曾風乾一根匈牙利熏腸。那一天我下班回家，看到我們位於布拉格的公寓地下室裡，大樓警衛用老虎鉗夾住一根巨大的香腸，正用鋼鋸把它鋸成小段，憑香腸顏色我一眼認出，那是匈牙利臘腸。我馬上走下去打探說：『我都滿嘴流口水了，這根香腸怎麼賣？』警衛說：『兩千克朗。』我毫不猶豫掏出錢給他。因爲香腸實在乾硬，得用鋼鋸才能切開，於是我又掏出兩百克朗給守衛。他用鋼鋸把臘腸鋸下幾截厚厚的、像小車輪的圓塊，我早已按捺不住，把鋸下來的臘腸一個接一個吃進了肚子裡，最後甚至連那根掛香腸的細繩也吃掉了。」

卡列爾先生說著，再次抱起他碩大的肚子，費勁地捧起一甩，身體也轉向另一邊，脊柱緊隨肚子翻轉過去。他抽出一隻手，依然枕在腦袋底下，手臂有我大腿那般粗壯，滿是肌肉，另一隻手伸出去摘除香芹中的雜草。他的動作緩慢，但饒有興致繼續他的聊談，聲音平靜，帶著夢幻：

「等我再想起那根臘腸，已是一個星期之後！我馬上衝進儲藏室，一把掐住妻子的脖子，然後掐住家裡的女傭，女傭流著淚告訴我，她們倆整理環境時，看到儲藏室裡掛了一根已經黴變的香腸，順手就扔進院子的垃圾箱裡。那可是我支付了雙倍鈔票的匈牙利香腸啊……好在，我今天不會再挨那樣的餓，更幸運的是，哎，朋友，我說話也是不算數。每個星期在動身去克爾斯之前，我都有心風乾一根香腸，在排風扇裡風乾的香腸帶有一股特殊的香味，那股自中央暖氣由進風口飄入的熱風。唉，總有一天我一定要徹底風乾一次香腸，對我而言那意味著偉大的道德束縛力，意味著那一天我終於戰勝了自己，把香腸風乾成了。

「總有一天我會把那根風乾好的香腸帶到這裡來，讓您嘗嘗，讓你們嘗嘗，那風乾了十四天的香腸，我曾在摩拉維亞品嘗到的美味……只是，若要把它帶來，必須等以後的日子，等我不再那麼飢餓，胃口不再那麼好，我會專門爲您花三十五克朗，買下一整根香腸，專門爲您把它掛到中央暖氣的排風扇裡。您知道，在我的廁所有那麼一格小窗，就如同鄉村熏房的小門，我就在排風扇裡風乾香腸。每當躺到床上休息時，我往往飽嗝連連，因爲在下班回家途中，我會耗費一個多小時去採購，拎回滿滿一袋子好吃的，一百克這種香腸、一百克那種香腸、一百五十克西里西亞肉凍、兩百克家常肉凍、一盒蛋黃醬再加上幾杯酸醃魚，這就是我的生活。當我透過食品店的櫥窗瞥見那些美味時，頃刻胃液蠕動，渾身感覺疲軟，必須刻不容緩衝進店鋪，先點一盤肉打牙祭，再買各式奶酪，這才往家走。我不是在行走，而是一路小跑，到家後我們把所有這些東西都掃進肚裡。我們在看電視時，我的手會不由自主一次次伸出去摸索，直到茶几上什麼都不剩，全部進了肚子，我才開口說：『咱們上床休息吧。』

「即便如此，午夜我會醒來，在我眼前的天花板上，彷彿懸掛了一根金燦燦的香腸。我掛在廁所天窗的香腸，那根香腸通體發亮，宛如王冠上閃爍的珠寶。我瞇起眼睛，那根香腸那麼誘人，它在誘惑我，我告誡自己：這根香腸是爲朋友風乾的，爲我的朋友風乾的。然而，我突然從床上一蹦而起，大吼一聲『去他娘的！』就衝向廁所。我切下半根香腸，津津有味地嚼起來，一路吃到床上，睡夢中的妻子不忘囑咐一句：『別弄髒了被子。』接著翻身睡去。隨後我也睡去。一個小時後，我的眼前再次出現那根風乾香腸，那根風乾了一天的香腸，我忍不住再次爬起來，然後又躺下去。我幾乎要戰勝自己了，只要再過那麼一會兒，我就能克制住想要吃掉剩餘的那半截香腸的強烈欲望了。最後，當我在想我已經完勝自己啦，並深深呼出一口氣，沒想到妻子欠起身來，對我說：『卡列爾，別作踐自己啦，把香腸都吃了吧。』事實上我每天每夜都在等這句話，最後我把剩下的那段香腸吃到肚裡，美美地睡了。」

卡列爾先生繼續側躺著，細心地拔除香芹壟的雜草。太陽越過松樹冠，把七月的晨光傾瀉入花園，也灑下午前的燠熱。「您絕想不到，」卡列爾先生溫和地說，「我竟然別出心裁，多買了一根香腸。我同時風乾兩根香腸，只是其中一根總是在當夜就被我無可救藥地吃掉，然而那第二根香腸，已經兩次掛在那裡，風乾十四天了，它一定能風乾成，這是我專門爲朋友風乾的，爲了讓您嘗一嘗什麼叫風乾香腸；那根普通香腸，風乾後的味道堪比匈牙利臘腸。我也兩次驅車想把它帶到你們這裡來，可每次我的車一駛過波切爾尼采[66]時，那根香腸就浮現在我面前，我親手風乾的金燦燦的香腸，懸空吊在繩子上，在汽車散熱器前晃來晃去。我只得在駛過波切爾尼采之後一踩煞車，大喊一聲：『管他的！』假如我的妻子在，她一定會說：『卡列爾，別折磨自己啦，你就不怕出車禍……』」

「於是我掀起後車箱，取出餐刀，坐在路邊排水溝裡，那條位於波切爾尼采屠宰場後邊的臭水溝。我用小摺刀把香腸削進一個舊茶缸裡，大快朵頤。那根風乾香腸下肚後，接下來開車就順暢多了，眼前不再金星四射。後來那一個星期裡我再次思忖，要把那第二根風乾香腸帶來，只給您。我帶著它一路風馳電掣，幾乎要贏了，然而到莫霍夫

66 波切爾尼采，位於寧布卡的村莊。

67附近時，那種飢餓感重又襲來，我一下子虛弱不堪，迫切需要進食，於是再次看到汽車散熱器前那懸空而掛的金繩子，那根垂掛的風乾香腸。我的車開始在公路上蛇行，此時我妻子的話再次在耳邊響起：『卡列爾，別折磨自己啦！』我立刻停下車，拿起香腸坐到路邊壕溝裡，狼吞虎嚥吃下了風乾香腸，那根專門爲朋友風乾了十四天的香腸……

「還有一次，在我沒忍住吃掉那根香腸之前，我已經驅車把它帶到了賽米策，在那裡，在一個村中廣場上，無需配麵包，我已把香腸吃下了肚。唉，等以後吧，等我慢慢地、漸漸地戰勝了自己，我一定把那根香腸帶到這裡送給您，因爲從賽米策到克爾斯，只有咫尺之遙。雖如此，我駕車一路過來，依然沒法保證自己能克制住不碰香腸。如果我帶香腸駛來的話，我會一到樹林邊，在教區小道上就開始按喇叭，您必須立刻放下手裡的任何工作，馬上趕過來，因爲我無法保證自己，在我抽出那根風乾了十四天的香腸時，我會毫無緣由地撲向它，就站在原地，在您從我手裡拿走它之前，把它吃得一乾二淨。因爲雖然我已經不再像以前那般飢不擇食，可我就是食慾旺盛，也許這比眞正的飢餓更加危險……」卡列爾先生說著，挺起了身子。他一條腿跪著，把他的大肚腩擱到膝蓋上，然後快速抬起肚子，用膝蓋抵住肚子站起來，最後直起腰。

從背後看卡列爾先生是苗條的，他體態筆直，驕傲地挺起令人難以置信的巨大肚腩。他一百三十公斤的身軀上套一條白布短褲，縫製這條短褲需要耗費三公尺的白布。他朝前邁步走去，走過小溪時，獨木橋都彎曲下陷。卡列爾先生轉過身來，樂呵呵地招呼道：「那我就走啦，還要幫胡蘿蔔除一下草。我得先吃一根香腸，那是我昨晚在賽米策買來準備風乾的……」

我說：「要不您，卡列爾先生，您試著克制一下……」卡列爾先生心滿意足地漸行漸遠，他的身影在果樹綠蔭之下徜徉，然後在金黃色松樹的樹幹邊，鑽進他那帶綠色百葉窗的小屋……

現在，當卡列爾先生身穿用三公尺布料做成的白短褲離去時，我驟然意識到，遠去的是一位國王。我注意到了，卡列爾先生有一頭美麗而濃密的短髮，跟黑人似的，一縷縷鬈髮緊貼在腦袋上，好似扣了一頂捲曲的頭盔。

事實上時時飢餓和好胃口的卡列爾先生，是個美男子呢。不，他是一位國王。

67 莫霍夫，位於寧布卡的村莊。

國家圖書館出版品預行編目（CIP）資料

雪花蓮的慶典 / 赫拉巴爾(Bohumil Hrabal)著 ; 徐偉珠譯. -- 初版. -- 臺北市 ： 大塊文化, 2020.07
面；　公分. -- (to ; 120)
譯自 ： Slavnosti Sněženek.
ISBN 978-986-5406-85-1(平裝)

882.457　　　　109007175

LOCUS

LOCUS

LOCUS

LOCUS